力群文集

力群 /著
薛芯 /主编

山西出版传媒集团
三晋出版社

力群先生像(1912—2012)

力群小传

　　力群于1912年12月25日生在山西省灵石县郝家掌村，原名郝丽春，参加革命后改名力群。他自幼与农民的孩子相处，对农村生活很熟悉，这对于他后来的木刻画创作和文学写作颇有影响。1931年，力群考入国立杭州艺术专科学校，1933年2月与同学曹白等人组织进步美术团体"木铃木刻研究会"，开始从事木刻画创作。同年9月加入中国左翼美术家联盟，10月10日因"木铃"事被捕入狱。1935年出狱后，继续从事木刻画创作，木刻《采叶》《鲁迅像》等通过曹白寄给鲁迅，受到先生的指导与好评。

　　1937年7月7日抗日战争全面爆发后，力群从事救亡宣传工作，边搞木刻画，边写散文、小说。1938年初，曾在郭沫若领导的军委政治部第三厅美术科任少校科员。1940年初，到延安任鲁迅艺术文学院美术系教员，1941年加入中国共产党。1942年5月，参加延安文艺座谈会。抗日战争胜利后，到晋绥边区工作，任《晋绥人民画报》主编，并开始写文学评论文章。

1949年在全国第一次文代大会上,被选为主席团成员,并任中国文联委员、中国美术工作者协会常务理事。到太原后,与高沐鸿同志创建了山西省文联,被选为文联副主任,山西省美协主席。1953年调北京工作,先后任人民美术出版社副总编辑,中国美术家协会常务理事、书记处书记,《美术》杂志副主编,《版画》杂志主编等职务。

20世纪50年代,出版有《木刻讲座》《力群木刻选》《力群美术论文选集》和《访问苏联画家》等书。80年代,出版有美术论文集《梅花香自苦寒来》和《力群版画选集》以及散文集《我的乐园》、力群文学作品选集《野姑娘的故事》。《我的乐园》于1984年在上海少年儿童出版社出版后,被上海评为优秀作品,获儿童文学园丁奖。其版画作品曾多次在世界各国展出,并为英、法、苏、南斯拉夫等国家的陈列馆、图书馆和博物馆所收藏。因为力群在版画事业上的贡献,"日中艺术交流中心"于1988年12月14日特向他颁发了"贡献金奖"。1991年中国美术家协会、中国版画家协会为其颁发了"中国新兴版画杰出贡献奖"。

力群于1985年10月21日被作家协会书记处批准加入中国作家协会成为会员。1992年5月,山西省委、省政府授予力群"人民艺术家"称号,2003年9月,中国文联、中国美协授予力群"金彩奖"成就奖。力群晚年任中国版画家协会名誉主席、山西省文职名誉主席。

2012年2月10日,力群去世。

目 录

马兰花 ·· 001
序 ······································· 胡　正 003
微山湖 ·· 011
太原西郊的碉堡 ······································ 015
行军在吕梁山中 ······································ 018
塞家村
　　——英妹讲述 ···································· 024
不朽的遗容 ·· 039
春颂 ·· 043
新疆旅游散记 ·· 046
从鲁迅的《在现代中国的孔夫子》谈起 ················ 064
生当作人杰 ·· 068
大兴安岭见闻 ·· 070
黑龙江边 ·· 077
从"阿金"谈起 ······································ 081

怀念贺老总 …………………………………… 084
萤火虫 ………………………………………… 089
我给鲁迅先生画遗像 ………………………… 091
牯岭抒怀 ……………………………………… 095
怀念茅公 ……………………………………… 100
怀念江丰同志 ………………………………… 107
忆西湖 ………………………………………… 115
我的乐园 ……………………………………… 118
失乐园 ………………………………………… 151
煤窑的旅行 …………………………………… 156
我的奶妈和奶爹 ……………………………… 164
我的第一位老师 ……………………………… 171
官道的故事 …………………………………… 178
一次难忘的劳动 ……………………………… 182
我的高小 ……………………………………… 188
绿色的治花泉 ………………………………… 194
我爱看《动物世界》 ………………………… 208
张侯拉访问记 ………………………………… 211
我自幼尊敬的一位女作家 …………………… 218
怀念王式廓同志 ……………………………… 221
我的母亲 ……………………………………… 231
坚持就是胜利 ………………………………… 240
怀念周总理 …………………………………… 245
马兰花 ………………………………………… 250

儿时的灯影戏 ………………………………………… 255
童年逝了,故乡永在 …………………………………… 258
良师,普罗文学和星星之火
　——忆杜心源同志 ………………………………… 264
中国现实主义文学事业的忠实战士
　——忆胡风先生 …………………………………… 268
忆运河 …………………………………………………… 274
怀念"夜明珠" …………………………………………… 280
青松赞 …………………………………………………… 295
怀念叶洛同志 …………………………………………… 297
在赛场上 ………………………………………………… 305
怀念鲁艺 ………………………………………………… 308
十年祭 …………………………………………………… 315
我和网球有缘 …………………………………………… 325
游泳的风险和乐趣 ……………………………………… 329
从子见南子说起 ………………………………………… 335
闲话寒食节 ……………………………………………… 339
老槐 ……………………………………………………… 343
历山六日游 ……………………………………………… 348

马兰花

序

胡　正

马兰花盛开于黄土高原,一丛丛翠绿的群叶中开放着一朵朵蓝色的花瓣,它是那样浓艳,那样俏丽。带着山野的风味,散发着清雅的幽香。

力群同志的这本以马兰花为书名的散文选集,也正如盛开的马兰花一样,炫耀着生命的火花和斑烂的色彩,飘逸着春天的气息和诱人的芬芳。

以前,我曾看过这本集子里的一些散文,当时就感到非常亲切、感人。最近,当力群同志把编好的这本散文集让我看时,我又被他的优美动人的散文所吸引。有几篇美文竟使我反复欣赏了几遍。

《马兰花》集子中的散文是以写作时间和发表年月的顺序排列的。前面的几篇作为战地见闻,反映了抗日战争初期他所耳闻目睹的一些生活情景。如对太原西郊碉堡的感想,听到妇女干部在偏僻的山庄发动妇女参加抗战的艰难而生动的事迹,以及部队在冬夜的山地里行军时的绘声绘色的描述。他在《微山湖》中对于夕照的绮丽景色的描绘,恰似一幅优美的湖上落日图。美丽富饶的微山湖波涛,象征着祖国的大好河山被日本帝国主义者践踏凌辱和人民的奋起反抗。

力群同志在这一时期的散文虽然只存留下这么几篇,有些散见于当时报刊的散文已难于找到了,但在当时却产生过一定的社会影响,并引起了茅盾先生的注意。茅盾先生曾给他发出了约稿信:"在立报《言林》见有大文……现请先生拨冗写稿。并请最好能于3月5日以前寄出。因《文阵》定于4月1日出版也。"今天我们从力群同志这些可贵的历史写照中,仍可以感受到当时人民群众的苦难和觉醒,以至参加抗日救国的热情。

1940年初,力群同志到延安鲁迅艺术文学院美术系当教员,在以木刻反映革命根据地人民生活方面作出了卓越的贡献。1949年7月在第一届全国文代大会上被选为中国文联委员。建国后,先在山西省主持文联工作,后到北京担任人民美术出版社副总编辑,中国美术家协会常务理事、书记处书记,《美术》杂志副主编、《版画》杂志主编等职。一方面参予美术界的领导工作,一方面在版画创作上作出了新的突出贡献,出版了《力群木刻选》。他的版画作品曾多次在许多国家展出,并为英、苏、法等国家的博物馆、图书馆所收藏。1957年随同中国现代版画展览会出访苏联。回国后出版了《访问苏联画家》一书。同时写了大量文艺评论,出版了《力群美术论文选集》。在"文化大革命"中备受折磨凌辱之后,带着全家回到他的家乡山西省灵石县郝家掌村插队落户,并主动要求当了大队林业队长。直到1977年写了散文《春颂》。

《春颂》不单是写了作为大队林业队长对于春天的渴望和喜悦,也是艺术家经过十年的严冬之后,对于即将到来的春天的颂歌。

从《春颂》这篇散文之后,犹如迎来了春天的马兰花,开出了一丛丛繁茂芬芳的花朵。力群同志接连写了大量的构成这本散文集的主要篇幅的富有情致的对于往事的回忆,其中一部分则是具有文史价值的对于故人的怀念。

《我给鲁迅先生画遗像》文中,写出了他对鲁迅先生的敬仰。1936年,他的木刻《采叶》《鲁迅像》等通过曹白寄给鲁迅先生后,受到鲁迅先生的指导和鼓励。当年春天,当鲁迅先生从曹白的信中知道力群同志回到白色恐怖的太原尚且平安时,便于5月4日给曹白的复信中说:"来信收到,关于力群的消息,使我很高兴。"信虽简短,却使我们感到这位中国新文艺运动的伟大旗手对于一位文艺青年的令人感动的关怀之情。

在《怀念茅公》中,我们看到茅盾先生给他的几封热情而谦诚的函信,感到了茅盾先生对他的热忱关怀和鼓励。对他的文稿竟然提出了那样具体的指导意见。同样,我们从《忆胡风先生》中,也可以感到这位文艺理论家对力群同志在文学创作上的关怀、鼓励和支持。

在怀念他的同辈艺术家的文章中,他写了在鲁迅先生培育下成长起来的中国新兴木刻运动的几位开山元老江丰、马达、叶洛和我国杰出的艺术大师王式廓同志,回顾了他们三十年代在白色恐怖下的上海开创新兴木刻运动的艰险历程。力群同志1933年在国立杭州艺术专科学校学画时,与同学曹白、叶洛等人组织了进步美术团体"木铃木刻研究会",并加入中国左翼美术家联盟。因此被国民党政府逮捕入狱。1935年出狱后,即到上海参加新兴木刻运动。他曾和江丰等同志一起于1936年筹办了第二次全国木刻流动展览会。鲁迅先生逝世后,他又和江丰等同志共同成立了"上海木刻工作者协会"。抗日战争爆发后,他们又在不同的岗位上参加抗日宣传工作,然后通过不同的路径到了延安鲁艺。力群同志满怀战友之情,抒写了他们从上海到延安,从延安到北京的真诚的交往和友谊,对于艺术事业的热忱坦率的探讨。

使我深受感动的是《十年祭》中对马达同志的怀念。力群同志以具体生动的事例赞颂了马达为了新兴木刻事业而放弃高官厚禄的无私奉献精神,和任劳任怨、认真负责的工作态度,以及艺术创作上的刻苦探索创新。同时,通过和马达相处中的一些生活细节,刻画了一位表面上沉默寡言,而内心如火似潮的热烈而倔强的性格。然而就是这样一位为中国新兴木刻作出过贡献的、曾经担任过左翼美术家联盟领导、并且参加过广东暴动,受到反动派监禁拷打而不屈不挠的令人尊敬的伟大战士,却在"文化大革命"中被折磨、凌辱、迫害致死。《十年祭》是一篇震撼人心的祭文,是一篇为艺术家立传的动情的墓志铭。

散文是作家对生活的真诚而热情的感应,或洒脱或豪放的抒发。力群同志写的对于他的家乡和童年的回忆,便是来自他经历过的生活,来自他不灭的童心,来自他火热的激情,来自他生华的彩笔。

《马兰花》和《童年逝了,故乡永在》两篇散文,代表了他怀念童年和故乡的情志。《马兰花》写了马兰花的春天,写了人生的童年,写了马兰花盛开时的美艳,写了马兰花枯黄后对人们的奉献。他以宿根的马兰花的生长枯衰,寓意着生命的延续和欢乐,含蓄地象征着人们在无私的奉献中高尚美好的向往。《童年逝了,故乡永在》则是一首春天的诗,一支生命的歌,一枕绿色的梦,一幅大自然的风情画,也是他的一颗眷恋故乡、热爱祖国的赤子之心。《马兰花》和《童年逝了,故乡永在》同《春颂》都是春天的颂歌,都是情真文美,清雅秀丽,有着音韵和色彩的饱含诗情画意的散文诗。

《我的乐园》中的一系列散文,是以儿童的眼光和心态,通过一人一事、一景一物,一山一水、一草一木,一虫一鸟,以他朴实、自然,而又似神话般的彩笔,淋漓尽致地描绘了他童年时代在家乡的奇姿异彩的饶有情趣的生活情景,呈现了一个梦幻般的童话世界。正如《我的乐园》由少年儿童出版社出版单行本时,冰心老师在序言中所称赞的:"我一口气把这本稿子看完了,觉得他写得很好,感情真挚而浓郁。他又是一位版画家,能够把童年时代印象深刻的山水人物,同时用'文'和'画'鲜明生动地记了下来,使得我们似乎看得见那些活泼飞动的鸟兽虫鱼,闻得见那些艳丽芬香的奇花异草,这一切都是少年儿童喜闻乐见的。"《我的乐园》于1984年被评为上海市该年度优秀作品,获得"儿童文学园丁奖"。

在力群同志的散文选集中,我们还可以看到他访问新疆、黑龙江和西湖、牯岭等江南名胜时的几篇游记,抒写了兄弟民族优美的歌舞和欢愉的生活,描绘了祖国的大好河山的壮丽景色和大自然的旖旎风光,以及对于森林树木的热爱情怀。力群同志多才多艺,喜动好游,达观乐天,生活兴趣非常广泛,我们从他写的几篇体育运动的散文中,可以看到他的健康的体魄和洋溢着旺盛生命的活力。

力群同志散文的特色是感情真挚,朴实自然,清新淡雅,优美抒情,情景交融,诗画相映。我们从他的散文中随时可以看到姿容纷呈的画面和浓淡相宜的色彩。他的色彩的主调是绿色。他以浓郁的情怀,飘逸的叙述,深沉的思考和荡漾的激情,忆述了他的童年时代在故乡的生活情趣。抒发了他对于人生的春天和对于大自然的憧憬和怀恋。给人以美的艺术的享受,给人以青春活力的鼓舞。

力群同志是鲁迅先生培育的中国新兴木刻运动的元老之一,是我国杰出的艺术大师,是一位在国内外享有盛誉的版画家。1988年荣获日中艺术交流中心颁发的"贡献金奖",先后载入日本的《大百科辞典》《澳大利亚及远东名人录》、英国《世界名人词典》。力群同志也是一位国画家、书法家。他现在仍然担任着中国版画家协会副主席、中国美术家协会理事、中国美术家协会山西分会名誉主席。同时,他还是一位作家、文艺评论家,被中国作家协会接纳为会员。我们从他的散文中,从他引用的许多中国古典诗词中,可以看出他在中国优秀传统文学方面的厚实功底。他在延安鲁艺美术系任教时,便自称是美术系的教员,文学系的学生。每逢文学系周立波同志讲授文学名著选读时,他便谦诚地提一个小板凳,坐在文学系学生们中间听讲。1942年5月,他参加了毛泽东主席召开的对革命文艺的发展有着重大影响的延安文艺座谈会。他对革命文艺强烈的事业心,他孜孜不倦的求学精神,使他在文学创作上获得了相应的成就。他不但写了许多优秀的散文,还写了一些抒情的诗歌和动人的小说。发表于1939年周扬同志主编的《文艺战线》上的短篇小说《野姑娘的故事》,讲述了一位略带野性的山村姑娘挣脱封建枷锁参加抗战的动人故事。近年来他写的《桃树庄的春天》,则饱含着柔情,细腻地描述了一位秀美、温柔的年轻巧妇的令人同情的命运。他创作的其他几篇小说:《他们都到前线去了》《我的表兄》《一只野兔的悲剧》也都是以抒情的笔调,塑造了一些亲切感人的不同性格、不同命运的人物。

力群同志要我为他的散文选集作序时,我开始不敢答应。因为1941年我在延安鲁艺"部队艺术干部训练班"学习时,他曾给我们上过美术课,是我的老师。1946年我们同在《晋绥日报》的四年中,我作副刊编辑,他是《人民画报》主编,我们又是亲密的同事。全国解放后,或在北京,或回太原,我们又常相往来,情谊甚笃。而且,彼此又是灵石县的同乡。我看到他写的关于故乡的回忆时,自然感到非常的亲切动情。因而写了如上的文字,权作一篇读后感吧!

1990年1月13日

微山湖

微山湖是艳丽的,无情的……

而今,当着她那残留在我底记忆中的面影渐次地褪色了的当儿,微山湖陷落在敌人的铁掌中了,她从此被恶霸们所奸污,像恶霸们奸污着祖国的纯洁而质朴的村女一样。

我可以想像得到,在今天,微山湖上一定横行着敌人的汽艇,里面装载着凶狠的恶霸。在微山湖的岸边,倒毙着罹难的渔夫,农民的血迹染红了泥路,散发着尸臭的气息……

可是也一定有年轻的小伙子,自他们的被惨害了的妻子和姊妹们的尸体间站起来,拭干了眼泪,别了他们的残破的家室,从此佩上一枝洋枪出没在林丛和青纱帐中。

那些以船为家,整年靠给地主做做短工,流浪在湖面的"毛子"和那些勇毅的渔夫,给我的印象是如何的深呀!他们那钢铁的身干,沉默而原始的性格,搬山掀海的气力,将永久和微山湖的贪婪的黄水混织在一起,使我不能忘怀。

当 1931 年的夏间,我离开了父亲经商的夏镇跳上津浦车,向江南求学的时候,车一离开临城站,没有几多路,我就从车窗中看到了一个奇景。——真是奇景呀:在暮色中,夕阳浸在西天的灿烂的红霞里,映照着原野上的湖面,那绯红而艳丽的景色,活像壁炉里的火光照耀着一个少女的面庞,湖上还漂动着海鸥似的帆船……

这样美丽的湖景,给与一个初次南行的北方的少年的欢愉是如何的大呢!那,在我那悲哀的北方的家乡,是永世也看不到的。我急急地翻开地图一看——

呵,是微山湖!

从此微山湖在我的记忆里遗留下一副绯红的少女脸庞似的艳丽的面影。

次年的暑假,我自杭州再回到父亲经商的夏镇,就时常吃到微山湖出产的银鱼,莲子,嫩菱……这比起现在同样失陷在敌人铁掌中的西湖的莲子和嫩菱来,是带着一种野味的。

呵,微山湖是和我这样的接近起来了。

但此后我就再没有能看到微山湖,正如再没能会到我底父亲一样,我被陷到牢狱中了。

一直到 1935 年出狱——可是这时我的父亲已被东家辞退,不在夏镇经商了。但我为了替父亲向一个住在微山湖畔的富农讨债,又重到这久别的鲁南了。

在微山湖畔的富农家里我住了半个多月,站在他家里的炮楼上就可以掠过高粱的丛林看到微山湖。但这时的微山湖不再是当年的艳丽的了,她带着黄色的水头,带着恐怖与灾难,开始向农民袭来了。那水头像一匹报警的蚂蚁似的爬蜒着,眼看着它一步一步地穿过青纱帐向豆田,向打粮场,向农民的家门,向农民的心窝爬来了。

这是水灾呀!五天之内微山湖的涨水吞没了岸边所有的几万顷的高粱田,七天之内它把豆田和菜田也吞去——胡瓜和丝瓜从架上像鹦哥饮水似的把头插在水面了。那些钢铁身干的"毛子"们拨着船在青纱帐中摘穗子。牛拉着满载穗子的车在水里艰苦地走着。牛的肚子和车轮都浸在水里面。人是连裤子都脱去了,光着屁股在黄水里打捞那些用他们的心血所栽培的高粱。他们叹息着:

"你瞧,他奶奶的,血青,只要再等七八天!只要七八天!"

但微山湖是无情的,那黄色的洪水在不断的增涨着,终于用它那无情的水头像鳄足似的爬上了农民的家门了。场里的粮食扫荡个精光,女人们哭泣着,男人们搜拾着能带的存物,准备逃难,小孩子们无知地立在门栏上钓小鱼。

我没有讨到多少债,扫兴地离去了,走的时候是踏着门栏跳上一只破船而去的。

当我走上津浦车时,便再看不到微山湖了,但能想像得出那贪婪的水头会把微山湖的面积扩得太大的,我想着她那贪婪的恶意的姿态,就联想到她那往年的艳丽的面影。

"呵!微山湖是太无情了……"

而今,微山湖陷落在敌人的铁掌中了,人们将不再消闲地吃她所出产的莲子和嫩菱……"毛子"们也不再是替地主做短工了吧？那些新长起的青纱帐也将不再是被黄水所浸没，而是埋藏着祖国的愤怒了的人民，埋藏着袭击恶霸们的枪枝和弹箱了吧？

1938年写于武昌发表于《七月》（胡风主编）

太原西郊的碉堡

近来我时常念惦起太原——这悲哀的古城,现在是喘息在敌人的铁掌下面了。

但也奇怪,当这古城的灰黯的面影浮现在我底脑际的时候,我没有想到在那大街上染红了的同胞的血,那在敌人的胯下蹲动着的无耻的奸类,甚至没有想到那在城头上飘动着的敌人的太阳旗。我所放心不下的却是那些蹲在西郊外的像坟墓似的一塚一塚的碉堡。

我为什么要想到这些碉堡呢?因为这些碉堡是内战时代,阎锡山为了准备迎击进攻太原的红军而建造的。但当时的红军是为了北上抗日,并没有进攻太原就回去,因此这些碉堡也就没趣地像古迹似的遗留在古城郊外的汾河边上了。一直到我当年夏天离开太原,那些坟墓似的碉堡还静静地蹲在西郊的汾河岸上。

如果太原被陷时,那些失魂似的官长们并没把碉堡毁掉呢?（这是完全可能的)那么,敌人不是要利用这些碉堡保护自己吗?

对于这些碉堡,我是亲眼见过的:那时是1936年的春天,当春的消息透露在古城时,红军要进攻太原的消息也就袭击了古城了。纷乱了一阵之后,就听说汾河岸上已造起碉堡来,但仅仅是听说而已,因为那些探头探脑的人们连城门都不敢出,谁还能亲眼看到呢?

终于红军渡过黄河回去了,那些要求太平的小市民终于得到了太平。于是古城开始了往昔的熙熙嚷嚷,人们不再是提起心来过日子了。因此也就开始准许出城,不再是闷窒地被人家锁关在铁桶似的古城里。

在当时,长久禁锢在城里的我,居然能出到春天的郊外呼吸点清新的空气,真是一种莫大的享受。

我记得非常清楚,在一个明朗的日子里,我和杜妹出城了。我们在碧绿的草地上迈着步,田野间不时送来了马兰花的幽香——这种花有一种紫蓝的美丽的颜色,路边也点缀着蒲公英的黄花。我们明知道这里是没有作过战的,但当时的心情,却总觉得自己是跨步在战后的田野上,有一种无名的感奋了。待到我们走近汾河岸边,在我们的前面出现了灰白色的碉堡时,这种感奋就更加强烈起来。

那些碉堡并不高,是圆椎形的,炮眼很多,在它的足旁插着木桩,在木桩的行列上绕箍着铁丝网,带着铁刺,象棘木的刺牙。当我们走近它的身边时,就从我底心底涌起了憎恶了。但在碉堡的附近却开着春天的花。在汾河的西岸是静静的一片田野,春风吹掀起麦波,也吹拂着杜妹的发丝,这使我感到愉快。

在汾河堤上的战壕边,有发芽的树林,在树林上有歌唱着小曲的野鸟……

如今,这些祖国的土地已经被敌人所侵污,这些祖国的田野也已被铁蹄所践踏,现在残存在我脑海里的,就只有这些空漠的绿色的草地,马兰花的幽香,灰白色的碉堡,交织着的铁丝网……了。

但绿色的草地,马兰花的幽香……我都不惦念,我所放心不下的,是那些蹲在太原西郊汾河岸边的一塚一塚的碉堡。如果真的敌人竟利用了我们内战时代的手造的碉堡,从那些炮眼里迎击起收复失城的游击队来,我们将会怎样的心痛呢!

可是,单单心痛是无补于我们的抗战的。我愿这种被敌人利用了的内战时代的碉堡像碑石似的引为教训永立在国共两党的中间,因为这碑石将会严厉地作证:两党的分裂,不但耗费了民族的精力,更不幸的是替敌人造下利刀来屠杀自己的军民。

此刻如果有人反对以国共两党为基础的统一战线,无疑的,要不是拿了敌人的津贴,那他一定是瞎眼,因为他的眼睛竟不能看到存立在国共两党之间的那巨大的痛心的碑石。

1938 年写于武昌发表于《七月》

行军在吕梁山中

敌人进攻我们了,我们每天在行军。

大炮在五十里外经常地轰击着,轰轰地震撼着山岳。

天气是晴的,但是异常的冷。洌寒像一匹凶狂的小鼠似的,在紧咬着山路上爬行着的灰色行列,他们的耳朵,手尖,足梢,被咬的发痛。

太阳,照耀着白雪,雪在亮晶晶地发着寒光,但是谁也不理会雪的芒针痛刺着他底眼睛的事,各人都在走自己的路。一个跟一个的在走着。

伙夫在背上背着饭筒,杓子,露杓;人们都在腰里挂着明晃晃的电筒,像背着子弹带似的背着干粮,每个人都背着缠裹得很别致的背包。此外还挂着饭囊。在背包上许多人都绑着一双鞋。女同志在背包上插着一双红色的耀人眼目的手套——真是红的漂亮呵,在很远很远的地方都看见了,像一朵红色的鸡冠花,映得人们的眼睛都红了。

有的长官带着家眷①,那搽粉的,穿着亮光光的蓝色的细羊毛皮大衣的太太骑在白色的马上,马在雪和冰块上困难地行进。大概是小少爷吧,戴着水红色的毛线小帽,骑着一匹骡子,可是时常从骡子身上溜下来。

总是听着人们沉重的脚步踏在雪上的沙沙的声音,空气是异常的单调。

"得儿——滑滑滑。"马夫一遇着下坡路,有暗冰的地方就叫起来了。

你如果抬起头来展望一下蠕动在前面的行列,那幼小的儿童妇女队,背枪的背大刀的决死队,戴着皮帽子的抗敌演剧第三队,以及那担挑文件箱筐的勤务员,驼着人在慢步的马匹……你倒反而会感着一种旷山的长途的寂寞。

"妈的,这是谁使这些人们这样的呢?何苦要发了疯似的背上行李在这荒山里跑来跑去呢?"

"是的,这是日本鬼子弄成我们这样的,我们总要一个一个的把他们完全消灭掉!"

轰……轰……又是大炮轰击的声音。

"双池的决死队和八路军,说不定和鬼子干起来了!怎么今天的炮声这样紧呢?"不知谁在说。

"他妈的,还在轰呢,要不是这鸟大炮,咱也不会昨晚一夜不睡就夜行军的!滑倒我两跤,屁股现在还痛呢!"

……

话声一停,人们就又记起西北风的寒冽了,他们的耳朵和手足被痛咬的麻木起来。

总是察察的脚步踏在雪上的声响,有无数只脚在动着。走过山岩的时候,山顶上的积雪被风扫射下来,就击落在你的脸上,钻进你底脖颈里了,真是使你受不了,像那个顽皮的家伙,在和你开着玩笑似的。

一到下坡,我们的所有的行列就一目了然了,像一行灰黑色的蚂蚁在蠕动,看吧,头子已经伸展到很远的银色的冰河边了,可是尾子还在山坡上呢。

连结着的灰黑色的蚂蚁隔半里路就脱节了,这为的是防空。

谁还能认清那一节是"抗敌演剧第三队",那一节是"特务队",那一节是"长城剧团",那一节是"前哨剧团",那一节是"干部学校"……呢!

实在太远太长了,谁也认不清。能看清的就只有白色的马,和黑色的驮着很多东西的骡子。

真是走的使人累,总是无穷无尽的伸展在天边的山峦,白色的积雪,山沟,隐藏着暗冰的无穷无尽的路。上山,下山,再上山再下山,真是觉得路太长了。好像十年也走不完。

到底往那一个村庄驻扎去呢?只有司令部知道,总指挥知道,队长知道,其余的人就都不知道了,其余的蠕动着的人群就按着长官们的指示,一个跟一个地,一队跟一队的走去了。

经过村子时,人们就息下来,马拴在枯槐树上,穿着军装的人们就乱纷纷的塞满了路,没地方拴的驴子、骡子、马匹也都在路上站着不动了。同志们有坐在路旁的,靠在墙壁上的,坐在人家的石阶上的,可是嘴都在乱动着,有的吃着油饼,有的啃着干馍,有的塞了一口炒面——像野狗偷吃了面粉似的,脸上鼻子上弄得都是面。有的放了点开水把炒面搅一搅就吃起来的,真是乱纷纷的好看透了。

有的男同志跟在女同志后面在村里寻老百姓要水喝去了,因为人太多了,水供给不过来。可是,许多门都倒锁着,像全家到亲戚家去了似的。

好容易找到了,就走进去。一看见老百姓就说:

"你们不要怕,你看,她们也是两个女的呢,咱们都是中国人呀,我们不会欺负你们的,为什么你们村里人都跑光了呢?"

"我们不是怕咱们中国的军队,咱们自己人有什么可怕呢,我们听人家说,鬼子兵又要来了,大家就吓的躲开了。"

"那么,大嫂子,请你给我弄点开水喝吧!"

狗在村里狂吠着,有时传来几声马啸,好像听着自己人在外面喊自己的名字催走似的。于是就匆匆促促的喝几口水跑出来了。

一到下午,太阳也寒冷起来了,无力的光芒斜射在雪上,可是就更加发着刺人眼睛的光辉。风是更其威风了,严寒有力地擒持着大地,尽情地虐待着一切。人们是全然做了它的蹂躏品了。

轰轰……轰,走得很远了,可是还听到大炮的巨声;然而人们像没有听着似的依旧走自己的路。

谁也知道自己是非战斗员,所以才和敌人空兜圈子的。

可是在前线上,在离我们不远的地方,在敌人的侧面……不是早已布置好我们的一切吗,那些铁一般的战士们不是等待着时机和命令的到来吗?

时机一到,命令一到就干起来了!

当太阳从西山上滚下去时,这些带着乱杂口音的行列就到达了村庄住了下来。

于是老百姓的炭锹,火炉,锅,碗,筷……都忙乱起来,就连厕所也忙乱起来了,不管男的和女的一走近厕所的门,不是故意咳嗽着,就是问着:"有人没有?""谁在里面呢?"

"这真是从来没有见过的,就是唱戏吧,还会有这样多人吗!"老百姓们都奇怪起来了,说是打仗的军队吧,为什么还带着女人和孩子呢?为什么还有扛不动枪的女兵娃子,和小兵娃子呢?说是逃难的难民吧,可是为什么大家都穿着灰色的军装,背着背包,带着饭囊呢?

真是一点也弄不清。

都是住到老百姓的家里了,老百姓把自己住着的暖窑腾出来,拥挤的合并到别的窑房里去住了。

在暖烘烘的炕上,人们都疲惫的、软软的、横七竖八的躺下去了。像被吸着似的,躺下去就不容易拉起来了。背包、饭囊……都乱七八糟的扔在一边。

于是一下子就觉得宁静下来,不再是慌乱的无秩序的了,仅有少数的人在地下走动,在那暖烘烘的炕上响起了粗壮的鼾声。

有的病了的同志,向老百姓家里讨稀饭喝,讨酸菜,讨辣子……那些老百姓家里的主妇们真是应敷不过来了!

一静下来,人们才觉得在窑里出现了缸、木箱,在罐子里放着金色的玉蜀黍,放着褐色的荞麦、黄豆……好像初来的时候,就没有,现在才有了似的。

一有人传来了情报,大家就不顾一切地伸长了颈子听起来了,于是听到了:

"从司令部得来的消息:午城之敌有一千多人和我们的决死队五团打了一个硬仗,敌人死伤二三百名,我们死伤三十余名,现有撤退模样。"大家的掌声鼓起来了。"大家不要鼓掌,还有,还有一个好消息,据确讯,大宁之敌,因为当地空室清野的工作做得好,敌人到了那里没有东西吃,就退走了,此外,双池的敌人现在也退回去了。"

于是又是一阵纷乱的掌声,真是掌声如雷呵!

接着大家就在炕上高兴的打闹起来,议论起来了。都是些戴黑皮帽子的家伙。

一到冷静下来,就不知从什么地方传来了婴儿的怪有弹性的哭声。

人们都在疲惫地,口里流着涎水地一眼盯着锅上的热气,等待着锅里的面条和小米粥熟起来。

夜幕渐渐地垂了下来。

1939年2月19日于吕梁山中
发表于1939年《西线文艺》创刊号

塞家村
——英妹讲述

一

乡村的妇女工作，真是难做呀，好像要教石头说起话来似的，简直把人能活活地给气死。

可是你要真有耐心，有办法，去克服了一切的困难，她们就会在你的领导之下很好地工作起来的。当她们哼着小调，风快地拉着针线，竞赛着做起军鞋、军装、手帕……的时候，你能不觉得异常的兴奋，而大大地高兴起来的吗？

而且，你还会觉得自己伟大的呢！

去年的秋天，我们的民运科长，把我和小琳派到塞家村去做妇女工作，临行的时候，我们的科长说：

"塞家村是敌人未曾去过的地方，还是一块荒地呀！那里的妇女们简直像一盘散沙，而且顽固的像石头一样。同志们，为了祖国的解放,为了妇女本身的解放,你们是应该吃尽艰苦,把塞家村的妇女组织起来的,像开辟荒地一样,现在这任务是交给你们二位了。"

真的,这任务是交给我们了。我们辞别了科长,打起背包,背在身上,当天走了四十里路,爬了五道高山,才汗水淋淋的来到塞家村。

来到了,我们的心就砰砰的跳起来,这怎么好呢,我们都是刚从随营学校出来,第一次做工作的,一点经验也没有。小琳不过十六岁,而我,说起来算是比她大,可是也不过十八岁呀,全是些小孩子。

可是我们就做起来了,我们装着大人的样子,第一天去见了村长。我们说:"王村长,请你们给我们找个窑住吧,坏一点也没有关系的。"

"哈哈哈!"王村长说,"怎么能给小姐找坏的窑呢!哈哈。"

就这样的,王村长给我们在村里的东头找了一个半新不旧的窑。

搬进我们的行李后,我们轻松的呼了一口气,我说:"小琳,工作起来吧!"小琳向我笑了一笑。

塞家村一共有四十多户人家,全是种庄稼的。村子的四面都是土山,像我们山西的所有的村子一样。人们住的有房子也有砖窑和土窑。都很穷,都很瘦,只是看去倒还好像有精神。

可是,这里的妇女呀,真是没有见过世面的土包子,头上打着一个又高又尖的结,像翘起来的野鸡尾巴一样,真是难看透了。脚呢,都是小的,可是她们的女儿们却是都放开了,据说是日本鬼子来了,怕跑不动,所以就"忍痛"放了。

说也奇怪,因为我和小琳都穿着军装,扎着皮带,完全是副丘八像,她们就把我们当成大兵了,我们走近她们时,她们总是逃,骇怕,像看到日本兵一样,真是哭笑不得的事。

初到的时候,我们是准备先做一番访问的工作的。因此,我和小琳就不得不挨户的跑。一次,走进一家人家去,进门就听得一个老太婆喊:

"这些兵娃子跑进人家做什么来了?"

于是我们从容的笑着说:

"老太太,你看错了,我们都是女孩子。"一面说,一面就脱下军帽来给她看我们的头发,她眯起她那老花眼来向我们看了一看,这才笑起来。接着就问:"你多大了?""改啦没啦?""想你们的妈妈吧?"……真是问的百花百样。而且,我们说没改,她还不相信,一定要问有孩子没有。

可是那些姑娘,媳妇们,已经知道我们是女人了,还是不敢和我们接近,她们总是偷偷的在门缝里和窗洞里看,好像觉得我们很奇怪似的。如果你拉着一个问起她们对於抗战的意见来,有的说"解不下",有的却说:"鬼子兵多利害,军队都打不走,咱们女人家还能怎么样了呢!"都是这一类的话,好像她们觉得自己是废料一般。于是我和小琳给她们说:"咱们女人也是有用处的,中国离了女人也打不走日本呀,不过女人们只有组织起来才有用……"

经过有四五天的工夫,我和小琳把全村都访问过了,於是全塞家村就都议论起来,有的说我们不是规矩女人;有的说我们是来招女兵的,我们从路上走过去,也总是有人在旁边挤眉弄眼的暗笑,可是,我们也不管。

二

有一天,我对小琳说:"动手组织起来吧!"

于是我们就动手组织起来了。小琳说:我们得先开一个妇女大会,我想这是很对的。

我们通知了王村长,在早晨的时候,村里就敲起锣来,锣声一停,就听得说:"吃了饭,在学堂里开妇女大会罗,姑娘媳妇们都要去!"

我们听到就笑起来,可是心里觉得很紧张。

饭都是我们自己做,这一早上吃的小米粥。我和小琳急急忙忙的洗了碗,就向小学校里跑。

我们坐在教室里等了好久,只来了两个小姑娘,一个叫承爱,一个叫玉芳,这怎么办呢,锣是敲过了,可是都不来。

会是显然开不成了。

没有办法,我就请村长派人去催,於是就又敲了一次锣,可是还是没有人来。我对小琳说:"咱们和这两个小妹妹去一家一家的拉伕吧。"说着我们就实行起来了。我和小琳一人带了一个小姑娘去搜索,她在村子的那一边,我在村子的这一边。

可是走了好多家也不见一个年轻的女人,在炕上坐的是老太婆和小姑娘,问起她们家里的女儿和媳妇来,都说不知道,或者说住娘家去了。我想,这都是鬼话。可是到底到那里去了呢?真是奇怪。我於是就请老太太去开会,可是老太大说:"老了,就死的人啦,耳聋眼花的,还开什么会呢!"

没有办法,我们只好再走一家去搜索。自然,有时候也碰到一两个较年轻的女人,可是都有工作,不是在磨面,就是在奶小孩,说没有闲空去开会。

结果半个村子都找遍了,仅仅拉到三个伕,你看气不气死人。这三个伕里头,一个是寡妇,一个是吴老太婆——是一个很明白而又和善的老太婆,我们一说她就来了,第三个是一位中年妇人,她的丈夫当兵打仗去了,她既没公婆,又没孩子,说是名叫赵霞珠。

仅仅拉到这三个伕有什么用处呢?我一路走着,就很颓丧。正在这时候,就看到路旁边有三个小姑娘在那里玩,我就迎上去问:

"小妹妹们,你们看到那些女人们都到那里去了呢?"

于是其中的一个穿红衣服的就鬼鬼祟祟地跑来告诉我,说:"我知道,她们都跑到圪塔院里去了。"

于是,我让那三个女人先到学校去,我和小姑娘玉芳就按着所指的那个院子搜索去了。

圪塔院子在村子的半山头上,很高,爬起来很费力,并且还有一个凶狗呢,因此谁也不大去。可是我们跑上去了。

一看,门是关着的,于是玉芳就叫起来:

"三婶婶,三婶婶,开门,看着你家的狗,我怕狗咬!"

狗在里面就汪汪地叫起来,等到三婶婶把狗拴好,给我们开开门时,她一看见我就不自在起来。我们一走进去,就吃了一惊,呀!真是多的很,有二十来个女人呢,都在窑门口剥玉蜀黍的皮,她们以为躲在这里就可以免去开会了,看见我就都忍不着的笑,我於是说:"你们都不要怕,我们不是要你们当兵的,走吧,我们是要和大家开一个会,互相谈一谈话的。"

说着,那位三婶婶就让我屋里面坐,我说;"我们一起到学校里去吧!"於是有的立起身来准备走,有的却说:"我们什么也解不下,怎么会开会呢!"说着说着,她们就都走出来了。

我想,这就可以去开会了吧。不,一出门她们就都四散了,像逃难的一样,跑得风快。结果我连一个也没有捉到,真是气煞人。

仅仅有四个小脚的留下了,因为跑不动。

我想,也许小琳比我拉得高明吧,於是就押着这四个小脚的走,反正人少一点也要开会的。

可是等我们走到学校里时,教室里连一个鬼也没有了,我看见小琳就问她,她很沮丧的说:"人家等不上就都走了,说是还有事做呢。"

我问她拉到几个,她说她只拉到六个,可是也走了。

没有法子,我也只好把这四个小脚的放回去,说是改日再开。

之后,小琳就向我诉起苦来,说她到一家人家去,一个男的气愤愤的说:"我们家里的人不能去开会,你们赚了钱啦,我们又没赚……"就这样的把她骂出来了。说着说着小琳就哭起来,后来她向我说:

"我情愿上前线打仗去,那要比这痛快的多,这样的工作简直太没趣味,简直要气煞人,我死也不要再做了!"

我该怎么办呢,还不是一肚子的冤气没处诉吗,还不是也想痛快的哭一场吗,可是我真的和小琳似的痛哭起来,那还成什么民运工作者呢?那真是大笑话了。

于是我只好忍着,而且拿出大姐姐的姿态来很冷静的向小琳说:

"小琳,不要太情感了吧,这种困难,也是我们预先就料到的,科长不是说过,塞家村还是一块荒地,妇女们还是一盘散沙,而且顽固的和石头一样吗?可是这也正像科长说的,我们为了祖国的解放,为了妇女本身的解放,我们是应该吃尽艰苦的……"

可是,小琳还在哭,好像非常之伤心似的。

三

工作的没有兴味,正和嚼了满口的泥土一样。当天晚上,我和小琳无精打彩地倒在炕上,就研究起来了。

研究的结果,是认为我们太心急,记得科长曾经对我们说过:妇女工作,真是一种最麻缠的工作,是心急不来的。因为中国的乡村妇女几千年来,过着封建的奴隶的生活,没有呼吸过一点自由空气,现在要教她们觉醒过来,绝对不是一件容易的事。

现在,我们的方针确定了:首先是要求她们毫不怀疑我们,而且信任我们。然后再来谈组织。

但要使她们不怀疑,那就必须和她们打成一片,建立起私人感情来。要取得她们的信任,那就必须要能够帮助她们,教育她们。

真的,第二天起,我们就重新做起来了。我们下了顶大的决心,准备来个"长期抵抗",用一个月的工夫做到和她们像一家人一样。我鼓励了小琳一番,小琳也就高兴起来。

于是,从此我们每天早上一吃过饭就跑到老百姓家里玩去了。家家都去,去了就乱谈起来,从家务起一直谈到打仗上去,可是我们总不提到开会的事。看到她们的孩子哭,就给她们抱抱孩子,看到她们在院子里做酸菜,我们也就下手帮忙,看见她们剥玉蜀黍的皮,我们也坐下来替他们剥……

她们起初总是说:"哈呀呀,这可怎么说法呢,你们小姐先生们,不要弄脏你们的衣服吧!"

我们说:"大嫂嫂,没有关系的,我们在我们家里就做惯了的。"其实天晓得,我们在家里还不是舒舒服服的做小姐吗!

于是一面做着,一面也就又扯开了。仍旧是先谈家务,后来谈到抗战上去。我们告诉她们,女人读了书怎样的好,东北的女人怎样勇敢的打日本,之后,给她们讲中国抗战的现状,抗战的前途,以及日本国内的情形等等,……可是我们总不提到开会的事。

最后给她们唱两个小调，噢，她们开心死了。而且竟会有许多人跑来听，小姑娘们就开始要求教给她们唱歌了。从此，我们就组织了一个儿童队，说是专门教唱歌的，一下子就有二十多个儿童加入了。

仅仅有两礼拜多工夫，我们就跑得家家都熟悉起来了。不论走到那里，总是跟着一大堆小姑娘，和我们很亲热，而且有许多家的小娃娃也和我们惯熟了，总是要我们抱。

就在这个时候，有一个老太婆很爱小琳，她要小琳给她做干女儿，而且也有些女人，要和我做干姐妹呢。我想，为了和她们打成一片，为了工作，有什么不可以呢，所以也就完全答应了。

有一天，我们到一家人家去，不但小姑娘们唱我们的歌，而且她们的妈妈也唱起来了。我想，这，我们的工作也就算是有了些眉目了吧。

我们和她们一天比一天地熟悉起来了，一个下午，我忽然得到一个领悟，觉得她们当中最有力量，最有威信的是老太婆，老太婆说下的话，差不多谁都肯听的。因此，想要组织妇女，就必须用老太婆来做骨干。而且老太婆大都每天空着没事做，多半都在串门子，并且也好说，话长。如果能够把她们抓紧，加以说服，加以教育，她们将是顶顶好的宣传者与组织者。

后来我们就试做了，自然有些老太婆是很顽固的，可是有些却很好，而且很能听从我们的话。

最先训练起来的是吴老太婆,赵霞珠,和小琳的干娘……她们像留声机似的,把我们的话可以传达到全村。

差不多一个月,我们就和全村的女人打得烂熟了。此后,我们住的地方几乎就时常挤满了人。

我心里头很高兴,小琳的心里头也很高兴。

四

有一天,我们和吴老太婆,小琳的干娘商量,说我们要成立妇女救国会,她们非常赞成,于是决定第二天早饭后就召集。我们通知了儿童队,请转告他们的妈妈和婶婶……同时到我们这里的女人,我们也个别的做了政治工作,个别的通知了。但更重要的是吴老太婆和小琳的干娘们在村里所做的政治工作。

那真是使人愉快的事,到第二天早饭后,连小姑娘们在内,一下子就来了四十多人,大脚的,小脚的,老太婆,年轻的姑娘媳妇,有的拖着辫子,有的罩一块花头巾,……把小学校里的座位都坐满了。

未开会前,她们在乱烘烘的谈论着家务:道这家长,说那家短的,等到开会了,她们就你靠着我,我拖着你。一要她们说话,那些年轻的就掩着脸,掩着嘴,有的脸红着,笑着,只是笑,羞答答的。问什么都是说"解不下"。

后来我报告过开会的意义,对她们说,今天是塞家村"妇女救国会"成立的第一天,大家应该选举一个会长。费了很大的劲,算是把吴老太婆给选成会长了,副会长是赵霞珠。其余的干事之类也算选出来了。

这真是非常之吃力的事,我们一面开会,还得一面教给她们开会的方法——有一个女人带了一个小孩子来,总是在乱叫,可是也不好意思教她带出去。最后要教她们讲演,可是谁也不上来,都说不会讲,后来算是正会长讲了几句,玉芳还讲了几句呢。记得吴老太婆讲的时候说:

"从前,我们女人和装在黑洞子里头的一样,黑得什么也不知道,什么也解不下。可是从今天起,我们就要知道些天底下的大事情了,解下些大事情了,从今天起我们也要管理国家的大事了,因为国家的大事也有我们一份儿的,我们也要帮助军队打日本,就是军民合作。我们不能再教鬼子兵糟踏我们了,我们,我们女人也有用处的……"

到临末的时候,我们拿了一些颜色的宣传画给她们看,而且为了使这个会不干燥起见,我们除给她们唱歌外,还当场教了她们一个"王家庄"歌呢。

这一天,她们就很满足的散会了。

五

这之后,差不多就是一帆顺风了,很少遇到大的困难,妇女们已经非常之信任我们,而且她们已经感觉到需要求知了。以后我们到她们的家里,她们说:

"呀,看你们活时的①,我们如果也能和你们一样的,又会唱歌,又会讲演,就好死了!"

有的又说:

"开着会了也好,我们听得常了,脑筋就开了。"

这之后,我们就把识字班和歌咏班都成立起来。此刻,差不多全村的妇女都加入了"妇救会",因此,识字班和歌咏班都非常拥挤。

在这个时候,我们提倡她们剪发,也办到了。她们很听从我们的话,而且对待我们非常好,一碰到饭时,她们就拖着你死也不让你走,一定留着要你吃她们的饭,而且有的还请我们到她们家里吃饺子去呢。

我们的工作这样的顺利起来,小琳就更加生动起来了。

可是这时候也真够忙,两个人又要时常给科长写报告,又要出壁报,又要讲国内时事,讲抗战故事,又要讲最初步的统一战线,又要替村里人写信……忙得连洗衣服的时间都没有,因此身上的虱子就长起来了,竟有那么多,也不知道从那里跑来的,可是我们也管不了这些。

总之,这时候塞家村的妇女们,再也不觉得我们是可怕的丘八了,她们把我们当成她们唯一的先生呢。

但是我们是不许她们叫先生的,大家从此都得叫同志。于是就"同志""同志"地同志起来了。在她们觉得很好玩。

这时,妇女们已经知道"妇救会"的好处了,借着它不但可以知道些新鲜的事情,而且她们的婆婆和丈夫无理地打了她们,"妇救会"也可以给出气的。她们已经明白妇救会是可以给她们解决一切困难问题的了。

看吧,有些邻村的妇女也来加入我们的"妇救会"了。

这,我们是如何的高兴呢!当年的"10月10日"①,我们除扩大纪念外,还来了个征募寒衣运动,当时县政府给我们妇救会派下一百对布鞋,二百套棉军装,要我们在十天之内赶出来。

于是我们把"妇救会"的同志分为六组,来一番突击。在未分配工作之前,我们先大大的做了一番政治工作,说明了一番,奖励了一番,之后就发给布料,并正式宣布六个组开始比赛。那一组做得最好最快,奖给"模范锦标"旗一面,其余的酌量奖给毛巾、铅笔之类。

看吧,她们动起来了,每到一家,你就可以看到炕上堆着棉花,桌上摆着灰色的布料,手里飞快地拉着针线,而且口里还哼着小调呢:

奴在房中闷沉沉,

忽听门外来调兵,不知调哪军。

呀呀得儿外得外,不知调哪军。

……

送郎送到火车站,

一见火车冒了烟,祝郎早凯旋,

呀呀得儿外得外,祝郎早凯旋。

……

那是多么快乐的歌声呢,我和小琳看到这样紧张而生动的新场面,正像一个农夫站在田野的中间,看着他的成熟起来的庄稼似的,我们胜利地微笑了。

不到十天，一百对布鞋，二百套军装，在三个村子妇女的动员之下，就现现成成的摆在我们的面前了。而且还做出九十二件手帕子来，算是外加，是小姑娘们突击做出来的。上面绣着"民族英雄""勇敢杀敌"……等字样。

结果，得锦标的是第三组，在大家的鼓掌声中，第三组的组长把一面红色的"模范锦标"旗拿去了。

后来，我们的妇救会就一天天的扩大、巩固起来。到了冬天，外村的同志们冒着刺骨的朔风和大雪还来开会呢，这真是令人大为兴奋的事。

这里有一个值得特别提述的事：有一次一个小姑娘犯了大的错误，被会里面开除了，可是她哭的非要再加入不可，同志们都感动了，就又恢复了她的会员资格。

后来科长看到这里的工作做得已有基础，就把我和小琳派到别的地方开展妇女工作去了。在一场酸心的欢送会后，我们泪别了那些亲爱的同志们。

六

当今年的春天，敌人围攻我们的吕梁山脉抗日根据地时，经过塞家村的附近，就连一个鬼也没有见到，饿得要死，结果杀的吃了两条狗，他们就滚蛋了。

这是什么缘故呢？因为我们"妇救会"做的空室清野的工作太好了，每家把什么东西都搬到山里，或者暗暗的埋起来了。因此，这一次敌人的来，不但妇女们被他们糟踏不到，而且连一文钱的财产也损失不了呢!

现在塞家村妇救会的同志们不但组织了慰劳队,洗衣队,而且还组织了送信队,救护队呢!

最后,我要关照各位一声,你们如果有谁要到塞家村,就请你们无论如何把路条带在身上,因为没有路条,妇救会的放哨的女同志是万万不能让你们通过的。

1939年4月15日于延安宝塔山下
发表于1939年《妇女生活》杂志

不朽的遗容

当我们在照片上看到建筑在莫斯科红场上的列宁、斯大林陵墓时,总难免要想:安放在陵墓内的这两位伟大革命领袖的遗体究竟是怎么样子的呢?能不能有一天荣幸地去瞻仰他们的遗容呢?

我们这次趁访问苏联的宝贵时刻,敬谒了久已向往的列宁、斯大林墓。

当苏联翻译员略托霍同志通知我们敬谒的时刻时,我们是多么的高兴呀!来苏联的一般外宾,在庆祝伟大十月社会主义革命四十周年的期间,要敬谒列宁、斯大林墓须要先到红场附近的莫斯科旅馆登记集合。这样就可以不必和苏联公民一起排队,而优先按时进入红场。听说苏联公民要敬谒列宁、斯大林墓,于开放之日,即使在最冷的冬天,因为排队,也得在克里姆林宫右侧的阿历山大洛夫公园站立三四个钟点。可见他们对于瞻仰领袖的遗容之心诚了。

11月26日上午12时,我们在雪花飘舞中来到了莫斯科旅馆,看到已经有越南和英国及其他国家的外宾在等候,约12时半从莫斯科旅馆出发,有三十多位外国来宾,由一位苏联女同志带领前往。到进入红场的街口就看到苏联公民敬谒列宁、斯大林陵墓的漫长的行列已在阿历山大洛夫公园冒雪等候。我们走进红场后即停下来,等候苏联人民的漫长行列和我们的队尾相接而后前进,这时红场上除了扫雪的姑娘在活动外,不见行人,显得广场上静洁而严肃。

我们的大队行列是双行,由于警察的帮助,排得很整齐。在行列前面有一位警官带领,他走的很慢,队伍徐徐前进,象一条在流动的河流。

列宁、斯大林墓的上半部,用赭红色的大理石修建,顶端是检阅台。下半部和室内都用黑色的大理石建筑。在墓门的顶上,于赭红色的大理石上有列宁、斯大林的名字。

我们到了墓前,看到有持枪的苏军站于门旁,一动也不动,十分严肃,象两个威严的大理石雕象。行列停于墓前,警察划出队伍的前列约五十人先进入墓门。我们是最先进去的,人们一到门口即自行脱帽,然后走入墓室,沿着右边黑色大理石的石阶下去。地下室内十分肃静,只听到人们的脚步声。走过转弯,忽然听到孩子叫妈妈的声音,这才使我知道,有人把他们的孩子也带来了。

在墓道下,于黑色大理石的暗室中,并排地摆着列宁和斯大林的水晶棺。左边是列宁,右边是斯大林,四角有持枪肃立的苏军仪仗兵守卫着。两个淡红色的日光灯从水晶棺顶上照耀着列宁、斯大林的头部,使我们看得非常清楚。我们怀着至高无上的敬意首先走近列宁的水晶棺,看到了久已在绘画、雕刻和照片中所熟悉的他的遗容。列宁于 1924 年 1 月 21 日六时五十分逝世,享年 54 岁。他离开我们到现在已有三十三年了(指我们瞻仰时),然而在我们看来,他并没有死,而是安详地睡在那里,因为露在外面的他的脸和握拳的右手以及平放着的左手,都有血色和光彩,好象活人的皮肤一样。使我们感到似乎有热血在他的血管中奔流。列宁穿着黄绿色的制服躺着,眼睛闭着,他的遗容是那样慈祥,令人感到亲切。他的前额是那样的大,使我们感到在那里潜藏着无限的智慧,使我们感到他是真正伟大的思想家。

瞻仰过列宁的遗体,接着就走近斯大林的水晶棺旁,在日光灯的照耀下,我们看到斯大林穿着大元帅的服装躺着,胸前佩着勋章,两手平放在腹部,几乎一切都和生前一样。

他于 1953 年 3 月 5 日逝世,享年 74 岁,离现在的时间还不算太长,当然他的遗容更不会有任何变化。

我们觉得瞻仰的时间实在太短了。但由于敬谒的人是这么多,只好很快的从右边的墓门走出。可是离开了几步,就想再回过头去多看一眼。

在列宁、斯大林的墓后,克里姆林宫的高墙下青色的枞树林中,还有许多革命领袖的墓碑,其中在斯维尔德洛夫、捷尔任斯基、奥尔忠尼启则、日丹诺夫和加里宁的墓上树立着他们的大理石胸象。使我们看了肃然起敬。

翻译员告我们,当卫国战争期间,为了慎重起见,苏联政府曾把列宁的遗体运到别的地方保藏起来,待战争胜利后才运回到原处,据说经常要在遗体内注射药品,使他不腐,保持原样。

伟大的列宁和他的杰出的学生斯大林的形象,多少年来就活在我们的心中,鼓舞着我们前进,给予我们克服一切困难的力量,现在亲眼看见了他们的可敬的遗容,使我们感到无限的温暖和幸福。

原载 1958 年出版的《访问苏联画家》

春　颂

等待了很久的春天终于来到了,我是多么的高兴呀!

自古以来,人们都是喜爱春天的,所以曾有很多诗人歌咏她。我还记得其中一首是:"春眠不觉晓,处处闻啼鸟。夜来风雨声,花落知多少。"

而我也是非常喜欢春天的,虽然不曾写诗歌咏她。

记得当年在北京时,春天一来就常到颐和园去观赏玉兰,那雪白纯洁的花朵很早地就透露了春天的消息。有时也到中山公园去观看牡丹,各种娇艳的花朵确实有一种富丽的感觉。所以古人说:"牡丹花之富贵者也。"

但在那时总不禁流露出一种游客的姿态和旁观者的心情。

然而,自从我近三年来回乡插队,从事"绿化祖国"的林业工作以来,对于春天就有完全不同的感受了。

现在,我更爱春天。可是春天对于我,已不再是当年观赏玉兰和牡丹花时的心情了。春天是我们林业工作者的最美好的季节,我感到我们的工作和春天溶成一体了。春天给予了我们的树木以生命,而树木的美好新绿又体现了春天的存在。

春天创造了绿色的树林,我们在创造绿色的春天。

春天来了,我们就感到了为林业而忙的愉悦,为林业而战斗的欢喜。我们像蜜蜂之与春天一样,想要紧紧地捉住她,紧紧地抱住她,不让她悄悄地溜走。曾有一首歌,其中说:"春归去也,谁也不能留。"但我们总想留住她。

还在严冬飘着雪花的时候,我坐在炉旁就盘算上了:等到春天来时,要把苗圃里的箭杆杨移植到小河的两边和沟的深处;把两块新造的水田再改成苗圃;要到稷山县引进板枣,要到永济县引进白水杏;要在村旁栽植洋槐,要在山下把酸枣接成板枣;要把育下的杜梨苗嫁接成巴梨、香蕉梨……

等呀,等呀,冬至过了,春节过了,雨水过了,当大泉石山的银色的覆冰开始溶解,当小河里的流水开始喧哗,春天就终于姗姗而来了,我是多么的高兴呀!因为这是我们的理想就要变成现实的时候了,是我为"绿化祖国"的工作贡献力量的时候了。

说话间清明节来了,杏花开了,河柳绿了,我们也更加为林业而忙了。山野里处处有啼鸟,好象没有听到,雨后的杏花不知落了多少,好象没有看到。当我听到小伙子和姑娘们在飞舞锹镢进行植树造林而唱出美丽的歌声时,当我看到我们奋战五天栽植的成千箭杆杨在一夜间迸发出嫩绿的小叶时,当我看到我们嫁接的梨树、杏树、苹果树……一个一个地从覆盖的细土中冒出新芽时,我是多么的愉快呀!这比当年在北京看到初放的玉兰、盛开的牡丹时的愉快是不同的,因为这是经过了我们的心血和广大社员的汗水的浇灌而出现了的绿色。我看到这些绿色的生命就感到可爱,我爱它们初放嫩芽的现在,也预见到它们高大成林、硕果累累的未来。我想:当炼钢工人看到高炉的钢水铸成了钢锭,当公社的社员看到了播种的谷物长出了禾苗,也一定是这种愉悦的心情吧。这些成活的箭杆杨呀,酸枣接成大枣的新芽呀,杜梨接成梨树的小苗呀……虽然算不了什么了不起的创造,但我已在春天的帮助下享受了创造的喜悦。毛主席说:"人类总是不断地总结经验,有所发现,有所发明,有所创造,有所前进。"

有首诗句说:"春风又绿江南岸。"在我们这多山的灵石,过去我只看到春风又绿了一片片的山坡,春风又绿了一层层的梯田;然而自从我参加林业工作以来,更看到春风又绿了我们心爱的树林,春风又绿了我们心爱的苗圃。

春天是可爱的,但从来也没有象现在这样可爱。

春天是美丽的,但从来也没有象现在这样美丽。

      发表于 1978 年《汾水》第六期

新疆旅游散记

著名木刻家力群同志,去年有新疆之行,历时数月。应本报之约,撰写《新疆旅游散记》数篇,并配有速写插图。自今日起将陆续刊出。

——《西安日报》编者

一、和哈萨克族儿女们在一起

我们新疆好地方,
天山南北好牧场,
戈壁沙滩变良田,
积雪溶化灌农庄。
□……□……□……
我们美丽的田园,
我们可爱的家乡。

这是一首歌唱新疆的抒情歌曲，有着浓厚的维族风味。我时常听到它，深为爱好。然而我却从来没有到过这个可爱的好地方。远在儿童时代，在小学课本中就读到汉代张骞出使西域，从那里带回葡萄和苜蓿的故事。后来知道那时的所谓西域即今日新疆之大部地区。作为一个画家，多少年来我是多么期望着有一天能旅游新疆这个祖国的好地方呀！

　　终于在去年受伊犁地区的邀请，我飞到了那里。从七月下旬到十月上旬经历了从夏到秋从秋到冬的不同季节，同时也畅游了天山南北的广阔牧场，参观了戈壁沙滩上的良田和农庄。我是从来没有到过草原的，这次在伊犁地区的昭苏县境内康苏沟里首次走进了牧场，并在哈萨克族的帐篷中作客。主妇让我们坐在帐篷正中，即刻双手送上奶茶。我第一次吃了香美的"纳仁"饭（哈族对高贵客人的一种款待），喝了可口的马奶。深感这个兄弟民族的人民是多么热情，多么好客。接触中又令人感到他们是多么健壮，多么豪爽。哈族姑娘是既善于骑马，又善于刺绣的。在哈族的帐篷里用姑娘们绣制的美丽图案装饰着家室，正象汉族姑娘们用美观的窗花来装饰窑洞一样。我在帐篷中作客感到舒适而愉快。

　　哈族是游牧民族，逐水草而居，在他们生活的地方是看不到一块种庄稼的田地的，无处不是一望无际的绿油油的草地，看到这如画的风景，不由得使我想起古人描绘草原的"天苍苍地茫茫，风吹草低见牛羊"的诗句。新疆的哈族人民过着风吹雨打的流动生活，为祖国贡献了多少可口的牛羊肉，多少高级的细羊毛,多少坚固的好皮革,作为食品工业和轻工业的原料。

我曾经在伊犁参加过一次哈族的婚礼,新郎新娘有礼貌地接待来宾。哈族、维族、汉族青年来客都坐在富有民族特色的华丽地毯上饮酒,接着弹起都特儿,尽情地歌唱,尽情地跳舞。哈族的舞蹈是富有矫健与豪放特色的,我非常喜欢。可惜我这个汉族老人不会跳,面对这个欢庆的场面,只有望洋兴叹。然而我也以一个舞蹈爱好者,分享了这次婚礼的欢乐。

哈族姑娘的帽上喜欢用猫头鹰羽毛作为装饰,她们的衣裙上用鲜艳的彩线刺绣着以草原上的花草和动物组成的图案。有一次我们在伊犁境内果子沟哈族帐篷里要求给一位名叫哈里妲的姑娘画像,她高兴极了,连忙穿上华丽的民族服装,戴上飘扬着猫头鹰羽毛的漂亮帽子,站在帐篷外让我们画。她是那样的健壮,那样的美丽,那样的自然,那样的大方。毫不因我们是外来汉族客人而感到拘束,她真象一朵草原上的野花,是久经风吹日晒的。

有一次我们来到新源县,到乌拉斯台草原作画,据说伊文思曾来这里拍过电影,因为这里的草原和森林构成的风景非常美。作完画后,我们来到哈萨克族帐篷里吃奶茶,看到帐篷外卧着一只小鹿,象一只可爱的小牛。主人告诉我们是从山里森林中捉来的,还不到一年和人已经熟悉了。我对于这种小动物从心里喜爱,即刻到它身边抚摸它,它不怕人。哈族人民生活在大自然中,和草原上的各种善良的野生动物都能和平相处,成为朋友,这种乐趣,是定居在城市的居民无法享受的。

然而生活在国防边境线附近的哈萨克民族,对于从国境线那边潜伏进来的特务却绝不和平相处,凭他们怎样狡猾,也要勇敢机智地和他们战斗到底,来一个捉一个,交与我们的公安机关法办。这也是哈族人民对于祖国的一大贡献啊!

哈萨克族儿女们骑在马上,在草原上驰骋,象苍鹰飞翔在天空四处瞭望,他们无时不在关怀着祖国边境的安宁,无时不在警惕着奸细的暗藏。他们把保卫"我们美丽的田园",保卫"我们可爱的家乡"当作神圣的任务。

祝哈萨克儿女们在天山南北生活的更加幸福!

二、积雪溶化灌农庄

在《我们新疆好地方》这首歌曲中说:"戈壁沙滩变良田,积雪溶化灌农庄"。我在北疆南疆旅游期间,不论在草原上行走,不论在飞机上下望,都能看到天山上终年留存着的积雪。那耀眼的银白色的雪峰,为群青色的蓝天相衬,把天山装饰的那么雄威而美丽。即使在炎夏,天山上的积雪也是溶化不完的。一条伊犁河的河水,象牛奶一样呈现着乳白色,日夜不息地奔流。然而它正是天山上的积雪溶化的产物。我在新疆将近四个月的期间,很少下雨,有时雨来也是个地皮湿,那么田野里的庄稼靠什么哺养呢,"积雪溶化灌农庄",一点也不错,北疆的很多田野全靠伊犁河的溶雪水来灌溉的。有一次,我在伊犁宾馆看到附近渠道中游水的孩子们玩得有趣,也走去用手试探了一下水的温度,真使我吃惊,竟是那么的冰凉,象夏天的井水一样。我是很喜欢游泳的,但从来也没有在如此冰凉的水中游泳过,我真羡慕并佩服那些维吾尔族的小家伙们,他们真勇敢。从此我才知道这来源于天山冰雪的伊犁河水的滋味。

然而这冰凉的河水却使伊犁的果园成长了丰硕的苹果,使察布查尔的瓜田成长了甜如蜜的西瓜,使伊犁河灌区的万顷良田献出了多少金色的颗粒。

但在文化大革命之后,在我旅游新疆期间却听到了这样的话:"王震开荒,王恩茂积粮,龙苏金吃光,赛福鼎要粮。"这是人民群众对新疆农业生产工作的总结。我在一个兵垦农场的办公室墙上看到一张十余年来的生产进度表,在表上用红线形成了一个金字塔。在文化大革命前,一条红线是一直上升的,这就是王震,王恩茂的时代。从文化大革命开始,由于林彪和"四人帮"对于新疆农业生产的大破坏,于是图表上出现了一条一直下降的红线,这就是龙苏金、赛福鼎的时代。这图表上的金字塔形的红线是无情的,公正的印证了人民群众对新疆农业生产的结论。

自从党中央一举粉碎了"四人帮",新疆的农业生产才有了起色,但还远远没有上到金字塔的顶峰。

王震同志在新疆的工作是大有成绩的,新疆的农业生产也是大有前途的。我于去年的8月下旬参观了伊犁地区昭苏县境内在王震时代开辟的一个苏木柏国营农场,真使我吃惊,一块麦田竟有6500亩之大(亩产600斤),真是一望无际,有如金色的海洋。三架联合收割机在田里工作也不打眼,象海上行动的三只小小的渔船。我曾在北京郊区通县参加过麦收,那里的小麦不是用镰刀割,而是用手拔,我一人拔三行,从这头到那头用了半个小时。可是这昭苏的苏木柏国营农场的 6500 亩的小麦海洋,要让我用手拔恐怕三天三夜也拔不完一行。当时是八月下旬,而在新疆,有时九月天就来了大雪,如果一年一季的麦收拉长了时日,一场大雪来临就全都完蛋,丰收成为泡影。我看着这一望无际的金色海洋,怎能不想到农业现代化的迫切需要。

但在南疆喀什,我也看到维族社员在用二牛抬杠耕地,比起苏木柏国营农场的联合收割机来相距何止一千年。因为在敦煌壁画宋代的《农耕图》中就已经有用二牛抬杠耕田的景象了。祖国如果不加速四个现代化,我们有些地方的生产水平怎能超过宋代?

现在看来,"积雪溶化灌农庄"再加上王震同志式的领导能手,再加上农业机械化、自动化、电气化,那么新疆的农业生产远景将是光辉灿烂的。预祝天山的儿女们能早日争取到这种美好的远景。

三、边防风光

来到新疆,就已经是来到了祖国的边疆地带。我在伊犁期间曾参观了三个地区的边防站。最初去的是昭苏县境内的康苏沟边防站。我们在边防军的驻地,观看了战士们的简朴生活,也看到了哈萨克族人民的草场和牛羊……然后就爬上一个小山丘,登上瞭望台,战士们把望远镜递给我们,让我们瞭望。因为有山挡着,苏联境内的景物什么也看不到。战士们说山那边就是苏联的村庄。瞭望台的任务就是防止坏人从山头上偷爬过来。我对战士们说:"应该感谢你们,由于你们坚守岗位,日夜瞭望,保卫祖国,才使祖国各族人民能过着和平安乐的生活……"战士们说:"这是党和祖国给予我们的最光荣的职责,我们保证不让一个兔崽子跑过来!"

第二次去参观的是昭苏县境内的松拜边防站。我们去时,在边防军驻地稍事休息,喝了些茶,就到了土丘上的瞭望哨所。在我们面前横着一条河,这条河名为苏木拜河,河的两边都长着茂盛的水草和灌木。河的彼岸就是苏联的松拜集体农庄,是一个比较大的村镇。在靠河的沿线,不多远就立着一个钢筋筑的瞭望台,瞭望台前面是两道通电的铁丝网,两网之间是松土地带,有人走过即踏下清晰的脚印。可是在我们的国境线上根本没有铁丝网和松土带。我们从望远镜中把松拜集体农庄的景物看得很清楚,看到小学校里学生在上课,白鸭在村边啄食,人们在街道上行走……在边防站不远处,有清代留下的格登碑。这是当年在这里消灭了一次叛乱之后留下的纪念碑,因为矗立在格登山上,故名格登碑。据说那些叛乱者曾企图投降沙俄,被清兵消灭了。我们回到边防站,指战员们用酒饭接待,异常热情。饭后,我们参观了战士的住房,向战士们表示慰问。这里给我留下的印象非常深,我们在内地是无法想象到边防战士们所过的紧张而又艰辛的生活的。

第三次参观的,是伊犁地区农垦局管辖的霍城县霍尔果斯河流域灌溉管理处的边防站。

边防地带的一个瞭望哨所就建立在霍尔果斯河的岸边。我们是在一个秋天的晴朗的日子里来到的,在我们面前流动着由霍尔果斯河分给中国的渠水,清澈见底。渠很宽,两岸长着茂密的芦苇,在秋风中摇摆。渠旁即霍尔果斯河,因为河水都分给两国灌溉用了,因此已成一条干河,除了白色的鹅卵石外,别无他物。河的两岸长满了已经开始在凋零的灌木。一只小鸟从河的那边越过国境飞过来,落在中国境内的树枝上。这是国境上的平静气氛吗?不是。据陪伴我们的一位同志说,有一次挖河,在我方境内竟然挖出了窃听器,在窃听器上还附有四百多米长的电缆线。这说明边境是不平静的。

霍尔果斯河彼岸的灌木丛后面就是苏联架设的铁丝网,网后为松土带,之后又是铁丝网,附近有高耸的瞭望台,台顶有避雷针。和我们已经参观过的松拜边防站附近的状况大体一样。陪伴我们的同志说,那条松土地带,与其说是为了防止中国人偷跑过去,还不如说为了防止苏联人偷跑过来。从望远镜中能清楚地看到苏联的巴斯昆奇集体农庄。"巴斯昆奇"是土匪窝的意思,不知道为什么把一个农庄竟以此命名。

这里有个霍尔果斯河中苏分水委员会,首席委员双方各一人。我们的首席委员是军分区负责人,此外还有三个技术员和其他人员。双方都有会晤室,轮流在两国会晤室谈判。每年从4月5日开始到10月25日结束,每月有两次分水会晤。我们来到的这一天正是双方会晤的日期,当时我方委员还没有回来。午饭后,我们即告辞离开了边防站,去参观当年充军边疆的林则徐的将军府。一路上想起我所参观过的边防地带,看到国境线彼岸的广阔土地,就不能不使我感到气愤。气愤什么呢?气愤1860年11月14日老沙皇通过《中俄北京条约》,武装侵占我国巴尔喀什湖以东以南的领土达五十多万平方公里。我在松拜边防站和霍尔果斯河流域边防站隔河相望的那些辽阔的田野和山丘,都是老沙皇当时抢走的中国土地。但愿今天我们两国能友好相处。

四、葡萄瓜果甜又甜

麦田金黄稻花香,

风吹草低见牛羊;

葡萄瓜果甜又甜,煤铁金银遍地藏。

这首歌词是《我们新疆好地方》里的第二段。

整个新疆是个瓜果园,几乎每户人家的院里都有葡萄架,有的还种着苹果、梨……我们每到一家,主人都会把他们亲手种植的葡萄给我们摆到面前,请我们吃。有绿色的,有紫色的,也有白色的。个儿是那么的大,味道是那么的甜,比起内地的葡萄来真不知要好吃多少倍。新疆的兄弟民族都是好客的。遥想当年张骞出使西域时,维吾尔族人民也一定以葡萄为接待贵客的水果而款待了他;由于他尝到了新疆葡萄的美味,所以才把葡萄和苜蓿从新疆移植到内地来。应该感谢张骞。要不是他,也许我们现在还不知葡萄是什么滋味呢。

伊犁地区,人称"苹果之乡"。我在伊犁曾访问了不少苹果园。那果实累累压弯了树枝的苹果树和各种果木,给我留下了深刻的印象。八月中旬的一天,天空格外晴朗,我同我国著名剧作家曹禺同志和诗人徐迟同志,一同访问了伊宁市红旗人民公社。这公社是以水果为主要产品的。据说,伊犁地区的果农,有的一个劳动日达七八元之多;家里都有缝纫机和自行车,银行里都有上千元的存款。红旗人民公社果农的生活,也很富裕。我亲眼看到果农家里地下铺着华丽美观的地毯,墙上装饰着富有民族特色的壁挂,床上有几床崭新的被子;儿女们有的上高中,有的上大学,过着美满的生活。

红旗人民公社的果园非常大,园里种植的有苹果、海棠、桃、梨等。在旧社会,伊犁河畔流传着"棵棵果树穷人栽,栽树果农无家归"的歌谣。而现在伊犁的果农,成为果园的主人了。那种"栽树果农无家归"的时代,已一去不复返了。

1958年9月15日,伊宁人民永远也忘不了这个日子。那一天,敬爱的朱德将军来到果园,他语重心长地说:"希望全国人民都能吃上你们的苹果。"当我们来到果园,坐在朱总司令当年曾经坐过的亭内时,主人向我们介绍了当年朱总司令访问时的情景,令人怀念。

我和徐迟同志,还访问过察布查尔的一个瓜园。察布查尔的西瓜,在伊宁市是很有声望的,人称冰糖西瓜。我们来到的这个瓜园,面积很大,简直一望无际。据说有二三十亩。西瓜长得又大又甜,比起内地的西瓜来,简直无法相比。锡伯族的大队书记、党的十一大的女代表、二十三岁的苏瑞兰同志，把我们作为贵宾，挑选最好的西瓜款待我们；而且接连不断的用刀切，我们吃得真够痛快。我和徐迟同志考证内地的西瓜来自何方。顾名思义，西瓜可能也是来自新疆的。后来回到内地，徐迟同志来信告诉我，经调查证明，西瓜确实是从新疆来到内地的。

我在新疆四个来月，是我一生中吃西瓜和哈蜜瓜最多的一年。每天差不多都要吃西瓜，吃哈蜜瓜。不论到哪里作客，葡萄和西瓜、哈蜜瓜总是待客的礼物。

南疆也是产水果的地方。因我去时已是夏秋之交，甜杏已过时，只能吃到美口的杏脯。喀什出产的著名品种有无花果和甜石榴。无花果在内地是当观赏植物来栽培的，种在花盆里。喀什的无花果种在果园里，无花果脯又大又甜，是出口的重要果干。喀什的石榴，长得很大很红很甜。据果农说，这里不象西安，石榴树过冬还要埋在土中，否则就要冻死。

我曾经去过吐鲁番这个盛产葡萄的地方。全国闻名的新疆葡萄干，就产于这里。在村里有很多葡萄风干房，要是照下照片来，就象新式的洋楼一样，有数不清的小窗孔。这里有很多无核葡萄，是做葡萄干最好的原料。

新疆真是"葡萄瓜果甜又甜"的好地方。过去说雁门关外"早穿皮袄午穿纱，抱住火炉吃西瓜"，新疆正是这样的一个特殊地方。

五、从"刀郎舞"谈起

在兄弟民族中,我对于维吾尔族的歌舞有着特殊的爱好。这次来到新疆,就象一个酒徒到了杏花村一样,得到了难能的满足。维吾尔族的歌舞可分四种:一种是最古老的原始舞,一种是具有很高水平的古典舞,一种是社会主义时代的新歌舞,一种是经常在家庭舞会上流行的即兴舞,维族叫作"麦西来甫"(即"家庭晚会"之意)。这四种舞虽各有特色,但都是具有维吾尔民族风味的舞蹈。我在新疆期间把这四种舞都满意的欣赏了。

我从乌鲁木齐飞到南疆喀什后,又从那里坐十个小时的吉普车,到达了麦盖提。来麦盖提的目的,除了观赏这里的自然风光和了解民情风俗外,也为了欣赏这里的民间舞蹈——刀郎舞。

我很感激麦盖提红旗人民公社的维族领导同志们。他们为我,在秋收百忙中举行了一次群众性的刀郎舞晚会。刀郎舞是维吾尔族最原始的群众性舞蹈,所表现的是他们在狩猎时代的生活。这个舞动作粗犷,节奏明快强烈,保持了古老朴素的风格。

10月10日的夜晚,在麦盖提红旗人民公社的一个球场上,在灿烂的灯光照耀下集聚了三百多人,男女社员们穿着美丽的民族服装,为我举行了刀郎舞表演。跳舞之前先进行"散板"。在紧张的乐器声中,作乐者一面用力拍鼓一面高声喊叫,号召大家来狩猎。喊的是:"大家都来呀!发现野兽了,快来围歼呀!"之后,就开始跳"其开得曼"舞。表演狩猎者拨开树丛,举着火把寻找野兽的情景。接着跳"赛耐木"舞,表演群众勇敢地和野兽搏斗的情景。接着又跳"赛耐克斯"舞,表演胜利的追击。最后跳"赛利利马"舞,表现狩猎胜利后的喜悦。最后看谁旋转的最好,谁就是打猎的英雄。我看到有几个六七十岁的维族老人,在跳"赛利利马"舞时,竟能旋转四五十匝之多而未晕倒,令我惊叹,说明了维族老人身体的健壮和对刀郎舞的久经锻炼。公社的同志们告我,北京的舞蹈家曾专程来麦盖提学习"刀郎舞"。麦盖提人民能够保存下这个原始舞蹈,真是非常可喜。通过这个舞蹈,我既看到了古代维族人民的勇敢,也看到了今天维族社员在愉快地跳舞时的健壮朴素的舞姿。

  回到喀什,当地的文工团给我特意在排练室表演了维吾尔族的古典舞。内容大都是表现农业生产劳动和丰收喜悦的。因为是舞蹈专家们的表演,其艺术水平比起群众性的刀郎舞来,显然已达到更高的成就,其舞技熟练,舞姿优美动人,大都是非常抒情的。文工团的负责同志告诉我,由于十多年来"四人帮"对维吾尔族歌舞的摧残,已形成后继无人,老的老,小的小。表演古典舞的演员,平均年龄在四十岁以上。"四人帮"被粉碎后,新招考进来的姑娘,才十六七岁,她们正在加紧学习,但正式上台演出还不到时候。

  我在伊犁和乌鲁木齐,都观看过现代的维吾尔族舞。如《把奶茶献给毛主席》、《葡萄丰收》……这些现代舞都有新内容，但有时比不上古典舞的和谐、优美、抒情。我曾在吐鲁番观看了一个县级歌舞团的演出。其表演水平比内地的一个省级的歌舞团的水平还高，所谓"歌舞之乡"，真是名不虚传。有一次在乌鲁木齐曾观看了维族姑娘表演的塔吉克族的《牧羊姑娘》舞，舞姿矫健、优美，表现了塔吉克民族的性格，舞会之后，很多同志都说这个舞给他们留下了深刻的印象。

我在伊犁和乌鲁木齐，一共参加过四次家庭舞会。一次在一位锡伯族大夫家里举行，一次在维族朋友家里举行，一次在俄罗斯族朋友家里举行，一次在汉族朋友家里举行。这种家庭舞会都是跳的维族的即兴舞（即麦西来甫）和交际舞。我是可以跳交际舞的，但最怕与会者请我跳维吾尔族的即兴舞。有一次在伊犁红旗人民公社一个果农的院里联欢，大家都在葡萄架下吃水果，谈笑。忽然，都塔尔弹奏起来，男女社员们翩翩起舞。一位舞者突然向在座的曹禺同志邀请，没有想到年近七十岁的曹禺同志欣然应邀，和那位维族社员一同跳起来。他跳得那么熟练，那么柔和，那么自然，使在场的人们欢畅大笑，热烈鼓掌。我受他的启发，每遇到有人邀请，也很想起来试跳，但又始终没有这个勇气，怕跳不成人家见笑。直到最后在乌鲁木齐举行的一次家庭舞会上，当有人又邀请我出场时，我疑虑不定。坐在我身旁的一位朋友说："你不是想学习跳这种维族舞吗？怕什么，这正是个好机会。"我于是鼓起勇气跳起来。事后还受到与会者们的表扬，说我跳的很合节拍，很有节奏感，要是再年轻三十岁，一定是一个漂亮的舞蹈家。说的我反倒不好意思起来。

是的,"四人帮"被粉碎后,我应当老当益壮,使精神振奋起来,在新的长征途中,在艺术上有所作为。跳舞是很能焕发人的青春的。愿我们汉族人民的生活,也能象维吾尔族那样丰富多采,生气勃勃。

六、在康巴尔汗家中作客

康巴尔汉是全国著名的维吾尔族舞蹈家。我最初看到她的表演是在1950年西安举行的"西北文代大会"的晚会上。接着由她率领的新疆歌舞团于1951年来太原演出。这两次表演使我对维吾尔族舞蹈萌生了浓厚的兴趣,也可以说是她培养了我对于舞蹈这门艺术的欣赏能力。康巴尔汉不但善于维吾尔族舞,也善于蒙古舞和哈萨克族舞。她的这些舞蹈都给我留下了极为深刻的印象。

康巴尔汉在文化大革命中也和其他著名艺术家一样,受尽了"四人帮"爪牙们的无情的污辱和迫害,他们说康巴尔汗是什么"苏联特务"、"牛鬼蛇神"。大冬天把她关进一个没有屋顶的满是积雪的破烂仓库里,让她睡在里面挨冻。维族和回族一样,都是信奉伊斯兰教的,但他们却强迫她盖猪圈、喂猪、掏猪粪。江青曾胡说什么"现在少数民族歌舞太多,泛滥成灾了"。其亲信则把维吾尔族舞蹈"十二玛卡姆"硬说是"异国情调",从而打击民族歌舞,打击康巴尔汗。世界上对于著名艺术家的污辱和迫害,还有比中国文化大革命期间如此之无情而普遍的吗!现在回想起来真像做了一场恶梦一样。

我在乌鲁木齐参加"西北五省区版画创作经验交流会"期间，有机会同与会的几位同志一起在康巴尔汗家里作客，感到非常高兴。我以尊敬与同情的心情接受她的热情款待。在我们面前摆了那么多糖果和各种的香酒，盛情地要我们干杯。她把当年歌舞团在太原演出时的成员，凡能请到的都请来。我看见她们真有无限的感慨，将近三十年过去了，那时还是像花朵一样的漂亮姑娘，而今却都是五十岁左右的老妈妈了。康巴尔汗和她的老战友们看到我们非常高兴！因为我们之中有的是她在西安艺校工作时的老上级，有的是她的同事，有的是她的歌舞艺术的老知音。她尽情地回忆当年的经历，彼此的交往，引为快事。她翻箱倒柜把往昔同太原文艺界的合影，把毛主席、周总理接见她的可贵照片都拿给我们看。等到她兴致充沛时便情不自禁地给我们跳起新疆歌舞来。她虽然已将近六十岁的老人了，但还能操之自如不减当年。我们为她的愉悦心情所感染，每人都为她的健康而痛饮了几杯。大家都为新疆歌舞后继有人而预祝她在培养接班人的光荣任务中做出可喜的成绩。她很感激。

告别时她送出大门之外流着热泪和我们紧紧的握手，希望我们再来新疆。这既是艺术家们之间的情谊，也是维族人民和汉族人民之间的情谊。愿我们民族之间的这种可贵的情谊永远保存下去吧！

七、丝绸之路和唐代古城

当我行进在无边无际不毛之地的戈壁滩上,当我行进在古代的"丝绸之路"中,就不由的要想到张骞、唐僧等古代的英雄人物,他们的那种不怕艰苦勇于冒险的精神使我对他们多么敬佩。想一想,那时既无飞机,又无汽车,就全靠骑在马上一步一步的前行,他们从当年的长安出发要走多少时间才能来到西域,要走多少年月才能通过巴基斯坦到达天竺——印度。那可怕的戈壁滩上既无旅店又无饭馆,一阵风砂卷过,连道路也覆盖起来,渴了连水源也找不到,走到何处太阳西下便在那里就地住宿,如若要不幸迷了路,死在戈壁滩上也无人知道。这就是当时的现实。要没有大无畏的冒险精神,肯定是不可能到达目的地的。《西游记》是童话化了的历史小说,真的唐僧比小说中的唐僧不知要勇敢坚强多少倍了。他永远是我尊敬的历史上的英雄人物,当我走在他们曾经走过的道路上时,不能不对他们有所怀念。

当我去吐鲁番访问时,曾有机会去参观唐代的交河古城。这是多么难得的一个古迹呀,要不是这里常年干旱少雨,这个古城是万万留存不到现在的。虽然城里每个房子的屋顶都没有了,但通过残存的四壁、街道、庙宇、城门、仓库、水井、监狱、烟道、炉台,以及到处散见的瓦片、破罐,缸壁……无不勾引我们去想象唐代西域人民的生活,城市贸易的繁荣,<u>丝绸之路来往的商旅</u>……可以肯定这个交河古城和当时的长安以及中亚西亚不论在经济上、文化上、宗教上都会有很多的联系。交河古城应是古代丝绸之路必经的一个重镇。今天把它作为重点文物保护起来非常必要。因为它是很有考古价值的。

  我在乌鲁木齐市的新疆博物馆,曾看到当年通过丝绸之路流布在新疆的唐代丝绸的残片,虽然已经不像当年的光彩夺目,但还能看出丝绸质地的精工,色彩的美观,以及织出的图案花纹之非凡。其艺术水平之高应使今日某些花布图案设计者感到惭愧。同时也使我以我们的先人有如此高超的创造而感到骄傲。

  发表于1979年2月的《西安日报》

从鲁迅的《在现代中国的孔夫子》谈起

鲁迅的《在现代中国的孔夫子》这篇文章写于 1935 年 4 月 29 日。自 1931 年"九·一八"事变以来，日本帝国主义就采用两种手法企图灭亡中国，一面是军事上的节节进攻，实行蚕食政策；一面是政治上的欺骗，提倡"中日亲善"。鲁迅在文章中一开头就说："新近的上海的报纸，报告着因为日本的汤岛，孔子的圣庙落成了，湖南省主席何键将军就寄赠了一幅向来珍藏的孔子的画像。"这"圣庙的落成"就正是日本帝国主义玩弄的"中日亲善"的一个花招。当时鲁迅是一眼就看穿了这种鬼把戏的。因而写了这一篇富有战斗性的杂文《在现代中国的孔夫子》，发表在日本杂志《改造》上。

鲁迅首先指出"珍藏的孔子的画像"一文不值。他说："中国的一般的人民，关于孔子是怎样的相貌，倒几乎是毫无所知的，""孔夫子没有留下照相来，自然不能明白真正的相貌，文献中虽然偶有记载,但是胡说白道也说不定。"如此,那"珍藏的孔子的画像"就毫无意义了,何键无耻表示的"中日亲善",岂不枉然。

其次,鲁迅说:"总而言之,孔夫子之在中国,是权势者们捧起来的,是那些权势者或想做权势者们的圣人,和一般的民众并无什么关系。然而对于圣庙,那些权势者也不过一时的热心。因为尊孔的时候已经怀着别样的目的,""恰如敲门时所用的砖头一样,门一开,这砖头也就被抛掉了。孔子这人,其实是自从死了以后,也总是当着'敲门砖'的差使的。"这里有力地揭露了日本帝国主义在汤岛修建圣庙"也不过一时的热心。因为尊孔的时候已经怀着别样的目的",即企图用尊孔搞"中日亲善",从而麻痹欺骗中国人民以有利于他们的军事占领。结果这尊孔就变成用孔子这块敲门砖敲中国的大门了。

但鲁迅说明,孔子是"权势者们的圣人,和一般的民众并无什么关系"。"一般的庶民,是决不去参拜的,要去,则是佛寺,或者是神庙。"因此正告日本帝国主义者:你们想用孔子作敲门砖,是妄想。

接着鲁迅说:袁世凯曾把孔子作为"敲门砖","然而那一道门终于没有敲开,袁氏在门外死掉了"。"在路上随便砍杀百姓的孙传芳将军,一面复兴了投壶之礼;钻进山东,连自己也数不清金钱和兵丁和姨太太的数目了的张宗昌将军,则重刻了《十三经》,""然而幸福之门,却仍然对谁也没有开。""这三个人都把孔夫子当作砖头用,但是时代不同了,所以都明明白白的失败了。"言外之意是:你日本帝国主义又要把孔夫子当作敲门的砖头用,但是时代不同了,也必然像袁世凯、孙传芳、张宗昌的命运一样,注定要彻底失败的。

实践是检验真理的唯一标准,后来的历史不是有力地说明了鲁迅的论断是完全正确吗!

因此鲁迅的这篇富于战斗性的杂文,矛头是针对当时的日本帝国主义的,而不是针对孔子的。它的主题思想就是要揭穿日本帝国主义借尊孔搞"中日亲善"的这个阴谋。但在批林批孔时,"四人帮"的干将们写文章批孔子,都把鲁迅的《在现代中国的孔夫子》给歪曲了。那些为"四人帮"效劳的文章都没有对这篇杂文的主题思想作出正确的解说,而只是抓到个"敲门砖"敲打孔子。其实孔子之被权势者作为"敲门砖",他本人是万万想不到的,这只是他死后的一种悲哀,所以批孔子的人根据鲁迅的这篇文章敲打他,显然是打错了地方的。我想:我们对于这位和苏格拉底齐名的孔子,也应是一分为二的吧。不是毛泽东同志生前就引用过他很多正确的言论吗?一棍子打死恐怕是不对的。

孔子死后被后世捧为神,就总是当着"敲门砖"的差使,其实任何被捧为神的人,也都逃不脱这个历史命运。林彪、"四人帮"不是也怀着"别样的目的"把他们一手捧上天的神当着敲门砖使用吗!所谓"为了打鬼借助钟馗"也就是这个意思吧?因此我们不要再做这些蠢事了,惨痛的历史教训使我们聪明起来,只有野心家才造神。

从以上的分析不难明白,"四人帮"的帮凶们歪曲鲁迅的著作，是有其卑鄙的目的的。"四人帮"是一批实用主义者，他们不批判把孔子当作敲门砖的那些野心家，而批判不幸作为敲门砖的孔子，其可耻的意图就是想借批孔而把矛头转向我们敬爱的周总理。他们不是已经散布出流言说总理就是当代的大儒吗？而矛头指向周总理，则又是为了实现他们的反革命政治纲领——打倒老一代的革命家从而篡党夺权。

试想，抱着这样的目的，怎么能正确解释鲁迅的作品呢？因为他们本身也正像日本帝国主义者一样，是采用把别人当作敲门砖的手段以达其不可告人的目的的一伙阴谋家。

最后，还必须指出：时代不同了，经过抗日战争和中华人民共和国的成立，以及"中日和平友好条约"的签定，今天和日本人民讲中日亲善我想是时候了。鲁迅于1935年给内山完造作《活中国的姿态》序文时就曾说："据我看来，日本和中国的人们之间，是一定会有互相了解的时候的。……但总而言之，现在却不是这时候。"我想，目前是已经充分具备了这种中日人民互相了解、中日亲善的条件了。因此就决不能把现在和鲁迅写《在现代中国的孔夫子》的时代相提并论。

发表于 1979 年第 2 期《汾水》

生当作人杰

看了被誉为"活着的张志新"——郭维彬同志的悲痛事迹,既令人对她的不幸遭遇深感气愤,也令人对她的所作所为肃然起敬。不由的就使我想起了李清照"生当作人杰,死亦为鬼雄"的诗句。但同时也使我想起了丹麦童话家安徒生的《皇帝的新衣》。安徒生真够了不起,一百多年过去了,他的《皇帝的新衣》在社会主义时代的中国还有现实意义。

大家想想:我们难道不曾经历了一个《皇帝的新衣》的时代吗!在十年浩劫时期,明明"文化大革命"犯了方向性、路线性错误,却有多少人说是伟大的创举;明明中央"文革"是一群混蛋在捣鬼,却有多少人说它是无产阶级司令部;明明林彪、"四人帮"是一群骗子,却有谁敢揭破这个底细;明明不存在什么救世主,却硬要我们晚汇报、早请示……

我们曾处在一个可悲的社会主义的《皇帝的新衣》的时代。而只有张志新、郭维彬等人杰就象故事里的那个天真的小孩子似的说了真理。然而却大遭迫害，前者惨死，后者也差点成了烈士。当然这之前还有过彭德怀那样的人杰，但也终于落得个悲惨的结局。

呵！那是多么可悲的一个黑暗的时代！

到处大书特书"实事求是"四个大字，但从反右派起就大大打击了很多真正实事求是、敢于说真话的同志。而说假话的人却飞黄腾达，得到了好处。林彪是最会摸政治行情的一个骗子，他用了一个"顶峰"、四个"伟大"……骗得了一个光荣的接班人。但他也终于一语泄露了"登龙术"的秘密："人不说假话，不能成大事。"这在那个时代难道不正是真理？

我们有多少共产党员，在"文化大革命"初期，确实难于识别这场恶作剧的阴谋诡计，但到后来，马脚就逐渐暴露，大多数人已看清是一场向老干部篡党夺权的把戏。直到这时，有的人是因为幼稚而继续受骗，有的已恍然大悟，却因怕死而不敢维护真理，有的是别有用心而混水摸鱼。倒霉的却是我们的祖国，受害的却是我们党的伟大事业。

面对郭维彬这样的非党员，我们共产党员能不感到惭愧！

让《皇帝的新衣》的时代永远成为过去吧！让"实事求是"真正成为新时代的一个标志。

"生当作人杰，死亦为鬼雄。"多么响亮的诗句。

1980年9月客居哈尔滨
发表于1980年第11期《北方文学》

大兴安岭见闻

一

从哈尔滨来到黑龙江省北部的加格达奇,就算来到了祖国有名的大兴安岭。加格达奇是鄂伦春语,意即"樟子松"。据说在好多年以前,这里是一片以樟子松为主的荒无人烟的原始大森林。到十五年前,我们的铁道兵来此开发的时候,已大都是一些桦树和柞树了。那时只有三个鄂伦春人的帐篷。而今却是楼房栉比,街道纵横,有十几万人口的一个中等城市了,是大兴安岭的首府。

昨夜,车进加格达奇站,因为误点,竟迟到了两个小时,下车时已是深夜一点多钟了,感到天气骤然寒冷起来。迎接我们的同志特意给我送来一件皮大衣,深感救命。而这时还不到阴历的中秋节呢。

第二天下午,几位美术同行陪我到附近森林里去游览。

上了吉普车后,发现司机同志身边放着一个大篮子,我并没有在意。到了林区,眼前已是一片晚秋景色,有很多人在地里收土豆。车停在一座小山丘附近的路旁,我们就拨开小榛树和小柞树的灌木丛在草丛中前行。想找几个榛子吃,没有找到,熟悉情况的同志说,榛子都给小松鼠吃掉了。是的,在赭色的落叶丛中能够看到榛子的皮壳,证明他的说法是对的。这里好像最近下过一场雨,我们踏在杂草丛生的土地上感到松软而润湿。时时发现在黄叶覆盖的缝隙中有露头的白蘑菇。同志们就边走边采,开始放在手中,后来放在帽子里,帽子也装满了,又放在速写簿上。一边采,当地的一位同志就一边给我们讲了一个可怕的故事。说早些年,有一个妇女一个人上山采蘑菇,突然碰上"熊瞎子",她被吓得倒在地上,熊就坐在她身上接连不断地使劲蹲,"一个熊瞎子有三四百斤重,压在一个妇女身上,把骨头也蹲断了,能不死吗?"说得我毛骨悚然,好像马上也会在面前出现一只大黑熊。

好容易爬到山顶,突然发现在紫红色的柞树丛中竟有桃红色的杜鹃花在默然开放。按理说,杜鹃花是开在春天,今年春天我去黄山开会,看到满山遍野的杜鹃花,有深红的,有淡紫的,有白的,也有"贵妃醉酒"式的……但没听说过还有秋杜鹃。大家都很惊奇。

站在山丘上远眺,眼前是一片血红色的柞树,苍绿色的樟子松、黄绿色的落叶松和金黄色的白桦林,组成了大兴安岭秋色森林的协奏曲,在蔚蓝色的远山衬托下,简直是俄罗斯风景画家列维坦的一幅描绘秋色的灿烂的油画。

下山回到车中，发现司机同志已采满了一篮子蘑菇，这时我才明白了他放在车上的那只篮子的用途。归途中大家又谈起熊瞎子，说它既会上树又会游泳，有时就拿舌头舔人，一舔就把人的皮舔掉了。说有一个专打熊的老猎人，一次他用铁绳套熊，不料熊竟把铁绳给挣断了。结果老猎人就被黑熊舔死，剩下一堆白骨。另一位同志说有一个干部带着猎枪和他女儿进山打柴，碰到熊瞎子，打了一枪不管用，就急忙上树，这次熊不上树了，却拼命摇树，眼看要把他从树上摇下来了，只好跳下树来用枪和熊战斗，熊一巴掌把他的右眼珠抓出来，他却把枪插在熊嘴里，相持不下，幸亏女儿及时赶来，才用斧子把熊砍死。

还有一个同志告诉我们：在黑龙江三江平原的农场里，同志们逮着一只小熊，大家都喜欢它，就把它养起来，后来长大了就跟着同志们在食堂里排队领馒头吃。吃完了，又遵嘱排第二次，很懂人事。我听了觉得可信，因为现在的所有家畜，无疑都是我们的祖先从山里逮来而后养家了的。

二

从加格达奇坐夜车到阿木尔，黎明时我从睡梦中醒来，向窗外一看，把我惊呆了，发现我已突然从金色的秋天跌进了严冬。然而，似梦非梦，外面满山遍野确确实实是覆盖了厚厚的一层白雪，万千玉树银枝，间忽透露出一些黄叶苍松，使人感到有如置身于童话般的世界中。

很想从窗外广大无垠的雪野中看到大兴安岭森林中的熊瞎子或几只野鸟,然而什么也没有出现。我想:在这茫茫的雪的海洋里,它们将怎么觅食呢?

车到阿木尔,天气暖和了些,雪化了,但路上很泥泞,像初春融雪后的景象。据说阿木尔也是鄂伦春语,意即休息的意思。大概当年鄂伦春猎人经常在此休息,故得此名。

下午到三十公里左右远的绿林一带去观光。我们乘的是公安局的吉普车,司机也是公安人员,二十多岁,我们叫他小李。他随身带着一枝步枪。

沿途风景极美,金黄色和火红色交织的桦杨林,远处又衬以郁郁苍苍的樟树屏障,非常好看。起先我分不清什么是白杨,什么是白桦,仔细观察才发现亭亭玉立、白色耀目的树干虽极相似,但叶子的色彩不同,杨树是火红色的,白桦是金黄色的,杨树的细枝疏朗而梗直不屈,白桦的小枝细密而潇洒多情。在林中时时有白色的帐篷出现,并有青年男女出没。有人告我,他们是筑路工人,他们在深山荒林中的艰苦生活,令人感动。

小李是一个有趣的小伙子,一面转动方向盘,一面哼着小曲子,看来是一个爽朗的青年。归途中正在飞速行进,车子突然停了下来,我以为出了故障。小李却拿着枪鬼头鬼脑地轻轻开门下车了,他对着前方路旁一个黑东西瞄准,啪地打了一枪,却毫无动静。同车的老杜说:"你打什么呀!那是一段黑木头。"因为这一带曾经遭过火灾,所以有许多黑东西。我也接着说:"要是什么鸟兽,怎么会动也不动?"然而小李并不死心,第二次瞄准,又给了一枪。没想到前方那段动也不动的

"黑木头"突然飞向路旁的深林里去了。这时我们才承认：还是他看的准。小李即刻追踪跑入林中，不一会又听到一声枪响，我预察肯定是打准了。果然，他很快走出树林，来到我们跟前。我以为他手里提的是好大一只鸟，细瞅原是好大一只鸡。身子是黑色的，翅膀上间以白色斑点，我提在手里掂了掂，足有七八斤。小李告我们这是一只斑鸡。同车的同志们都为这意外的收获高兴起来。小李也为此而乐乎乎的。他说："斑鸡是大兴安岭最笨的一种鸟，像聋子，听到枪声也不动，所以活该送命。"

其实也并非斑鸡活该送命，而是小李实有两下。后来他一直陪我们到了黑龙江边，沿途在金色的桦树林边接连又打了一只"飞龙"一只野鸭。"飞龙"即松鸡，也是一种珍贵而美味的野禽，有赭黄色的羽毛和黑白色的花纹。打死一只，另一只飞掉了，一对夫妻死去一只，另一只该多么寂寞，多么悲哀！我不禁为之怅然。但我后来总算吃到斑鸡、"飞龙"和野鸭了。真应该感谢我们的神枪手小李同志。

三

打开黑龙江省地图，从嫩江向北有从一到二十五的许多"站"，据说是古时候皇帝的信使在大兴安岭森林里传送圣旨公文的驿站。此刻我从塔河来到了十八站。正遇到国庆节，我们住在铁道兵某部，这支部队正在大兴安岭中部修一条林区铁路，以便把大量的木材运出去支援四化建设。团政委在节日的盛餐中竟给我们吃到了"罕达犴"的鼻子，据说这是当年进贡慈禧太后吃的贵重野味。

在餐桌上于是就由犴鼻子谈到了鄂伦春人。团政委说：鄂伦春族和鄂温克族都是大兴安岭未开发前的主人。他们都属蒙古族。古代由蒙古族分支出来的还有达斡尔，都在黑龙江境内活动。鄂伦春人是唯一的流动在大兴安岭森林里的游牧民族，没有固定的居住点，迄今也不过二三千人。但他们男男女女都善于骑马打枪，特别剽悍，走到哪里就用桦树杆支个架子，拿野兽皮一围，这种窝棚就叫做"撮罗子"。全国解放后政府给他们盖上砖房，盘上火墙火炕，可是他们还死活不肯扔下"撮罗子"。他们不知道种庄稼，吃的全是野味。打来的野兽把皮一剥，切成大块，在火上烤，半生不熟，连血带毛就吞下去了，真所谓"茹毛饮血"。他们每年在一定的时候，取鹿胎，割鹿茸；打住熊取熊胆，割熊掌；打住千把斤重的"罕达犴"，割其鼻取其皮，割其筋食其肉。打的野兽多了时，就把犴肉也扔掉了。鄂伦春族没有文字，因此也没有学校，没有文化。听听他们是怎样生孩子和抚育婴儿，就知道他们为什么人口老是不增长的原因了。同志们说，鄂伦春族的女人生孩子，不许男人在身边，怕冲走了好运气。不管寒冬腊月，一个人跑到森林里，搭个白桦皮的小棚子，既没有丈夫帮助，也没有接生婆助产，就一个人挣扎在那里生。生下来又不许抱到"撮罗子"中，而是放在鹿皮兜里，挂在两树之间。如果要出发打猎了，刚生过孩子的产妇也不例外，孩子就扔在树上，由天照应，结果有的冻死，有的被野兽吃掉。

鄂伦春人热情好客，好交朋友，好喝酒。有的喝醉酒就用匕首杀老婆孩子，酒醒后又抱着尸体号啕大哭。但这都是过去的生活了。今天已有了很大的变化。

临别十八站前,我们去访问了一家定居下来的鄂伦春族人,主人姓孟,是党支书,和他的老伴住在一间木房里,壁上挂着猎枪;房中还放着一架缝纫机和一台收音机。老俩口汉语虽然讲得不算熟练,但已算不错了,彼此都能了解。

他家有六个孩子,大男孩娶了一个汉族姑娘。他们在医院里当护士的一个姑娘却嫁了一个汉族青年。他们说目前已有很多鄂伦春姑娘和汉族青年结婚,她们都很喜欢自己的丈夫,因为一不酗酒二不打老婆,那些鄂族小媳妇跟汉人在一起,也学会了持家过日子,性情好像也温和起来了。当然,也有汉族姑娘嫁给了鄂族青年的。两位老人对此很高兴。

和我们同来的小单是位上海姑娘,她要仔细看看鄂伦春民族服装,老太太高兴地拿出两件新的:一件蓝色滚边的她自己穿上,一件绿色滚边的给小单穿上,还把一种富有装饰风味的头饰也给小单戴上,打扮的她俨然也是一个鄂族姑娘了。老太太用不纯熟的汉话连声说:"好看煞了。"然后老杜给小单和老太太和我合照了一张像,这是一张鄂汉人民大团结的像,留下了永久的纪念。

我离开大兴安岭已半年了,但那里美好的景色和美好的人物,还时常出现在我的眼前。大兴安岭呵,你是多么令人怀念的呀!

        1980年秋于哈尔滨
        发表于1982年《晋中文艺》

黑龙江边

中秋节的黑龙江,两岸的桦树和白杨一片金黄,在蔚蓝色的远山的衬托下,多么美丽。一场初雪终于放晴,天空飘浮着片片白云,显得格外晴朗。

我和几个搞版画的同行,从兴安边防站出发,乘一艘小机动艇逆水而上。雪虽融化,但寒意颇浓,秋风拂面,已有刺骨之冷。幸亏我穿了皮大衣,戴了皮帽,否则在江上迎风航行,真吃不消。江水清碧,微波如鳞,一只白鹭在江上飞起,增添了诗情画意。

黑龙江呵,您是祖国的大江,我在小学画中国地图时就画过你,而今终于来到你的身边,面对你广阔的江面,如画的风景,在小艇嗓嗓的马达声中,勾起我多少旧情。

一百多年前,一纸瑷珲条约,祖国数千里大好河山为之异色,成为沙皇的疆土。而今我对着这些曾经是祖国的江山森林……像看到了祖国失去了的儿女,怎不令人心痛。现在是连这江水都不全归祖国所有,一家一半,主航道以北即为友邦,但愿我们两国能永远和平共处,彼此尊重邻邦的神圣领土。

"力老,"同艇的一个同志指着彼岸桦林中的一个矗立的铁塔说:"你看,那就是苏联的瞭望塔。"我说:"在新疆的边防站我曾看到过不少,我们的瞭望塔,我也上去看过。"另一位同志告诉我,这黑龙江就是马哈鱼的故乡,问我吃过马哈鱼没有。我说吃过,那还是在三年困难时期,全国美协特派人来东北买回很多马哈鱼,分给大家,作为难得的副食品。这些不愉快的回忆,使我对祖国人民的多灾多难有多少感慨。

小艇在前进,两岸的秋色风光不断变换,时而翠松森森,时而杨黄枫红,时而桦林如金……两岸江山如画,奈何那边故土美景已落入他人之手。

艇到连崟哨所江边,已有战士在等候迎接,指导员向他们一一介绍后,就领我们上岸前行。踏着铺设在沼泽地上的白桦板桥,通过金色桦林的海洋,就上了又一片金色桦林的小山丘。在哨所略事休息,即请我们用午餐。吃的大米饭,一共上了四个菜,一盘土豆丝,一盘炒茄子,一盘炒青椒,还有一盘非常可口的炒蘑菇。老班长告诉我们,蘑菇是战士们刚才上山时顺便采的,特别新鲜。

班长问我此来任务,我说:"我的任务就是来欣赏黑龙江的美丽风光,画画。"我接着就问:"你们的主要任务是什么?"

"我们的主要任务就是在望远镜里观察对方的动向,及时上报。"接着又补充说:"这也不单是我们如此,双方的哨所都一样。但我们很希望中国和苏联友好起来。"

不知哪位同志说:"说不定你们乘小艇来此的情况,对方已汇报到莫斯科了!"我听了非常惊异。

饭后,我们登上"观察室",从两架望远镜中观察对岸。看到房舍栉比,行人往来。班长说,这是一个名叫"加林达"①的城市。江边停放着两艘小巡逻快艇,不少男女在艇上走动。岸上一座楼前正走出一个穿大衣戴红头巾的妇女。

"那座大楼就是他们的海军大楼。"顺着班长所指,我看到对岸一幢红色的建筑……

我们从"观察室"出来,就下山画画。我和版画家杜鸿年同志在几株很潇洒的桦树下画速写。杜说:"桦树真美,就像少女一样。"我说:"苗条身干,亭亭玉立,小枝下垂,无比多情。"看来大凡画家都是欣赏桦树的美的风姿的。说话间秋风吹来,黄叶片片在我们头上飞舞,不由得使我想起汉武帝当年游河东时写的"秋风起兮白云飞,草木黄落兮雁南归……"的诗句。因为我曾在我们山西万荣县的黄河岸边游览过后人为汉武帝兴建的"秋风楼",所以每每读起"秋风辞",就倍感亲切。

下午三时,我们在秋风中乘小艇返航。

美丽的黑龙江呵,仅仅一日,你就使我无比留恋,你的多娇将使我永远怀念。

行将离别,我又念及《秋风辞》。而今是:

秋风起兮白鹭飞,桦叶黄落兮游子归,兰有秀兮菊有芳,怀故土兮莫能忘……

1980年9月下旬于阿木尔
发表于1981年第1期《太原文艺》

从"阿金"谈起

鲁迅先生晚年写了一篇有趣的文章《阿金》,这在他的作品中是一个非常独特的题材和非常新鲜的人物。这种人物在中国的农村和一般的大都市里都找不到,而唯独产生于当时作为殖民地的上海租界这个特定的环境里。我是在那个所谓"冒险家的乐园"的上海生活过的,所以读起《阿金》来,不但不感到生疏,而且感到这个人物很熟悉,好象我曾经见过"阿金"。

这篇小说,我已记不清读了多少次了,总之,最初在《海燕》月刊上发表后我就读过。以后一有机会看到它就又读。总觉得读起来怪有味的。按说,阿金也并没有做什么大不了的坏事,论地位她是娘姨(即女仆),算一个被剥削者,并不是压迫别人的人;论行为无非是乱搞姘头,"搅乱了四分之一里",也没有什么了不起。就是鲁迅也说:"在邻近闹嚷一下当然不会成什么深仇重怨"。

然而鲁迅的文章一开头就说:"近几时我最讨厌阿金,"就"因为不消几日,她就摇动了我三十年来的信念和主张"。

什么信念和主张?鲁迅说:"我一向不相信昭君出塞会安汉,木兰从军就可以保隋;也不信妲己亡殷,西施沼吴,杨妃乱唐的那些古老话。我以为在男权社会里,女人是决不会有这种大力量的,兴亡的责任,都应该男的负。但向来的男性的作者,大抵将败亡的大罪,推在女性身上,这真是一钱不值的没有出息的男人。殊不料现在阿金却以一个貌不出众,才不惊人的娘姨,不用一个月,就在我眼前搅乱了四分之一里,假使她是一个女王,或者是皇后,皇太后,那么,其影响也就可以推见了:足够闹出大大的乱子来。"

过去我读这一段文字,总是轻轻放过的,并没有引起多大注意,有时也觉得大不过是鲁迅随便说说的吧。而今天读到这里,就觉得很有分量,决不是鲁迅随便说说的。倒真是他的肺腑之言。因为鲁迅是从来不随便说话的。

为什么这一次读到以上一段文字竟引起我的重视呢?因为我通过鲁迅的议论不由想到了江青。我想:如果鲁迅活着,他亲身经历了"文化大革命",亲眼看到江青为做未来"女皇"的种种作为,又该作如何感想呢?一个小小的阿金竟动摇了他三十年来的信念和主张,江青在十年时间内竟伙同林彪等坏蛋搅乱了偌大一个中国,他的信念和主张就该彻底粉碎了!

十年"文化革命",江青闹出的"大大乱子"是无法形容的,在她伙同林彪及"四人帮"其他坏蛋的毒手之下,有多少老一代无产阶级革命家惨遭迫害,周总理、彭德怀、陶铸、贺龙、陈毅……或直接为她们迫害而死,或间接被她们折磨而死,又制造了多少冤案、假案、错案!中国的国民经济被她们搞得面临崩溃的边缘,中国的文化被她们扫荡殆尽。有如惨遭一次洪水之祸,她们的罪恶真是罄竹难书,言之令人痛心。小小的阿金又怎能和她相比!

但鲁迅在文章的最后也说了这么一句活,"愿阿金也不能算是中国女性的标本"。是的,就是江青这个白骨精又何尝能算中国女性的标本呢?因为我们一想到江青是个女性,就又会想到秋瑾、刘和珍、向警予、杨开慧、刘胡兰、尹灵芝、张志新等中国女性真正的光辉标本。

如果说江青也算中同女性的一个标本,她只能是和妲己、西太后相提并论的一个最坏的标本。

发表于 1980 年第 1 期《晋中文艺》

怀念贺老总

历史上各朝各代迫害功臣的事,是屡见不鲜的,读起史书来虽然也为他们的冤死而有所不平,但毕竟因为和我们没有直接的利害关系,因而也就不那么深感痛切。但在社会主义时代,像贺龙元帅这样的南征北战、为人民打江山的功臣,竟惨遭林彪、"四人帮"迫害以至含冤而死,闻之不仅令人大大想不通,而且深感万分愤慨、万分悲痛。

当我在《中国青年》上含泪读毕薛明同志写的忆贺龙同志遭受迫害的那篇《向党和人民的报告》的文章后,谁能知道我为我们的司令员是多么的难过,多么的怀念。

今年六月九日是贺龙同志被害至死的第十一周年,我用泪写下这篇纪念短文,作为我对他的衷心的怀念。

我知道贺龙的威名,远在三十年代的白区,那时蒋介石正提出"攘外必先安内"的罪恶"国策",兴师围剿苏区,贺龙的名字就经常作为"匪首"出现在国民党的报纸上,我当时虽不是共产党员，但已对贺龙怀着一种无名的敬仰的心情，而且学会了从国民党的报纸上，从反面看问题。因为"九·一八"之后，我已对国民党彻底失望，而把拯救祖国的希望寄托在贺龙等所谓"赤匪"的身上。抗日战争开始后我到了延安，就听到关于贺龙同志两把菜刀闹革命等英雄故事，所以对于贺龙同志也就更加敬仰。日本投降后我从延安来到晋绥边区，来到贺龙领导下的民主根据地，就盼望着能够早日看到这位久久敬仰的将军。

一天我刻了一张套色木刻《贺司令员像》，并由李少言同志陪我亲自送给他。这样我总算见到了这位久久敬仰的威震四海的红色将军了。他看了我的木刻，说了些什么已经记不清了，但这位表面威严的司令员却很平易近人的印象就深深地刻在我的记忆中。几分钟后就把在他面前感到拘束的紧张气氛消失了。他的形象令人有"稳如泰山"之感，和我们谈话，手总不离他那大烟斗，笑声豪爽。"人心不同如其面也"，和他初步接触，从他的开朗的笑貌，就感到他是一位心地坦然，有话直言，光明磊落，不会搞阴谋的人。

这之后我们就经常见面，我深感他的记忆力是很好的，当第二次在会场上见面时，张子意同志在他身旁，问："这是什么人？"贺龙同志说："叫力群，是一位有名的木刻家。"我想他一天会见多少部下，而能一面之后记得我，真不简单。

当我们在一起走路时，李少言同志给拍了一张像，这张像片至今还保存在我的像册中，算是贺龙同志和我的一件永久的珍贵的纪念品。就是在文化大革命中，林彪"四人帮"造谣恶毒攻击他乘飞机逃往苏联时,我也没有从像册上把它取下来,因为我相信,我们的贺司令员绝不会做这种叛国的事。历史证明我的估计是完全正确的,倒是那个污蔑贺龙同志的人自己成了背叛祖国的可耻的罪人。

当时我们晋绥边区开大会,主席台上总是挂着毛主席和贺司令员的像。一次他提出,不应挂他自己的像,而应只挂毛主席的像。李少言同志告我,贺司令员不叫毛主席,而总是叫"毛大帅"。当时我从他不许挂自己的像这件事,感到贺司令员对毛主席多么尊敬,自己是多么谦虚。

那时晋绥分局和军区机关的女同志进医院生孩子或是有了病号,都是派当地老乡抬担架送接。这已是习以为常了。当保卫延安的战斗紧张,老百姓支援前线的任务繁重起来时,贺司令员在大会上宣布:从今后不得让老乡为机关送接病号。他责问:"你们的腿叫狼吃了!"听起来这句话虽然非常刺耳,但感到他很痛快直爽,因为贺司令员在我们心中威信很高,一来他是军人,二来他骂人又不是为了自己,而是为了人民,为了解放战争,三来因为他虽然骂的粗,但骂的对,所以谁也能接受,没有一个说二话的。

我的妹夫是贺司令员的司机,他对我说,有一次他开车路过临县,公路为浇地的临时水渠所断,很不好走,他骂道:"娘卖X,这怎么搞的!"贺司令员说:"不能骂噢!临县是晋绥边区的乌克兰,不浇地我们吃啥子!"这说明贺司令员是真正了解并热爱他所管辖之地的人民的。

听人说,在抗日战争年代,有一次贺老总到了晋北视察,当地领导干部给他摆了一桌很像样的酒席,他吃完后批评说:"我们反对浪费,而你们却摆了这么一桌酒席,这次我吃了,下不为例!"干部们都很心服。我时常想:如果贺老总不吃,一来使下级干部下不了台,而且又要另做饭,岂不更加浪费。如果吃过之后不批评,就说明贺司令员默许了这种招待他的浪费。因此深感他处理得很妥善,既有灵活性,又有原则性。既能够体察下情而又对问题严肃不苟。值得我们学习。

我于1946年从孝义回到兴县,对贺司令员建议说:"吕梁剧社有个好演员,艺名'夜明珠',唱得好,你把她请来给大家唱唱吧。"贺司令员听了很高兴,果然不久就把夜明珠调来兴县。吕梁剧社当时很担心,只怕贺老总扣住夜明珠不让回去。但结果并没有扣,还是让她如期回去了。夜明珠来兴县后,在北坡露天剧场演出了《打金枝》、《打渔杀家》等戏后,贺老总场场都到,看了表示满意,就连深懂晋剧的张稼夫同志看了也大加赞赏,一般干部看了也非常高兴。我们的有些同志竟称夜明珠为"珠珠",以表其爱。这应感谢贺老总。但我也觉得为大家做了件好事,尤其为贺老总接受我的建议而感到得意。

全国解放后我就没机会和我们的贺老总在一起了,但也常常怀念他。

"文化大革命"中,我在北京住了"牛棚",一天到医院看病,一位不相识的女同志悄悄问我:"我们在外地听说贺龙坐飞机逃往苏联了,你们在北京有没有听到过?"我为之一愣,感到问题沉重,但接着就告诉她:"我还没有听到,这是谣言,我不相信这种胡说。"可是不久我就在北京听到了所谓"二月兵变"的说法,却还没有想到在这时候林彪和"四人帮"这批阴谋家已定下计划,处心积虑要用各种卑鄙手段把妨碍他们篡党夺权的我们的老帅们一个个除掉。就连毛主席接到吴法宪的诬告信后,当面对贺老总说了"你忠于党,忠于人民,对敌斗争狠,能联系群众",并表示"我当你的保皇派"也无用。总理想尽办法保护贺老总也没保住,这是什么世道!而总理保不住贺龙,既说明当时总理的处境,也说明敌人猖狂到了何等地步!这是什么黑暗世界。

堂堂的元帅,堂堂的南昌起义为人民打天下的功臣,竟在可诅咒的"文化大革命"的光天化日之下失掉自由,儿女不能团聚,有病不能治疗,睡无枕褥,室无温暖,饮难止渴,食不饱腹。终于在"四人帮"的毒手下含冤而死,这是什么世道,这是什么黑暗世界!我为我们敬爱的贺老总的死大大想不通,我为我们敬爱的贺老总的死感到愤慨,感到悲痛!

此恨绵绵无尽期。

发表于1980年《火花》月刊

萤火虫

光在鼓舞我们,激励我们
光给我们送来了新时代的黎明。

——艾青《光的赞歌》

在无月的黑暗的夏夜,萤火虫呵,你默默地流动在无人问津的草原,用你那微弱的蓝色的光,照耀着沼泽中绿色的水草和带露的睡莲,照耀着散发出凉意的柳影和溪流,也照亮了诗人心里沉睡的灵感。这美丽的夏夜草原呵,如果没有你——流萤,那将会显得一片黑暗、一片死寂。有了你,就象在无月的夏夜天空闪烁着明星,就象春天的草原开放出野花,就象人间流诵着诗篇。

萤火虫呵,你这小小的生命多么平凡,多么渺小呀!然而,你又并不平凡,并不渺小。因为,你能发光!萤火虫呵,你使我想起了一些烈士和活着的人杰。

  张志新、郭维彬,从平凡来说,何尝不象是小小的萤火虫呢,但她们却在无月的夜晚,闪耀出思想的光辉。她们的思想光辉比萤火虫的光灿烂、明亮。当我在人生道路上有点迷失方向时,竟给我照亮了一条光荣的做人的大道。

  无月的暗夜中的萤火虫呵!可爱的小生命,你那微弱的蓝色的光,多么可爱,多么美丽,你在我们中闪耀;就象在夏夜中照耀着黑暗的草原,我相信,这种发光的小生命多了,黑暗是会驱走的。

          1981年发表于《湘江文艺》第三期

我给鲁迅先生画遗像

鲁迅先生是我最尊敬的中国作家。他的作品和人品都为我所崇拜。当我被黑暗压得透不过气来,从而苦闷与彷徨时,读鲁迅先生的杂文就给予我蔑视黑暗战取光明的力量。

然而我始终没有看到活着的鲁迅,是我一生的最大憾事。

1936年夏,我在上海经曹白介绍,认识了日本进步人士池田幸子(鹿地亘夫人)。一天她操着不纯熟的中国话对我说:"你想会见鲁迅先生吗?我可以带你去见他。"我怎样回答的,现在一点也想不起来了,但当时的心情是很想看到我所敬仰的人,但又没有勇气去见他。因为他是一位伟大的人物,匿居在上海,我去见他,一来于他不便,二来又怕浪费他的时间,三来也不知应和他谈些什么……终于不敢去,今天想来,真是最大的悔恨,怪自己当时过于顾虑重重了。

然而我又总觉得鲁迅先生就在我的身边。通过他和曹白的书信来往,他给我的木刻进行指导,给予我的艺术活动很大的鼓励。就地理情况说,我和曹白住在北四川路横滨桥新亚中学,而鲁迅先生住在北四川路底大陆新村,相距不远。然而我无幸会到他。

我虽没有见到鲁迅先生,但他对我的关心使我感动。

1936年春天红军东渡,打到太原近郊时,土皇帝阎锡山大兴白色恐怖屠杀共产党人,而我当时也正在太原。当鲁迅先生从曹白的信中得知我平安时,在当年5月4日给曹白的复信中说:"来信收到,关于力群的消息,使我很高兴。"我明白,这不仅仅是对我个人的关怀,而是对一代中国的革命青年,对中国从事新兴木刻艺术的青年的关怀。鲁迅先生曾引用过庄子的一段话:"干下去的(曾经积水的)车辙里的鲋鱼,彼此用唾沫相湿,用湿气相嘘;倒不如在江湖里大家互相忘却的好。"而我们当时也正和这里说的鲋鱼的处境相似。

1936年10月8日,鲁迅先生突然出现在我们于上海法租界八仙桥青年会举行的第二次全国木刻流动展览会上。在场的有新波、陈烟桥、曹白、林夫、白危等人。而我因为给"上海世界语者协会"写标语,不在场。待我回到展览会场时,新波高兴地告我:"鲁迅先生来过了,刚走。"多么的不巧,何等的遗憾,我竟无缘会到我所敬爱的鲁迅先生。十一天后,他竟与世长辞了。

鲁迅先生在他逝世前带病来看由他一手培育起来的中国新兴木刻的展览会,说明了他对中国革命美术的成长非常的关心。他的到来,对我们又是多么大的鼓舞。

1936年10月19日的早晨,当时我住在上海西郊真茹季家库。刚起床,还没有穿袜子、刷牙,就看到一辆银灰色的汽车停在我们的门口,接着是一阵紧急的拍门声,同房间的文敏生和车敏瞧同志都受惊了,以为来逮捕人。门开后,才看到来的是曹白和池田幸子女士,他们带来了不祥的消息,说鲁迅先生在5点25分逝世,要我马上去画遗像。于是我就急急忙忙带上纸和木炭条跳上汽车一直到了大陆新邨鲁迅先生的家里。一上楼就看到我们敬爱的导师静静地睡在瞿秋白同志送他的床上了①,一床被子覆盖着他安详的遗体,过去从照片上看到的他那"横眉冷对千夫指"的锐利的目光,现在掩盖在深闭的眼幕之下,那熟悉的浓重的黑胡须增添了消瘦了的面容的慈祥感。在这慈祥的容貌里令人感到他那"俯首甘为孺子牛"的精神。战斗了一生的中国精神界的主将和战士,现在是疲惫地长眠了。全屋笼罩着悲哀,萧军伏在桌上痛哭,在场的还有周建人、胡风、黄源,以及鲁迅先生的日本朋友鹿地亘、内山完造。景宋先生含着眼泪接待客人。窗台上放着内山送给鲁迅先生的一缸红色的金鱼,在悄悄地游动。墙上挂着一幅鲁迅先生喜欢的苏联木刻——毕珂夫的《拜拜诺娃像》,她在静静地凝视着躺在床上的鲁迅先生。我含着眼泪用颤抖的手画了四张鲁迅先生遗容的速写。曹白也在画。不久日本奥田杏花牙科医生来,用石膏浆涂在鲁迅先生的脸上,为之翻面型。这时已经是午饭时分了,我和曹白在鲁迅先生的图书室吃了午饭。下午送先生的遗体到万国殡仪馆。此后我参加了守灵,并和广大群众一起唱着"哀悼鲁迅先生……"的挽歌,把先生的遗体送到万国公墓。在送葬的行列前领先的有我们尊敬的宋庆龄、蔡元培,沈钧儒……等先生。到了万国公墓门口,由我搀扶着周建人先生到墓地。在追悼会上聆听了宋庆龄先生的悼词。四十五年过去了,当时的情景犹历历在目。

鲁迅先生是我最尊敬的中国作家,他的人品和作品都为我无限崇拜。然而我始终没看到活着的鲁迅。但又总觉得他象我的一位知心的老朋友——通过他的小说、杂文、诗词、书信……我是那样地熟悉他,了解他。他永远活在我的心里,他的人品和作品将永远是我作人和作画的榜样。

发表于 1981 年 9 月 15 日《人民日报》

注:

①当年瞿秋白同志看到鲁迅睡的是木板床,怜之,因而送了他一副藤板床。

牯岭抒怀

一、牯岭的悬铃木

晋代伟大诗人陶渊明有两句名诗:"采菊东篱下,悠然见南山。"据说这"南山"就是指的庐山。

前几年我有幸到全国文联"庐山文艺之家"避暑,深感机会难得。

久住北方的我,常与童山风砂为伴,来到江南名胜之地的庐山,看到处处都是绿色的葱葱郁郁的森林和黄花点缀的山野,间忽瞥见如明镜的湖水,如轻纱的流云……就觉得心旷神怡,有如置身天堂。

我爱自然界的绿色,我爱森林,因此在我的版画作品里总喜欢描绘树木,刻画枝桠。在我看来,各种树都是有其个性有其风采的,像人一样,都是有表情有悲欢的。我想一个画家如不爱树木,不了解它们的风貌是无法把风景画画好的。

在庐山上,最多的树木是法国梧桐和青松,此外也有水杉和银杏,墨柏和翠竹,古槐和野枫……不知道从什么时候起这法国梧桐上了庐山。我最初是在殖民地时代的上海,于当时租界地的"法国公园"里看到了这种富有异国情调的梧桐。它的枝干时常脱皮。呈现出一种具有图案风味的斑剥花纹。细枝下垂,布满了如掌的密密大叶,婆娑片片,层层自适,山风吹来有如大鹏之展翅,碧裾之飘舞。不论夏季丰茂的枝叶,或是冬季随风摇曳的垂枝以及颗颗如铃之小实,无不赢得作为画家的我之喜爱。有人告我,这法国梧桐又名"悬铃木",这名字也够起的有味。

牯岭的悬铃木特别高大,你从它的身下走过,既感到空气之荫凉,也感到自己的渺小。

从南京城到中山陵的柏油马路旁,两边的大树用枝叶交织成绿色的天幕,让游人感到炎夏的清凉,绿色的明丽,旅游的适意,而这都应归功于悬铃木的恩德。

每当晨起,我悠悠然独自漫步在牯岭之巅,朝露浸衣,花气袭人,听群松之涛声,闻野鸟之欢歌,呼吸清润的空气,观悬铃木小实之微摆,我感到是人生的一种无比的乐趣和享受。对年逾古稀的我,是理想的天地。如能让我久居牯岭,朝暮和悬铃木、青松……对话,定会长寿的吧。

二、牯岭蝉声

当雨止风平,牯岭沐浴在朝阳中,从云中宾馆周围的悬铃木上就传来了引起我乡思的蝉鸣声,它悠扬婉转,富有节奏感,紧慢悦耳。这种蝉发出的绝非单调的所谓"知了"的鸣声,令我联想起家乡昔日用大弓弹花的音响。为我避暑的环境增凑了无限的情趣。

我在儿童时代就在故乡的初秋听过这种蝉鸣,这是一种很美的鸣声,以后在别处一听到它也就唤起我童年的旧梦。我的故乡,有三种蝉,一种是夏蝉,当麦熟时,它就在山野的草间和灌木丛中鸣叫起来,这种蝉全身发红色,像煮熟的蟹似的。它翅较短,歌唱的很单调,但预示着炎夏的来临,草木的繁茂。只要我们拍着胸脯学声,它就误以为是追求的对象,便飞到你身上来,所以很容易捉到它。有时也能从艾蒿上发现它的透明的"蝉壳"。据说是药材。

另一种蝉是在初秋出现的,身体发黑色,翅膀颇长,很好看,叫的悦耳,很有抒情味,听到这种蝉声,就感到空气的凝寂,山间的幽静。而这种蝉就正是鸣叫在牯岭悬铃木上的。它不在野草和灌木上叫,喜在高大的树上鸣,所以捉不到。但我在童年的一个秋天的早晨,在朝露中摘花,却意外地在草间捉到一只,如获至宝。我握在手中,它挣扎吱啦吱啦地叫,我多么高兴。过了一阵我展开手指观看,不料竟趁机飞走了,真伤心。原来朝露浸湿了它的双翅,飞不动了,经我在手中紧握,替它烘干了翅子,这就是使我伤心的根源。以后我就再也没有好运道捉到过它。但在好几次的山居时有时还听到过它的鸣声。一听到这种熟悉的声音就吸引着我,使我陶醉,像听到优美的琴声似的,是一种享受。

还有一种蝉,身体很小,小的像一颗长的豆子,也是黑色的,喜在灌木上鸣叫,其声虽比红色的夏蝉好听,却大大比不上前面说的弹花式的悦耳。但它却增添了夏日山野间的乐趣,令我感到了小生命低吟的欢乐。

我最不喜欢的是上海和北京公园里的蝉,呲啦呲啦,十分单调,即所谓之"知了"。最初是在殖民地时代的"法国公园"的悬铃木树上听到的。曾看到小孩子们用顶端有胶的长竹干捕捉它。

据说,蝉鸣都是在求爱的,那么如果我要是一只女蝉,绝不会把那种上海公园里呲啦呲啦叫的作为我的对象,我肯定地爱庐山牯岭悬铃木树上鸣叫的那一种,因为它样子美观,鸣声悦耳。

三、从牯岭鸦说起

清晨早起,在牯岭松林中散步,偶闻鸦声。啊哇!啊哇!有亲切之感。呵,乌鸦,久违了。竟在庐山相见,感想万端。

在鸟类中,猫头鹰和乌鸦都是人们讨厌的飞禽,大概都是由于它们的不惹人喜欢的叫声所致。记得儿时,一个邻家的倔老头,一听到乌鸦在他家老槐树上"啊哇,啊哇"一叫,他就出来赶它,嘴里还喃喃地骂着。在老人看来,乌鸦的叫声总是不吉利的。但我当时却并不觉得乌鸦叫的讨厌,倒觉得好玩。那全身墨黑的装扮,也别具风采,颇有一种庄严感。后来上了学,还读了"乌鸦反哺"的故事,所以我对于乌鸦还有一定的好感。

然而，乌鸦也真不争气，除了偷吃农民初成熟的玉茭外，还很喜欢跟踪狼，因为狼吃剩的猎物残肴，就成为它的美餐。当赵树理小说中的福贵把死婴丢在野外，乌鸦也就把它吃得剩下一堆碎骨，所有这些劣迹，实在也不能使人们对它不讨厌。

但中国的古诗人却很喜欢描写乌鸦，如曹操的"月明星稀，乌鹊南飞"；秦观的"斜阳外，寒鸦万点，流水绕孤村"；蒋捷的"望断乡关知何处，羡寒鸦，到著黄昏后"即是。就是在中国画家的作品里也不乏画鸦之作。而我之对它感到亲切，就因为在童年和它多打交道，曾学过它的叫声："啊哇，啊哇。"所以有老友重逢之感。

多年城市生活，听不到鸦声了，经常在耳边的是刺耳的汽车的鸣叫声；"文化大革命"期间是沿街吼叫的可恶的高音喇叭，这比乌鸦叫的声音讨厌的多了，偶听鸦声还能引起一种山村的恬静淡雅的田园味，或某种诗意。虽然不如画眉和百灵鸟叫得么悦耳。但高音喇叭却使我联想到一个野蛮、残酷、发疯、欺诈、惨杀、恐怖……的可诅咒的时代。

愿我城市居室旁的树上也能传来鸦声……

1982年夏作于庐山
1987年发表于《太原日报》"双塔"副刊

怀念茅公

茅盾先生和我们永别已有一年之久了,每翻箱箧,翻到他当年写给我的书信,那秀丽而挺拔的笔迹,引起我对他的由衷的怀念。

早在中学时代,我就知道茅盾这个大名。那时上海开明书店出版的《中学生》杂志用大字推介了他的三部曲。1931年我从太原到国立杭州艺术专科学校上学,正是他的《子夜》问世之际,爱好文艺的同学争相阅读,我也是其中的一个。但我看到他本人,则是1936年鲁迅先生逝世后,在一次治丧委员会的会议上,我有幸列席了这次不平凡的会议。在场的都是文艺界和救国会的名人。记得当时为了挽联问题有所争论,好象是一个反对过鲁迅先生的人送来了挽联,有人不主张挂,有一位操浙江口音而略带口吃的容貌清秀的中年人站起来发言了,在我身旁坐着的曹白低声告我说:这就是茅盾先生。他讲了些什么话,时隔四十余年已记不清了,但他那文弱清秀的身影却永久留在我的记忆中。从此他的三部曲和《子夜》就和他的身影在我的心中联系起来。

1937年我在上海一时心血来潮，想要出版自己的木刻集。但谁给写序呢？于是就想到茅盾先生，跟着就冒昧地给他去了一信。心想茅盾先生会知道我的，1936年由他主编的《中国的一日》曾选用了我的木刻《采叶》。但发信之后，等呀等呀，心焦火燎地老不见回信，自己竟有些懊悔起来，感到不该写这封信去麻烦他。过了一些时候我几乎要忘了这一事了，却突然接到了先生的回信，真是喜出望外。来信是这样写的：

力群先生：

您的木刻集和信早已收到了，适值时局紧张，文化界同人有所作为，我追随在后，也比平时多出外，以此到今天才写回信，请您原谅。

您的木刻集放在案头，这几天来几乎每天都翻阅一遍；从毒热下回家来，看你这些作品，真是愉快，您要我写序，我觉得光荣得很，虽然实在是门外汉，给写序是大胆，而且是"佛头著粪"，且亦因为是门外汉，要写就得用心慢慢地写，但赞佩之忱使我自忘不学，热心地说几句。先生，请略等几天，我写了起来，就寄给您；并且盼您不要以为是序，只是一个赞美者的意见；倘有太不行的外行话，也请不客气地指出，让我修改。这是我预先的要约，想来您一定可以答应的。匆复，顺期暑安。

茅　盾　启

7月18日

谢谢您允许我留下您这木刻集的手拓本。

没想到茅盾先生竟是这样地谦虚诚挚。读完之后,才明白他迟复的原因。因当时正是"七七芦沟桥事变"之后,时局的大变化,自然会使他加倍地忙起来。但不久上海"八一三抗战"也就跟着爆发,我出版木刻集的美梦被日本帝国主义的炮火轰得无影无踪了。当然茅盾先生也在战火中奔忙,他对我许下的愿也同样不能实现了。但我和他的交往并未中断。

上海战争一发生,人们就不能再过平静的生活了。我的爱人在何香凝先生领导之下做了伤兵医院的护士工作,而我也参加了上海救亡演剧队第六队到浙江嘉兴一带做宣传工作去了。之后又和爱人到了安徽省立第一民众教育馆工作。于1938年3月竟突然接得茅盾先生从湖南给我的来信。内容如下:

力群先生:

在沪曾通函札,至后闻先生赴嘉兴一带战地服务,在立报《言林》见有大文,述及曾至乌镇,乌镇乃弟故乡,今沦陷矣。弟自上月来湘后,匆匆一月,顷始知先生住址。而弟因办《文阵》,①今晚即赴广州("文阵"在南方印刷,汉口出版)。附奉预告一纸,旨趣内容,具见其中。现请先生拨冗写稿。并请最好能于三月五日以前寄出。因《文阵》定于四月一日出版也。临行匆促,不及多详,到广州后当再通讯。即期日新

　　　　　　　　茅　盾

　　　　　　　二月廿一日

并请转约尊友写稿。

　　《立报》是当时上海很受读者欢迎的一个小报,我经常为其中的《言林》写稿。看来茅盾先生也是经常看《立报》①的,所以我在浙江做宣传工作时给《言林》写的文章,引起了先生的注意。

　　接读此信后,我随即根据预告所示地址给《文艺阵地》寄了一篇短文和一幅木刻。

　　四月间得先生来信,信中说:

　　十二日来信及木刻一张均已收到。此信因寄在49号,转了几转,方到我手,所以迟得异乎寻常。49号地址已不适用,以后来信请由"香港、皇后大道中175号'立报'"转为安。

　　木刻已经铸版去了。短篇排进第三期。因此间印刷不行,第一期刚出版,第三期稿就付排了,因不如此,则势必不能准期出版。

　　短篇中我改动了一二次,是关于老农谈话中说有些军队纪律不好的;说有些军队纪律不好,本来不妨,因为这是事实,但同时又说从前的红军如何纪律好,则会引起误会,以为《文阵》在故意攻击八路军以外的军队,在破坏统一战线了。

　　《文阵》是在广州排印的,我每月总得到广州去一次,留十天八天无定。但因香港立报要我编辑《言林》,所以我也不能长住广州。我喜欢广州,不喜欢香港。这里是太"外国的地"了。木刻最为缺乏,倘能多惠,最感。《文阵》创刊号已嘱书店

邮上一本,已收到否?念念。匆复即期日新

　　　　　　　　　　　茅　盾
　　　　　　　　　　　四月十九日

　　从以上两信可以看出茅盾先生在抗战初期的生活是非常动乱不安的,而编刊物也颇心事重重。
　　五月间我从安徽到了武汉,在郭沫若领导的第三厅工作。九月初又参加了由第三厅组织的抗敌演剧队第三队到山西前线和延安演出。之后终于在1940年到延安鲁艺担任了美术系教员,算是"八·一三"抗战爆发以来开始过比较安定平静的生活了。在那动乱的生活中有时也听到关于茅盾先生的一些消息,似乎说他为当时表现进步的盛世才所邀请到新疆讲学去了。同去的还有杜重远先生。我到延安后也曾听说盛世才和苏联的关系较好,党中央也派了一批干部到新疆去。但当苏德战争发生后,苏联在西线开始失利时,盛世才就来了个一百八十度的大转弯,为了向蒋介石表忠心,就把我党派去的干部下在狱中,并将毛泽民同志杀害。在这种情况下,茅盾先生当然在新疆不能再待下去了,就回到内地。并由西安来到了延安。其时大约是1941年的夏天。他到延安后不久就和夫人一起住在鲁艺东山上的一个新窑洞中,和周扬同志的窑洞隔沟斜对。这样我就经常去看望茅盾先生。我们好象是老朋友似的谈论往事。他告我,我在上海时请他写序送他的那本手印木刻集留在新疆了,因为那里的美术工作者还很少有机会看到木刻画。我们都希望他在延安能久留。但他表示打算住一个时期还要到大后方去。因为他熟悉那里的生活,便于写作。

炎热的盛夏,在延安的窑洞里从避暑的观点来说是很令人满意的,但一到夜间就有一种名叫"白蛉子"的小虫咬人。茅盾先生对此无计可施,我为他做了几条用野艾扭的"蚊香",解除了他的困境。这种土"蚊香"在我们家乡农民是惯用的。

我当时在延安除刻木刻外,也写小说,一天我把一篇新写的名为《父母》的小说送去请茅盾先生提意见。过了几天我去看他时,就把他对《父母》写的书面意见交给我,看到他那一丝不苟的字迹和详尽的宝贵意见,想到一位鼎鼎大名的作家对一个初学写作的新手的认真扶植的态度,我是多么的感动。而今我的小说已不留存了,但茅盾先生给《父母》提的书面意见还保存着。《父母》的内容是描写一个富农家庭,老两口在大烟灯旁议论他们的宁儿因参加革命工作而被捕的情节的。茅盾先生写的意见是这样的:

读了《父母》以后。意见如下:

1. 东海太太的性格,写得比东海先生更好。

2. 第三段,宁儿被捕的信未到之前,叙说老两口抽烟,却没有一句话提到宁儿;这不免是个漏洞。因为照东海夫妻那样的性格,似乎不至于不在平日不去追究那两年没回家的儿子在干些什么?而况儿子已经提出离婚,东海太太早该想到这儿子靠不住了。所以,我觉得,在第三段开头,似乎应当描写老两口对于这儿子的惦念,生气,以及无可奈何。

3．就全体结构而言,第一段写老两口意见之不同,及东海之想望,第二段倒叙此家之如何发达为富农,第三段叙他们想望之落空,——这样,虽然整然有序,但是因为太整然了,有点呆板,特别是因为全文不长,人物很少,这样整齐的结构便缺少了灵活性,最好是打破这三段式,而把第二段的东西,插进第一段去,则就会使结构灵活,氛围气也更浓厚。

今天想来,《父母》这篇小说的未曾留存,大概和毛主席《在延安文艺座谈会上的讲话》有关。毛主席说:"'大后方'的读者,不需要从革命根据地的作家听那些早已听厌了的老故事,他们希望革命根据地的作家告诉他们新的人物,新的世界。"而《父母》这篇小说,却正是"大后方"早已听厌了的老故事,所以我就没有兴趣再保存它了。

茅盾先生离开延安后,国民党对陕甘宁边区的封锁就更加严密起来,所以我和他的联系也就中断了。直到全国解放,于1949年在北京召开第一届中华全国文学艺术工作者代表大会,我才在会上看到他。这之后虽然见面的机会非常多,但谈话的机会却非常少。然而三十年代和延安相处期间他给我留下的字迹却丝毫未损,算是最珍贵的纪念品了。

值此茅盾先生逝世一周年之际[①],小撰此文,聊表怀念之情。

发表于《山西文学》1982年第四期

注:①茅先生于1981年逝世。

怀念江丰同志

一

江丰同志的病逝，在我是绝然没有料到的，但更其没有料到的是：今年(1982)6月间他在空军招待所楼上举行的中国美术家协会理事会上的讲话竟成了和我的永别。那次讲话中他的心脏病的突然发作已预示了他在人生旅途中的危机。据我所知道已是第三次在会上讲话时发病了。其实三次都是死神对他的警告，可惜的是他对这种警告竟满不在乎，以至铸成大错，终于在第四次会上讲话发病时无可挽救。使亲者为之惋惜。

生离死别虽为人生之常事，但江丰同志的突然长辞，却使我感到非常的震惊和悲痛。他的死，无疑是对我国革命美术事业的一个重大损失。版画界失去了一位奠基者和热情的领导者，尤其使我们感到哀伤。

二

最初和江丰同志相识是在 1936 年的上海,记得是曹白介绍,而时间和地点都已茫然,但他的质朴的形貌和待人的热情却是印象很深的。正如艾青同志在怀念江丰的诗中所说:"质朴得象农民,单纯得象民间剪纸。版画一样黑白分明。"

江丰是最早在鲁迅先生的指引下从事新兴木刻运动的;是最早参加"中国左翼美术家联盟"的。也是早在 1932 年就参加中国共产党的。自 1921 年夏参加由鲁迅举办的、日本内山嘉吉先生辅导的"木刻讲习会"之后,他和野夫、新波、陈烟桥、张望、沃渣、马达等人就成为上海新兴木刻运动的主要活动家。我于 1936 年夏到上海,成为他们之间的一员,新兴木刻象一条无形的红线把我们联结在一起,感到彼此间既是能相依的穷朋友,又是可信赖的好同志。正如庄子所说的"相呴以湿,相濡以沫"。尤其是精神上的互相支持,在人的关系冷如冰霜的上海,使我感到同志之间的温暖。而江丰在我们当中却好象是无形的主帅。

其实我在未认识江丰之前就看到过他的木刻作品了。1931 年他以周熙之名发表在上海《文艺新闻》上的《码头工人》,曾给我留下深刻印象。显然这幅木刻是受了鲁迅先生介绍的《梅斐尔德木刻士敏土之图》的影响,但它是中国新兴木刻在摇篮时期的佳作。当中国艺术家们大画其裸体,大画其山水花鸟画之际,画坛上出现了上海码头工人的群像,这在当时是史无前例的,尤其是以新兴木刻来表现,就更加显得新颖而意义重大了。一群在黄浦江边行进的贫穷码头工人登上版画的艺术舞台,象一面红旗似的,预示着无产阶级艺术的兴起,而作者正是上海血统工人的儿子。

1936年1月江丰与野夫出版了木刻期刊《铁马版画》,每期手印50本。第一期上是江丰刻的封面,扉页上还有他刻的一幅小品,内容是警察与特务。我很喜欢这幅木刻,从作品中看出了江丰同志在装饰风木刻上的才华,和他对于警察、特务的憎恶。他曾两次入狱,和警察、特务打过多次交道了,所以他能简练地描绘出他们可怕的形象。

我认识江丰之后,就和他与野夫、新波、陈烟桥、曹白、林夫等一起筹办了1936年8月在上海八仙桥青年会举办的第二次全国木刻流动展览会。我们共同在一间大厅里用图钉在墙上钉木刻,共同在上海街头贴展览会的海报,显示了我们之间在新兴木刻事业上的齐心协力、诚挚的友情与团结。

鲁迅先生逝世后,江丰同志和我们共同成立了上海木刻工作者协会,并发表宣言,拥护党中央提出的发展统一战线联合抗日的主张。在这些活动中,江丰同志给我的印象是不显露头角,即不象有些知识分子好在大庭广众中表现自己,而愿埋头苦干。相反他对木刻的创作却是积极的。他的作品也象他自己一样,始终保持着质朴的风格。

1937年继芦沟桥事变、上海"八·一三"抗日战争爆发后,江丰同志把通信处设在我家里,他参加"战地服务团"到浙江做抗日宣传工作去了。待我参加救亡演剧队第六队到嘉兴后曾和他在一个农村相会,他只和我说了几句话,就紧张地随队前往了。"八一三"沪战的突然爆发,使久待的中华民族的奋起抗日高潮终于到来了,我们彼此的心都处在兴奋和激动之中,这次的相遇,就象两个朋友在战场上的邂逅一样。

  回忆往事,如在昨日,但计算起来已历四十余载了。而今,三十年代在上海忘我地积极从事木刻运动的老友如野夫、烟桥、马达、沃渣、新波、江丰都象晨星似的一个个殒落了,使残烛晚年的我怎能不感到悲凉与寂寞。但也不能不促使我对来日有限的时光作更精密的安排,为了人民的美术事业,为了社会主义的精神文明;象同班战友都在炮火中倒下了,余生的我只有更紧张地持枪战斗。

三

  1937年秋,我从浙江回到上海,又到安庆省立第一民众教育馆做抗日宣传工作,这个差事,原是诗人鲁黎(当时他名许鲁加)打电报到我家邀江丰同志去的。而他当时仍在"战地服务团"流动于嘉兴吴兴一带,实无法告知,所以鲁黎就同意我代江丰前去了。

  当年的冬天,江丰背着一挎包未能在上海举办的为全国第三届木刻展览会所征集的二百多幅木刻从沪赴延安,路经安庆来看鲁黎,我们又相遇了,我告知他我的差事原是要他来干的,他如愿留,我可以去武汉。而他却要我继续干,自己决心去延安。就这样他在安庆省立第一民众教育馆仅住了一宿,第二天就背上他的装着木刻的挎包奔赴前程了。

其实我在安庆也没有干多久,由于战事的不断失利,国土的节节丧亡,第二年我就到了武汉,之后又参加了抗敌演剧队第三队到第二战区工作。三队又派我到二战区的"民族革命艺术院"担任美术系主任。1940年1月,山西发生"十二月政变"后,我和妻友从民族革命艺术院所在地的陕西宜川英汪镇星夜逃往延安,组织上分配我到鲁艺美术系当教员,于是又和江丰在一起了。我一到桥儿沟东山教员住的窑洞,江丰同志就接连从山下给我背来每包约四五十斤重的两大捆木炭,这不仅温暖了我们的寒窑,更温暖了我在国民党地区久已冰凉了的心。使我感到来到延安就象回到自己的家里一样。

不久江丰同志就担任了鲁艺美术工厂的厂长及美术部部长之职,但不论官有多大,江丰同志平易近人的态度未改,他家里的那种邋遢样也未变。他把整天的时间都献身于工作,令人感到他多么需要有个爱人帮他整理家务;但他却只善于搞美术工作,太不善于搞恋爱了,竟使关心他的同志们深感爱莫能助。

江丰同志对于我的木刻创作是很关心的,常给我的作品提意见。1941年8月于延安军人俱乐部举办了木刻展览会,这是延安木刻活动史上的一件大事,给我留下了在江丰同志领导下木刻活动搞得热火朝天的印象。

1941年我光荣地被吸收为中共党员,江丰同志乐于担任我的入党介绍人,这,是他在政治上对我的关怀与信任。这之后他对我的言行也时有批评,然而他的善意的批评,却使我感到温暖。

四十年来我没有忘记江丰同志是我的入党介绍人。我没有辜负他对我的期望。现在他竟先我而去见马克思了,我更应保持晚节,以慰他的在天之灵。

四

1949年,当时我还在晋绥边区工作。北平一和平解放我就跑来看江丰同志。那时他领导华北联大的一批美术工作者刚进城,忙于在这个古城开展革命的美术工作。当时他积极领导新年画的创作。我看了他们在河北武强县与民间艺人合作出版的水印新年画很感动,江丰同志对革命工作的一团烈火燃烧着我,使我在新年画工作上的干劲更大了。

全国解放后,当江丰的尚在上海工厂当女工的老母得知失踪十余年的儿子的好消息,并第一次得到儿子编辑《西北剪纸集》所得的稿费时,竟欢喜得流下了老泪。我听到这个消息,也为之感动。

江丰同志担任了中央美术学院的领导工作后,我已在新建立的山西省文联工作了。1950年他热情地邀我到中央美术学院来讲学。派了几位不认识我的同学在车站门口拿着写有我的名字的牌子热情地接我。我们相见后的高兴自不待言。

等我于1952年调到北京工作后,便常去中央美院他的住处,看到他已住上窗明几净的家室,桌上的玻璃盆中还养着开紫花的水葫芦。当年的邋遢生活已告结束,但他对于革命现实主义的艺术道路却是坚持不变的。好象就在这前后,听说他结婚了,几乎是秘密进行的,其时他大约是四十三四岁的中年人了,可真算晚婚的。我对于这个好消息自然很高兴,可惜我未曾参加他的婚礼。

但时间不长,他就被莫须有的罪名而打成"右派"。后来听说匿居于复兴门的一个平房的院落里。"文化大革命"初,我们都被揪在美术馆的"牛棚"里,彼此很少讲活,在一次劳动中他被有刺的花木刺伤了头,流血不止,我们搀扶他坐下休息。我真担心怕因此而引起破伤风,但第二天他又来参加劳动了,沉默地带着头上的伤痕和我在一起拔草……

1969年我从中央美术学院的"牛棚"里被解放回到太原。一次我从山西乡下带着自制的黑陶工艺品去复兴门江丰的住处去看望他,其时他已从劳动集中营式的"五七干校"回家了。我见他腰里系着一块小围裙,象一个炊事员似的在忙于家务,我又想起了他在上海过贫穷生活时代的朴素形象。然而现在比当年在生活上虽然好多了,但他的心情却不能和上海当年相比。谈话中我偶然说出了一句:"你还是我的入党介绍人呢。"这使他很不好意思,心有难处的说:"唉,提到这些我很难为情。"是的,他介绍我入党,而今自己却被赶出党外了。二十年来他因划为右派失掉了党籍,自然是很伤心的。因此我即刻就后悔不该在他面前提及此事,触及他的痛处。他留我吃饭,我们不知是惆怅还是欢愉地谈了些往事。因为我这时被"四人帮"打在农村劳动,心情也并不是舒畅的。但我很明白,在他失意落魄时作为老朋友的我来看望他,他会感到高兴的。

党的三中全会以后,他蒙受了二十多年的不白之冤终于彻底平反,恢复了他应恢复的职务,并在中国美术家协会的新的理事会上被选为协会主席,我为他的走上美术工作的领导岗位而衷心喜悦。

但他在美术事业上却并不是很顺心的。他几乎应付不了经过十年动乱之后美术界的复杂局面,再加上他晚年性格的过于刚直,对工作的过于认真,以及有些言论的偏激,不择场合地在会上点名批评,作为美协主席都未必是妥当的。因而有不少人对他有意见。但他的心是真诚的,他对于美术界目前流行的现代派思潮——即对于有些作品只追求形式的奇怪,忽视了内容,甚至有意歪曲和丑化劳动人民的形象——的批评,我是完全同意的。因为这种作品不能为广大人民群众理解与喜爱,又哪里能谈得上为社会主义服务,为人民服务呢?我不反对探索新形式,而且理应探索,但绝不应脱离群众只求自我表现自我欣赏。

没有想到江丰同志在今年(1982)的9月13日竟与世长辞了,一个为无产阶级艺术的成长壮大、为革命现实主义奋斗终生的战士倒下了,我对他的为人的光明磊落,对党的忠心耿耿永远怀念。

1983年发表于《版画艺术》第九期

忆西湖

我时常回忆起西湖。

西湖总是以她的湖山秀丽之美和我在她怀抱中学艺的甘苦交织在自己的记忆中。

在雨后的苏堤上，雪后的孤山下，晚霞辉耀的白堤边……我辛勤地撑起画架作画，并为湖光山色的变幻而陶醉于大自然的诗意中。我恨自己不能画出晴雨雪雾的西湖景色的离奇变幻。

然而这已是五十年前的往事了，而今我已年达古稀，白发苍苍，多少湖上旧情，空回首，烟霭纷纷……

1931年夏，我以一个十九岁的北国青年，怀着久慕江南的心情，来到渴望已久的西子湖边。看惯了重山荒野，乱石干河的北国风貌，而今面对如镜的湖面，碧绿的环山，以及荡漾在湖上的画船，点缀在绿波上的白鸥……怎能不使我神往？

来到里西湖，看到"接天莲叶无穷碧，映日荷花别样红"

的景色,看到白壁房舍,翠色葛岭倒映湖中,怎能不使我想起苏东坡"欲把西湖比西子,淡妆浓抹总相宜"的诗句。

我当年来西湖是为了投考座落在孤山下的国立杭州艺术专科学校的。这个艺术之宫的校址,原是一个犹太商人哈同的花园,所以湖上船娘都把艺专叫"哈同花园"。前年冬天我曾重游西湖,虽楼阁依旧,但已有沧桑之感。

当年我一到学校,才知道不招考一年级新生,而只招收二年级插班生,这个消息犹如给我泼了一头冷水。怎么办呢我想,既来之就得硬着头皮碰碰了。

经朋友帮助,我住到岳坟西边的一个朱天庙里。这庙座落在山麓下,周围都是森森郁郁的树林,夜里能听到猫头鹰在林间鸣叫。庙前是一条去灵隐寺的马路,我白天就沿着这条马路步行到校学画石膏头像。

从朱天庙东行,一路上夏风拂面,垂柳依依。观赏湖上清晨薄雾,享湖中荷香鱼跃之乐。不一会就来到艺专教室之内,有一位姓郭的同学等着我,他指导我画素描。我在山西中学里是没有学过木炭画的,一切都须从头学起。

有时画累了,我就到教室外的球场里走走。球场的旁边,在树荫下有个小小的动物园,养着梅花鹿、老鹰和八哥,水池里养着鸳鸯、白鹅、鹈鹕和鱼鹰。在教室里作画就经常听到呷呷的鹅鸣声。如果走近八哥的鸟笼,它就自言自语地说:"八哥讲话,八哥讲话"……

我在这个教室里大约勤学苦练了一个月的素描,在朱天庙里学画了水彩画、几何画……

考试的日期终于到来,据说只招收二十名插班生,而前来投考的有一百多人。挂出榜来时,我竟考了第九名。曾经参加过鲁迅举办的"木刻讲习会"的郑川谷(当时叫郑锺琴,已故),现在兰州艺师任教的美学家洪毅然(当时名洪徵厚)以及当代的电影名演员赵之岳都是和我同时考上插班生的。

开学了,我如饥似渴地埋头在艺术的学习中。那时,我对西湖风景的描绘是辛勤的,我爱西湖的山山水水,一草一木,常在雨后的苏堤,雪后的孤山,晚霞辉耀的白堤,撑起画架作水彩画和油画。

1933年,由于参加了校内进步同学组织的"木铃木刻研究会",我被国民党当局所逮捕,先后关进了柴木巷拘留所和陆军监狱。历时二年的艺专生活从此结束了。出狱后,我告别了西湖,走向了人生的坎坷之路。

现在我虽已白发苍苍,但还时常回忆起西湖,就因为我曾在她的怀抱中辛勤地学艺,并曾为秀丽的湖光山色所陶醉……

发表于《浙江画报》1983年第五期

我的乐园

《圣经》上说,人类最早的祖先亚当、夏娃曾经有过一个美好的乐园,名叫"伊甸园"。可是因为他们不遵守上帝的吩咐,竟偷吃了园里的智慧果,懂得了怕羞,终于被上帝逐出了乐园。

其实世界上从来也没有过什么伊甸园,这不过是神话。但我们每一个人在儿童时代确实都有过自己的乐园。后来长大了,于是那个乐园也就无形中失掉了。但它却长期存在于人们的记忆中。例如鲁迅的童年也有过一个乐园,名叫"百草园"。据他后来回忆说,那个乐园可好了,其中有碧绿的菜畦,紫红的桑椹,还有鸣蝉,叫天子,油蛉,蟋蟀……我曾两次到"百草园"去参观,说实在的,这个小小的院落,一点趣味也没有,大概因为我已经不是儿童,不能领略其中的所谓乐趣了。但感到我童年的乐园却比这个百草园要广阔得多,有味得多了。

我生长在山西灵石县的一个偏僻的山间,整个小村和周围的山野都属于我童年时代的乐园。从春到秋,我的乐园的山野里有各种各样的野花,不说那浓香的野丁香、野蔷薇了,单就那金黄的小蒲公英,深紫的乔璐璐花,蓝色的荆条花……就把我的乐园装点得够美丽了。此外还有各种各样的善于歌唱的鸟,其中有土著鸟(留鸟)串山林、麦角角、金翅、斑鸠、石鸡……但最使我感兴趣的却是那些候鸟,其中有华丽的黄鹂鹂,墨黑的黑砚瓦,带冠的"丢胡胡";此外还有白头翁、布谷鸟……在我的乐园里还有各种各样的小动物,如可爱的毛圪狸,可怕的赤练蛇,以及善跑的野兔,会跳的青蛙……也有各种各样的昆虫,其中有会唱的蚂蚱蚱,红色的蜻蜓,好看的花蝴蝶,会弹琴的秋蝉……有各种各样的野果,其中有樱桃似的茹茹,玛瑙一般的酸枣。此外,还有壮观的"圪羝"打架,有趣的"骚胡"串群;山里有会学舌的"岩娃娃",沟旁有清凉甜美的泉水,……真是说不完。总之,我的乐园可爱极了,今天回忆起来,犹如一个美丽的童话世界。

春·摘茹茹

当春天来到的时候,我的乐园充满了无限的生机。柳条在和暖的春风中开始放发出新绿的芽,蒲公英在绿草中开出了小黄花。我多么的高兴,感到春意宜人,万物苏生。好象石鸡们也为之高兴,它们在山岗上格格格地笑着,震荡得从严冬中苏醒了的山峦也报之以回声。金翅鸟轻捷地在柳树间飞翔,发出欢乐的鸣叫……是的,春姑娘就这样来到我的乐园了。

我和农民的孩子们唱着,跳着,沐浴在清新的空气中,走到小河边,在清澈而冰凉的河水中用小手捞摸那初生的蝌蚪,看着那些微小而活泼的黑点,就感到小生命的可爱。

大人们过来了,我就拉着他们的衣襟,求他们把嫩绿的柳枝割下来,给我们做吹奏的小乐器。于是,大人们将柳枝一扭,抽去木心,我们就每人有了一支小喇叭,立刻就吹奏得满山乱响,再听不到石鸡的笑声和金翅的歌唱了。好象我们就是这乐园的主人,用小乐器吹奏出愉悦的心声,也吹奏出春天的序曲。

粉红色的杏花开了,蜜蜂在花间嗡嗡地唱着,茹茹的灌木丛也开出小白花来,在杏树下悄悄地放出清香。这时榆钱成熟了,在春风中颤动,发着鹅毛黄的嫩色,大些的孩子们爬上树顶砍下几枝来,我们就抢着捋榆钱,包在衣襟里,拿回去让妈妈做面食"科垒"吃。

红艳艳的桃花也开了,桃园的绿草中点缀着蓝色的猫眼花和紫色的荞璐璐花。我和小姑娘们一面采摘一面唱着童谣:

荞璐璐花,登登镲,
好女嫁给老鼠家。

麦收后,茹茹熟了,在带刺的尖叶间象樱桃似的小果实,紫红紫红地招人喜欢,酸甜的果汁诱人流口水。我们带着小篮篮,象采茶似的在山野里摘茹茹,很好玩。不止我们摘,还有外地的大人们也到我们乐园里来打茹茹,听说茹茹还是一种药材呢。

妈妈曾给我们讲过一个她童年摘茹茹的可怕故事:有一天她和两个小姑娘去柳沟摘茹茹,开始时大家在一丛上摘,后来又每人占了一丛,不知怎的两个姑娘互相争执起来,说那丛是她占下的,不让另一个摘,接着就恶狠狠地相骂。一个说:

"叫狼吃了你!"

说话间就真的来了个东西,不慌不忙地走着,但孩子们不认识,其中一个说:

"快看,是冯老四家的狗来了。"

其实哪里是狗,是狼。狼到了被骂的那个小姑娘身边用头一顶,小姑娘就倒下了。狼咬着她的脖子用力一甩,就把小姑娘背走了。她摘下的茹茹,红丹丹地洒在草间。这时才知道来的正是狼。但已经把大家吓呆了。

等赶集的大人们路过的,妈妈就把一个大人紧紧抱住,只会说:

"怕怕!"

"快说,怕什么呀?"

等说出狼拖走小伙伴时,狼已经走得很远了。

大人们去找小姑娘,没有找到,只拾到两只小红鞋。从此,妈妈就再也不敢到山野间摘茹茹去了。

这个故事讲得我毛骨悚然,至今都记忆犹新。但我的乐园里却没有出现过狼,所以我们每年都照样去摘茹茹。

丢胡胡·黄鹂鹂

初春,当大雁从南到北飞过我的家乡,儿童们唱着:"雁雁摆流流,红衫衫绿袖袖"时,戴胜鸟也就不知道从什么地方悄悄地飞到我的乐园里来了。我看到它们,就象在水中看到了鱼,在花间看到了蝴蝶似的那么高兴。它们各有一个很尖细的长嘴,穿着一身由黑白和灰黄色组成的花衣,头上有一个时开时合的花冠,"丢胡胡"、"丢胡胡"地叫着,因此我们就根据它们的叫声名之曰"丢胡胡"。但大人们却叫它"臭八姑"。据说它们是很臭的。而我却很爱这丢胡胡,因为它们叫得有趣,长得好看。

戴胜的到来,立刻就使我的乐园热闹起来,但我却从来也不知它们的家住何处。只见它们忙着衔草衔虫。

夏天了,一次我和小伙伴们在山野间玩,突然看到在一个杏树洞里飞出一只丢胡胡来,好了,这下可算发现了它们的秘密,于是立刻爬上树去,把手伸进洞中,掏出它们的儿女来。一共有四只,雪白,象一个个雪球似的。但我即刻就嗅到一股非常难闻的臭味。于是便赶快把这些小雪球又送回洞里去。到这时我才懂得了为什么大人们叫它们臭八姑。大概这种难闻的臭味正是保卫它们生命的一种武器。从此我就再也不敢访问它们的家室了。但直到如今我画国画时,还喜欢画戴胜,就因为它们曾经是我的乐园里的惯熟住户,对它们是很有感情的。

丢胡胡飞来不久,接着到来的是黄鹂鹂。

黄鹂鹂是最美丽的一种小鸟,叫得婉转有情,它们象丢胡胡一样,不吃农家田里的谷物,只吃小虫,后来懂得这都是益鸟。请不要误会,以为它们就是唐代诗人杜甫诗中所说的"两个黄鹂鸣翠柳,一行白鹭上青天"中的黄鹂。黄鹂是全身嫩黄色的一对候鸟,而我家乡的黄鹂鹂却不同,雄的穿一身很华丽的衣裳,全身是用橘黄、黑、白组成的很悦目的图案;雌的穿一身较为灰黄的衣服。它们总是雄雌一对,经常在一起,和人一样,是一夫一妻制,而且令人感到是一双恩爱的好夫妻。我曾请教过生物学家,才知道学名应叫"灰顶红尾鸲"。就是这灰顶红尾鸲,它们一来,总喜欢在我家的院里找一个地方做窝,有时在大门框上,有时在柴房里,这样就很便于我发现,抄家。

有一年它们飞到我们院里几次,在找住处,后来就飞进柴房里的一个檩洞里。接着就衔草衔毛忙个不停,我非常高兴,经常站在门里偷偷观察。可它们真鬼,看到有人就嘴里衔着毛草,停在屋顶不肯进洞。

过些时我偷偷地爬到洞口一看,母鸟受惊飞走了,我发现窝里生下四个小蛋,暖暖的,有红小点的花纹。我观察到孵卵期间母鸟卧在蛋上动也不动,由她的"爱人"在野外捕小虫喂她。这种情形直到现在想起来还深为感动。

待孵出小儿女来了,都是一丝不挂的赤条条,这时父母黄鹂鹂就忙着衔虫,轮番地喂。起先小儿女穿着"麻布衫",渐渐地有了较为丰满的羽毛,但总和父母不一样,而且也雌雄难分。

当快出窝的时候,我把小鸟掏来全部关在笼子里。但它们离开妈妈就绝食,我想尽办法拿小虫喂,希望能够长期活着成为我的朋友,可它们就是不吃,闭着眼睛,隔半天吱地叫一声,在想妈妈哩。两天后四只小黄鹂鹂终于都一个个相继死掉了。这使我非常的伤心。

当我把黄鹂鹂的家抄了后,做父母的鸟可真急坏了,在屋顶上飞来飞去,发出悲哀的鸣叫,邻居婶婶问我:"你知道它们叫什么?"我说:"不知道。"她说:"它们在叫:

住的高了,一火烧了,

住的低了,一水漂了,

住的不低不高,

就教小娘小爹们掏了!"

婶婶继续说:

"它在骂你哩,以后再不要掏了,怪栖惶的!"

现在看来,婶婶的这首出自同情黄鹂鹂的不幸遭遇而为之代言的童谣,很有趣,所谓水火之事,是属于浪漫主义的,几乎不可能发生,而只有关于"小娘小爹"才是现实主义的。

我成为大人后,也时常想起黄鹂鹂,但总有一种忏悔的心情,总觉得在乐园里抄了这些益鸟的家,真是一种罪过,是要请它们饶恕的。

毛圪狸

在人世间,大凡有害于人类的小动物,我都深恶痛绝地憎恨它,例如老鼠我就恨得特别厉害,因为它全身没有一点可爱之处,看到它那蚯蚓似的一条尾巴就够讨厌的了,何况它还要偷吃人家的粮食,啃咬家具,把粪便撒在面粉里,甚至传染鼠疫……而唯独毛圪狸(一种黄土高原地带的小松鼠),虽然也偷吃农家田里的小麦、豆子……可我却不但不恨它,反而很爱它,儿童时代是如此,现在还如此。毛圪狸是我乐园里的小宝贝,它不象老鼠似的鬼鬼祟祟地出没在阴暗的角落里,而是光明正大地活动在大自然的怀抱中。我们儿童之喜欢它,更因为它长得亲眉怪眼、活泼伶俐,尤其是那毛丰丰的大尾巴,真逗人喜爱。它背部有五条黑纹,算是一种装饰。为此陕北地方就叫它"五道眉"。我的乐园里如果没有这"五道眉",就象夏夜的草原看不到流萤、春天的山坡里看不到野花一样。

毛圪狸吃东西的时候用两只小手抱着吃,一颗瓜子到了它手里,几下就用门齿啃去了皮,然后吃其中的仁,吃得非常利落。但有时候也并不去皮,而是把瓜子藏在两腮间,鼓鼓的,然后回到窝里又吐出来,用这办法来运输、储藏过冬的粮。如果急于要把获得的野食搬运走,而又不需要老远地运回窝中,就找个地方,用两手挖个小坑埋起来。但它究竟是小动物,而不是人,所以它埋下的粮食,不见得都能记得,如果是松籽之类,它埋下,第二年就发芽出土,无形中毛圪狸也成了造林的功臣了。但这是连它自己也全然不知道的。

夏天,它有时到小河中喝水,然后回到高高的山坡上,在清凉的岩石间叫着,叫得很好听,象把一块小圆石放在瓷罐中,有规律地摇动时发出的一种特别的响声,咯当咯当地震荡得整个山谷报以回音。那缓缓的声调,有一种悠闲之感。

我有一个堂祖父,是经营桃园的,他很爱我,当桃熟时唯独允许我在他的桃园里任意选择最大最红的桃子吃。但后来发现,毛圪狸决不在匣里和笼中到处大小便,总是走出匣子的洞门,在我给它安放的一个厕所(铺了细沙的木盘)里小便。当然也不会随地吐痰了。现在想来,它倒真是懂点文明礼貌的。到了冬天它就七八天也不出来吃一点东西,我起先不见它走出木匣来玩,很奇怪,打开盖一看,它动也不动,竟以为死掉了,但握在手里却感到尚有体温,便放在热炕上,给盖上被子,终于又活了。那时还不懂得毛圪狸有冬眠的习性,所以发生了这场虚惊。

据抄过松鼠家的人说,它的家在土壁上,其洞既高又深,挖起来很费劲,要有耐心,约挖一丈深,才算到底,其中有它的卧室、粮仓和厕所,就是没有浴室和会客厅。据说粮仓里的存粮竟有一斗之多,这也可能有些浮夸,但有几升总是可靠的,所以传说光绪三年遭年饥,人们饿得慌,就挖毛圪狸的仓。但它的洞门一到冬初就用松土封起来了,也是很不好寻的。但我没有抄过松鼠的家,关于这方面的知识就都是听来的。至于我养的那只松鼠,后来因为没有关好木匣,它总是感到住得不舒服,跑掉了,我在家里寻了好久也没有寻到,自然是很难过的。

而小松鼠对于我一生的影响却是颇大的,即使成为大人,当了共产党的干部,做革命工作了,却还经常在梦中梦到捉松鼠,全然是童年乐园生活的再现。终于前几年童心大发,创作了一幅描绘松鼠的木刻画——《林间》。我真感谢我的小松鼠,它没辜负我爱它们一场,使我创作出一幅被人们誉之为名作的版画。亲爱的小松鼠,愿上帝保佑你们永生。

串山林

读鲁迅的《朝花夕拾》,第一篇就说到他是"仇猫"的,因为它捕食了他心爱的"隐鼠",后来虽然证明是一起冤案,但他和猫的感情却终于没有融和起来。至后又出现它伤害了兔的儿女们的事,因此鲁迅就更加仇恨猫。而我自童年时代即恨猫,倒并非是受了鲁迅的影响,因为那时《朝花夕拾》还没有出版,我也根本不知道世上有鲁迅其人。我之恨猫是确凿地知道它捕食了我心爱的"串山林"。

串山林是我家乡的一种土著鸟(留鸟),它们是我乐园里的常住户。它们也是不糟蹋农田里的谷物而专吃小虫的。到了冬天就觅食灌木林中的小种子。串山林不象黄鹂鹂和丢胡胡穿得那么华丽,而是穿一身灰黑色的衣服,比黄鹂鹂大,比丢胡胡小。但它们是我的乐园里最有名的歌唱家。童年时代感到获得一只串山林比获得一块黄金还难。

串山林这个名称古人想得太好了,它不大喜欢在空中飞动,象黄鹂鹂似的,而喜欢在山野里的灌木林中自由地钻来钻去,真是名副其实的串山林。它高兴的时候就站在灌木的顶端歌唱。在冬天,当各种候鸟都去得无影无踪时,串山林就是我寂寞的乐园里的唯一的歌唱家。

串山林的小巢不象丢胡胡那样喜欢建在树洞里,也不象黄鹂鹂那样喜欢建在人家的柴房中,而是建在灌木丛中,遭受着风雨的吹打。当夏季枝繁叶茂时,要发现串山林的住处比在稻草中寻针还难。但牧羊人是深知山野间的秘密的,一年的夏天,我邻家的张叔叔放羊回来,向我泄露了一个好消息,我就由他的指引终于抄了一窝串山林的家。当我拨开叶丛寻找时,看到巢里有四只小儿女,一见我就受惊的飞动起来,可惜我只捉到一只,其他三只都钻到灌木林中寻不到了。一只就一只吧,这也算重大的收获,于是就把它关在笼子里。当我喂小虫时,它张开黄嘴吞食,这使我非常高兴。这样我就每天忙着在草中给它打虫食,感到是一种无上的乐趣。喂来喂去就和我非常熟识起来,把我当成了它的妈妈。后来打开笼门,让它飞出来,喂过之后就飞到我肩膀上、头上,成为我的好朋友了。因此我就经常打开笼门,让它在家里玩。我是多么爱我的串山林呀!

村里的韩老大看见了,告诉我说:他曾喂熟一只串山林,白天上地劳动时,就放在肩膀上,到了地里,串山林就飞到山野里找虫吃,找对象玩去了,而且向同行学会了许多新歌。待到他收工时,打一个口哨,他的串山林就即刻飞回来,站在他的肩膀上一同回家了。但他说后来就被一个有钱的人看上，愿意出一块银洋买他的，因为他老婆生孩子需钱花，就不得不忍痛卖掉了。而我的串山林是绝不卖掉的，已经养得能够飞出去在村里的树上玩一会儿又自己飞回笼里来。虽然它还不大会歌唱，但一发现猫就会向人报警，吱呀吱呀地叫个不停，我立刻知道是猫来了，就赶快把猫打走。

不意张叔叔放羊归来，又在山里捉到一只串山林，我喜出望外地接受了他的赠品，关在笼子里。我想，这下可好了，我的串山林有伴了。不料它一见这位新来客就在头上啄了两下，我很担心，深怕它们互不相识，合不来。可是两个睡了一夜，到第二天就和平共居了，我忙着给它们打虫吃，感到无限的乐趣。然而使我非常惊异的是原有的串山林得到我喂的小虫后竟不咽下去，而是转过头去喂它身边的新朋友，如此者相继有一月之久。我想，昨天还啄它，今天就亲密地相喂，这种风格就算够高的，我多么为之感动。

一天，我在中窑里玩，又突然听到两只串山林在隔壁窑里报警了，吱呀吱呀地怪叫个不停。我赶快跑到东窑里去看，见两只串山林站在柜顶上还在叫，但我左寻右找并没有找到猫，其实它藏在缸后面。等我走后串山林也以为猫走了，但当它们飞下来在炕上玩时，竟被猫捕食了一只——正是以保姆自居的那个，为此我非常伤心地痛哭了一场。剩下的一只，我就严加管束紧关在笼里，但它却不肯吃食。也不知是受惊吓坏了，还是怀念它的保姆，过几天竟死掉了。我是多么的痛恨猫，多么的怀念我那可爱的串山林！这两只爱鸟的死，使我有好几天丧魂失魄的难过,不想吃饭,也不愿说话,有如痴呆了似的。

蚂蚱蚱

我们的童年时代,并不象现在的孩子们那么幸福,可以在商店里买到小手枪和布娃娃之类的玩具儿。那时,冬天玩的是高粱秆——用手掌大的一块扁平的圆石"打箭箭";夏天除了玩鸟就是玩昆虫。

在虫类里有一种叫"蚂蚱蚱"(即蝈蝈)的,这在我的乐园里可多了,由于它会歌唱,所以也就是我喜欢玩的对象。其实天下的儿童都喜欢玩它,所以一到夏天,不论在北京城或太原城都有人挑着一担蚂蚱蚱沿街叫卖,小孩子一听到小笼里的吵杂声,就好奇地不走了……

每当盛夏的黄昏,当农人们收工回家的时候,蚂蚱蚱就爬在酸枣丛的顶顶上自鸣得意地叫起来。我为了捉到它,就一个人躲在村边酸枣丛的旁边等它叫,借着月亮的光观察它的动静。可是它真够鬼,一听到人声就不叫了,这样我就等呀等的,有时等到圆月已从东山上爬到天空了还捉不到一个。直到听见妈妈在门前大声喊我的名字了,这才不得不空着手扫兴而归。自然免不了遭妈妈的一顿数落:"天这么黑了,还不回来,就不怕狼吃了你!……"是的,我宁肯让狼吃了,也想捉到一只蚂蚱蚱。

捉一只蚂蚱蚱可真不容易呀,你捉它,它就狠狠地咬你,有时还吐出一股黑水。但我并不怕它咬,看到它那一身绿玉似的颜色,两根长长的眉毛,振动鞍翅在歌唱的样子,直觉得非捉住它不可,哪里还顾得怕它咬呢!

当时还不知蚂蚱蚱的歌唱是为了找对象、求爱,只认为是它吃饱了绿叶之后,高兴得叫哩。但有时也在酸枣丛中发现一种肚子较大尾部有宝剑似的长刀的蚂蚱蚱,却从来没有见它叫过,因为背上的鞍翅较小。大些的孩子说:"这是母的"。这种认识是不错的,后来懂得尾部的长宝剑正是为了秋天把卵产在土中而用的。

由于我不怕狼吃了,肯下工夫,每年夏天至少也捉三四只。蚂蚱蚱是很好养的,喂它南瓜花、葱叶子之类它都吃。但假如你三天忘了喂,糟了,它就把自己的大腿吃掉了,所以我们家乡有句歇后语:蚂蚱蚱吃腿哩——自吃自。意思是说不吃别人。

我有个小弟弟,他很爱蚂蚱蚱,但他不会捉,向我要,我不给。今天想来是大有愧于高风格的串山林的。一天,我忽然感到黍箭笼里少了一只,问弟弟,他说没拿。我想:真奇怪,笼门又没有开,怎么能跑走一只呢?但到晚上,我却突然听得蚂蚱蚱在柜子里刮刮刮地叫,好象在说:"我在这里,我在这里。"打开柜门一看,才知道是弟弟偷了,放在他的笼笼里。妈妈说:"你那么多,就给他一只吧。"这我才算开恩地允许给他这一只,他高兴极了。现在想来,弟弟也真笨,蚂蚱蚱是可以偷的吗?它会自己报告被人藏在哪里的呀!

现在,弟弟已经去世快十年了,而我每想起他偷蚂蚱蚱的故事,就觉得很有趣,但同时也感到我作为大哥哥的,真对不起他。

蛇的故事

我的乐园里除了可爱的小鸟和毛圪狸外,也有可怕的动物,这就是蛇。我是很怕蛇的,但它总和我打交道。一到夏天,妈妈就再三吩咐,不许我们到深草中去,就怕我踩在蛇身上被它咬伤。但我运气好,总算没有被蛇所毒害。可是牧羊人张叔叔的羊却时常被蛇咬伤。当一群羊正在专心一意地吃草时,其中一只突然怪声怪气地"咩咩"叫起来,张叔叔一听就知道不好了,又是蛇咬着羊嘴了。于是他就立刻拿出带在身边的皮筒,从中取出药针,扎羊的嘴,并使劲儿地挤血。这样羊就可以好起来,蛇可是已经跑掉了。

《圣经》上就曾记载着亚当和夏娃的乐园——伊甸园里有蛇,而且就是蛇怂恿他们吃了智慧果,惹下大祸,而被上帝逐出乐园的。鲁迅描写到他的乐园——百草园时,也说相传这里有一条很大的赤练蛇。看来,哪一个乐园里也少不了蛇,这真是没法的事。

有一次,我们看到麻雀衔着虫飞进一个墙洞里,于是决定抄它的家。洞高,探不到,怎么办?做人梯。由一个大些的孩子蹲下当梯子,我踩着他的两肩托着墙慢慢爬上去,麻雀突然飞走了。我将小手伸进洞中,感到窝里有很多小麻雀,肉肉地一堆,于是就伸开五指用力抓着往口袋里装。待到从那个孩子的两肩跳下来，高兴的去口袋里掏小麻雀给伙伴看时，不料从里面抓出来的却不是小麻雀，而是一条白花蛇，肚里还有一个鼓起来的大疙瘩。大概是白花蛇饮餐了麻雀的儿女们之后，就满足地在窝里休息了。这样的遭遇自然是不敢告诉妈妈的，因为妈妈预先就在警告，不许掏雀窝，怕掏出蛇来。可见这种危险事也是常有的。蛇蛋我也看到过，和鸟蛋一样，是绿色的，但不是在窝里，而是在草中。我以为是小鸟的蛋，怪好玩的。但打破后出来的却是一条小花蛇。可把我吓坏了。

  又一次我们在河滩上玩，一个孩子发现草里盘着一条赤练蛇，动也不动，象死了一样，腰间也鼓起一个大疙瘩。我们很好奇，一个孩子踏着它的尾巴，用脚把那个疙瘩硬从嘴里挤出来，原来是一个蛤蟆。可怜的蛤蟆一挤出，蛇就发威了，它抬起头来猛追我们，要和我们拼命，吓得大家丢盔弃甲地跑，总算没被蛇追上，从此就再不敢玩蛇了。长妈妈曾经给幼时的鲁迅讲过一个关于美女蛇的故事，这样风流的奇闻可惜我在童年不曾听到过。我听到的却是一个关于将要成精的蛇的传说。当小伙伴们向王大妈汇报蛇吞蛤蟆的经历时，她就给我们讲了如下的故事：

  从前呀，不知道在什么地方有一个人在山下砍柴，突然感到象腾云驾雾似地升到半空中，又下来，这么着有好几次。他奇怪了，不知是怎么一回事，抬头四处张望，发现高山上有一条大蟒蛇正在张口吸他，象一条普通的赤练蛇在房椽间吸麻雀一样。据王大妈说："这条大蟒蛇还没有修练成，如果修练得成了精呀,一下子就可把那个砍柴的人吸到肚里去。"说得我们怪可怕的。因此,我每每走到山下,就难免想起王大妈的故事来,然而总没有感到有腾云驾雾之势。可见我的乐园里虽然有白花蛇和赤练蛇,但将要成精的蟒蛇肯定是没有的。

井上的乐趣

一到炎夏,我就特别喜欢到井边去玩。

那是一个非常清凉的小天地,一点也不热,虽然也有太阳光,可是它的威力却没有了。

那里有橘黄色的甜杏,水汪汪的紫桑椹,清香的薄荷草还有一种好玩的小虫虫,我们叫它"倒",是会耕地的。

我们的井,可不是一般的井,地形好极了,它在一个悬崖下。崖壁是凹进去的,所以下起雨来也下不到井里。崖上有很多青色的灌木和绿色的野草。灌木丛中的荆条一到夏天就开着蓝色的小花,散发着清香,引得蜜蜂在它周围转,嗡嗡地哼着小曲子。井旁生长着各种水草,有水艾、车钱子、薄荷。用手指把薄荷叶碾烂,一股香味就冲鼻而来,我很喜欢闻这种味道,感到清凉。

井的左右是高高的石壁,画起图来就象一个"叵"字。站在这"叵"字里,抬头看蓝色的天,就只有窄窄的一条条了,但蓝得迷人。不时有燕子在其间飞翔,吱吱地叫着,好象它们也在这井上感到无穷的乐趣。

石壁上生长着各种树木，经常有小鸟在树上做巢。当它们在炎夏哺喂自己的儿女时，我们在下面能听到争食的叫声，却看不见雏鸟。悬崖上也有酸枣丛长在壁缝里，到了秋天，酸枣叶发黄时，熟透了的红酸枣落下来，我们就捡着吃。还经常可以看到小松鼠在悬崖上吃酸枣，但是无法逮住它。

　　人家的井都是水从井底往上冒，而我们的井却是一股泉水从石壁的一条裂缝里往下流。这一股泉水有一指粗，又清又凉，走近井边就听见叮叮冬冬的流水声。古人请石匠在泉下凿了个大石臼，泉水就流在这个大石臼中，经过一夜，就满得往外流。所以我们的井上用不着安装辘轳打水，挑水人连水担也不离肩，将桶放在井里一转，就是满满的一桶清水。

　　在我们山西，我曾看到过一眼用辘轳打水的井，有二十多丈深，几乎要用半个小时才能从井下绞上一桶水来，当地人感到水和油同样的贵。相比之下，我们的井可真是一眼出色的井呵！因此外村人看到就非常眼红，怪上天待人太不公平，怨自己村没福分享有这么一口好井。

　　我们每到井边，在井石板上玩的小青蛙就扑通扑通地全跳到井里去了，接着就用标准的"蛙式"游到它们认为安全的地方。

　　在井的石缝里，我们能用小手摸出豆粒大的小海螺，有时还有很小的虾，可惜就是摸不到鱼，但我们是多么希望井里能够出现小鱼呵！——那仅仅能在图画上看到的小鱼……

　　有时也看到我们的好朋友——黄鹂鹂从崖上的灌木丛中飞下来，尾巴一翘一翘地在井边饮水。也有白色的小蝴蝶从天上飘下来,在井上飞翔……

一天,我和小伙伴玲玲悄悄地跑到井边玩,先是到杏树下寻杏吃,那熟透了的黄杏从树上落在草中,等待着我们来享用。

我寻到一个,放在鼻下一闻,很香,就给了玲玲。她咬了一口,连声说:

"真甜!真甜!"说得我直流口水。

不久,她在灌木下也竟捡到一只,说:

"春哥,这个顶大,给你!"

我吃完了就拿起石头敲杏核,把肥大的杏仁给了玲玲。她不敢吃,说:

"妈妈说的,杏仁不能吃,是苦的,能毒死人……"

我说:"不怕,你尝,是甜的。"

她摇头,就象摇"拨浪鼓",两个小辫前后乱动。可是她见我吃,也就吃起来,笑着说:

"真的不苦,是甜的。"大概玲玲还不知道井边的杏是甜仁仁。我告诉她,杏仁有苦的也有甜的。她点点头,这回表示相信我的话了。她于是就留了两个装在衣袋里,说是要拿回去给她妈妈吃。

在草中再也找不到黄熟的杏了,但一抬头,又看到杏树上结满了黄澄澄的杏子,把枝头都压得弯弯的了,就是探不到,吃不上。

玲玲说:

"春哥,你上树,踩在我的肩膀上。"

可是试了几次也不行,刚刚爬了几下,就滑了下来,小手里没力,抱不紧。玲玲笑着说:

"春哥真没用。"

没用就没用吧,于是我们又跑到桑树下,草地上到处是落下的桑椹,紫黑紫黑地发着诱人的亮光。

玲玲和我在树下拾一个吃一个,吃得她的小嘴也染成黑的了。

一个山鹊子摇摆着它的长尾飞到桑树上,一面咋咋的叫,一面吃桑椹,同时就给我们往下丢,玲玲抬头对着山鹊高兴的说;

"山鹊姐姐,谢谢你,你真有用。"

我抬头看,看见山鹊拖着它的长尾巴从这枝跳到那枝,用嘴挑熟透了的桑椹啄,同时桑椹也就不停的往下落,有时就打在玲玲的头上。玲玲说:

"好姐姐,可千万不要拉下屎来,拉在我头上。"

我说:"你山鹊姐可坏了,顶喜欢在小姑娘头上拉屎……"

山鹊在树上咋咋叫,好象说:

"不要听你春哥胡说,我没有那样缺德……"

我们把甜杏也吃够了,桑椹也吃够了,就去石崖下寻"倒"玩。

在那极细的绵土中,有一个个酒樽大的小圆坑,这就是"倒"设下的陷阱,就象蜘蛛织下的网一样,目的在于捕食落在陷阱中的小虫虫。当一只小蚂蚁不慎掉在圆坑里时,你看吧,"倒"就从坑底扬土,一心要把逃命的小蚂蚁用土打下来,直到打得它昏头转向,接着"倒"就从土里伸出一个钳子来,紧紧地把蚂蚁的腿夹住了。蚂蚁在拼命的挣扎,但挣扎的结果终于被"倒"拖进了土中把它吃掉了,然后把蚂蚁的空壳抛在坑外。

我们把"倒"的工程一毁,就能在土中找到象小豆大的一种虫虫,接着就看到它钻到土中游动,于是玲玲就口中念念有词:

倒倒耕地地,
我给你二亩好地地;
倒倒耕地地,
我给你二亩水地地。

这时小虫虫就象一条驯服的小牛似的在土中转圈圈犁地,但它不是向前走,而是屁股向后倒着走,这就是"倒"的名称的来源。

多有趣的"倒",一辈一辈传下来,它竟成了我们儿童到井边来玩时必定要访问的"小朋友"。

"倒"也玩够了,感到口渴了,就走到井旁的田里,把韩大伯家种的南瓜的叶子不心疼地摘下来,去掉叶冠,然后把空心的叶柄插在壁缝中,泉水就象从自来水管里流出来似的往外流,这时,我和玲玲就在管上痛饮这清凉的泉水。玲玲说:

"真好喝,甜得很!"

可是不巧韩大伯来担水了。他一看见就笑着骂道：

"你们这些小鬼头，把我的南瓜叶都糟害了，就不怕掉在井里！"

"不怕，掉下去才好哩，就象小青蛙似的游水水……"

"掉下去，就让韩大伯用桶担打捞起来。"玲玲说。

"快回去吧，你们的妈妈到处寻你们哩，丢了宝贝了！"

这样我们就跳着跟着韩大伯回到村里……

故乡的井呵，你多么美好，直到现在还象一个美的梦境似的活在我的记忆中。

炎夏的小溪

夏天，太阳象个火球似的烤着，天蓝得迷人，邻家的黑狗拉长了舌头，喘着气躺在阴凉处，天热得很厉害。然而蜜蜂们不怕热，象开会似的忙着，围绕着我家大门口的老槐树嗡嗡地叫。因为老槐树开花了，一簇一簇的黄花装点在墨绿的槐叶间，使盛夏的气氛更浓了。

妈妈说，要下沟洗衣服，我听到多高兴，跳着说："我也去！我也去！"妈妈拿上脸盆和一大堆衣物，又拿上肥皂、衣杵，顺便去叫隔壁婶婶。

婶婶也拿上铜盆和衣物，但她没拿肥皂，拿的是皂角水和木棒。

婶婶家玲丹听说下沟去，也高兴的跳起来，急忙把吃剩的一块糠窝窝头填在嘴里，便紧跟在她妈后面。

出了院门就看到牛牛和狗娃,他俩正在大槐树下无聊地坐着,好象在细听蜜蜂们的热闹的歌唱声。一瞥见我们这一群,就自然地跟来了,因为他俩看着妈妈和婶婶手里的东西,就知道我们是干什么去的。

　　我们走着,在我的眼前就浮现出清清的溪水,碧绿的草地,红色的蜻蜓……到了山畔,牛牛就面对着对面的山岩叫起来;

"岩娃娃!"

山岩即刻也回答说:

"岩娃娃——"好象在很远的地方有个孩子在学舌。

玲丹也用女孩子的尖嗓子叫:

"岩娃娃!"

"岩娃娃——"同样是女娃的尖声。

"我们下沟玩去哩!"

"我们下沟玩去哩——"

"你也来吧!"

"你也来吧——"

婶婶说;

"别叫了,热得这么厉害,赶快走吧,岩娃娃的妈妈不会让她来的。"

　　火球烤着,我们下到沟底时,每个人的头上都出了汗水。然而一走近水边,就顿觉异样的清凉起来。妈妈和婶婶找到水池,就跪在池边洗她们的衣服,惊动得小青蛙四处奔逃。杵声打破了沟里的平静,两山间不时报以回声。婶婶的红衣点缀得绿色的山沟特别富有情调,而她的嫩白的脸蛋在阳光下却显得更美了。

在碧绿色的草间开着黄色的野菊花,蝴蝶在花际飘飞;只在水边生长的麦穗穗花垂着水红色的长长的花絮,象垂着头的谷穗似的;山坡上的野蔷薇已结了小小的红果,而荆条的灌木丛却正开放着那青蓝的小花,一丛一丛,装点得山沟多么繁茂,多么有情。黑色的串山林鸟时而出没其间,有时停在枝头尽情地歌唱,整个山沟流荡着那荆条花的清香和串山林的歌声。燕子飞来,停在溪边饮水,红蜻蜓在水上飞动……我的乐园呵!你是多么的迷人,多么的美丽。

婶婶一边洗衣,一边向妈妈诉说着她家的苦情。又是说她地少人多,打的粮食不够吃;又是说欠下王掌柜的钱还不了,每年单利息也给不清;又是说她命苦,嫁的男人没本事……但这些和我没关系,我听了几句就离开这些烦恼的声音走开了。虽然我很同情婶婶,可我一个小孩子有什么办法呢?

我感到大自然在召唤。于是和牛牛、狗娃、玲丹一起,在绿色的草地上奔呀,跳呀,象小羊出了圈门来到旷野似的。我们走到那细语着的清澈的溪中,赤脚在温意的水里跳着,踏得溪水四处飞溅;细沙在脚底流动,感到有一种异样的乐趣。

狗娃说:"咱们垒个大水池,洗澡吧。"于是就搬石头,四个人七手八脚,一阵就垒成了。溪水流进池中,慢慢地由浑变清,我们几个男孩子就脱光了衣服,跳到水里,互相泼溅,躺在池中乱滚……享受着溪水的清凉和玩池水的快乐。

玲丹也要脱衣裤,婶婶说:"女娃家,脱光了屁股多难看……"于是玲丹就失意地看着我们玩。牛牛说："来吧,不怕。"婶婶瞪了玲丹一眼,说:"你敢!……"吓得她呆在那里咬衣襟。

玩呀玩的就都口渴了,于是狗娃就找了个石片当小铲,在山脚下潮湿处挖呀挖呀,果然就挖出泉眼来。泉水象开了锅的水似的,从沙眼里往上冒,一阵工夫就积了小小的一汪汪水。等澄清后,我们就轮流着趴下喝,象小羊在池里喝水似的。泉水清凉又甜美,惹得玲丹也跑来趴下要喝,牛牛说："你喝吧,比糖水还甜!……"

我们玩美了,喝足了,看看妈妈和婶婶洗的衣服都晒在草地上、灌木上,红的、紫的、白的、花的……把溪边摆得怪好看。但一眼就能看出哪些衣服是婶婶家的,婶婶晒下的衣服不是破烂的,就是打补丁的,这些特点表明了她家境的困难。

妈妈对我说："把你脱下的小衣裤也拿来,一齐洗了吧。"于是我从大石上寻来给了妈妈。

有些累了,我们三人就都赤条条仰天躺在草滩上,背上有草梗刺着,痒痛痒痛的也感到有趣。我们看着两座红色土山间的蓝得异样的小天,在高山崖边,有雕在天际飞翔,两翅间的图案花纹象长着两个大眼睛观看着我们。那雕一阵不见了,一阵又飞回来,飞到悬崖上的小树间,那里有一个巢。牛牛说:

"看见了吧,老雕在喂它的娃娃们,你听,小雕们还在吱吱地叫哩。"

"咱们能捉到一只小雕养起来多好。"狗娃说。

"假如我们也能长个翅膀象老雕似的就好办了……"

"不,最好是象孙悟空那样,能腾云驾雾……"

我们躺在草上,思想飞翔在幻想的天国里。

"春儿!"妈妈的喊叫声惊破了我们的梦,三个人一起从草毯上爬起来。于是穿衣,收拾妈妈们晾干的衣物……

一离开溪边就逐渐感到火球的威力。在归途中,妈妈和婶婶说说笑笑,牛牛和狗娃、玲丹还和岩娃娃对话,而我的脑际却仍飞翔着老雕,口里还感到甜味的泉水的清凉……

走到老槐树下时,就又听到蜜蜂们的嗡嗡的歌唱声,然而我对这些都不感兴趣了。我说:

"妈妈,我饿了!"……

看圪羝打架

在我的童年,住在偏僻的山沟里,真够可怜的了,既没听说过电影,也难看到唱戏,更难看到杂技和马戏,但我却容易看到羊打架。看羊打架可真有意思了,就象都市的儿童看耍猴和赛马似的有趣。

在我的乐园里,羊是很多的,都是私人的羊,有本村的也有外村的,至少也有三四群,经常在山坡上流动吃草。每群里都有黑、白两种,黑的是山羊,白的是绵羊。在这两种羊里又都各有一个很高大而威武的羊,它们的角比一般羊要大,而且好看,这就是公羊。我看到它们就骇怕,生怕它们用大角抵我。在我们乡下,山羊的公羊叫"骚胡",绵羊的公羊叫"圪羝"。"圪羝"是白色的,"骚胡"是黑色的;"圪羝"的大角向下弯,弯卷得象一个大蜗牛,而"骚胡"的大角却是向上的,一卷一卷地向上卷去,象个倒写的大"八"字。我小时候很喜欢"骚胡",它经常在母羊的身边伸出舌头唠唠地叫,有时还抬起头来象闻什么似的用鼻子闻着。

羊是很爱打架的,尤其是山羊,不论大的小的,一不高兴就站起来打,两角相遇,啪的一声。有时也许是闹着玩儿的,就象儿童玩耍互相打闹一样。但这种打架并不稀罕,因为在羊群里经常能看到,而唯独"圪羝"的打架却不是经常能够看到的。因为每群羊里只有一个"圪羝",它想打也没对象。虽然山坡上有好几群羊,但会合起来的时候不多。只有在"歇响"的时候,几群羊歇在河边了,"圪羝"们才有相斗的机会。但有时牧羊人不让斗,就斗不起来,而且没有较大的场地也斗不起来,因为它们的相斗是要摆开阵势的。"圪羝"的打架,不象山羊。山羊不论在什么地方,什么时候,它们站起来就打;而"圪羝"相斗就象足球比赛一样,还必须有一个较广阔的阵地。听说美国资本家曾经把行将退休的两列火车开出一定距离,又回头加速马力相撞,以取悦于观众,卖票赚钱。而我们的"圪羝"相斗真有点象火车相撞哩,不同的是并不卖票赚钱。

在我的儿童时代,乡下有一种习惯——是一种很好的习惯,叫"卧地",也叫"踩粪"。就是每当夏季,缺粪的农家就约好两三家牧羊人,请他们在某一天的中午,把羊赶进离村较远的田里,让羊在田里休息两三小时,这时,羊自然要拉屎撒尿,于是就解决了缺肥的问题,而且又省得老远地挑去,真是个好办法。

一天,我的二爷爷也要羊群"卧地"了,地点是他的桃园附近的一块平地里,他准备下一年在这里安西瓜。我妈妈给"卧地"的牧羊人熬了两桶红豆稀米汤,还烤了几块大大的圆饼,切了些咸菜。当二爷爷担上米汤挑上大饼往沟里走时,我高兴极了,就跟在他后面,想去看"卧地"的盛况。

到了地里,空荡荡的还没有人哩。我不耐烦地等着,二爷爷到地边把荆条采来,去了皮,做了三四双筷子。不久牧人们领着羊群就先后来到地里,山野间即刻就流荡着羊的膻味。我看到羊就高兴起来,听到"骚胡"唠唠的叫声,就象在戏台上看到"三花脸"①出了场似的感到有趣。这时炎热的太阳很威,但山脚下已经有了山影,牧羊人就在阴凉处蹲下一圈和二爷爷一起进行野餐。正在这时,两家的"圪羝"打起架来了,就象两只不相识的公鸡放在一起必然要打架一样。但它们的相打比公鸡的相斗其声势要大得多了。先是双方各退后约有三四丈远的距离,而后跑在一起拼命一抵,啪地一声,震得两山都发出回响;之后又退开,又跑在一起……所有的黑羊白羊都和我一样躲在一边,成了看客,加上大人们,围了一个椭圆形的圈。我感到非常紧张,真有点心惊肉跳。打了约十余回合,就看到两个"圪羝"的头上已打出血来了,但还不分胜败。当我看得正有趣时,牧羊人心疼他的羊啦,就进场把其中一

---

① 传统戏曲脚色行当"丑"的俗称。

只硬拉走了。他怕把他的羊打坏了,而我却觉得非常扫兴,象看电影看到紧张的关头突然停电了一样。

现在我已经是七十岁的老人了,回忆起乐园时代"圪瓧"打架的场面来,还是感到非常壮观的。

打酸枣

清早起来,无有营生干,
咱姐妹二人梳洗巧打扮。
八月中秋秋风峭,
忽然间想起了打酸枣。
长长的竹竿肩肩上揞[①],
然后再把竹篮篮挑。
山高路远什么时候到,
爬起了坡坡就到了。
青枝绿叶红红的酸枣,
打呀打得绕地跑。
拣拣拾拾一篮篮,
拿回去给嫂嫂尝一尝。

以上是山西的一首描写打酸枣的民歌。这样的民歌,差不多各县都有,大同小异。因为山西山多,到处有酸枣,所以到处也就有打酸枣的民歌。

---

① 揞(音恼),山西方言,意为扛。

其实这不仅是姑娘们的事,我在童年时代也经常打酸枣,不同的是并不梳洗巧打扮。在我的乐园里,夏天摘茹茹,秋天打酸枣,既是对于野果的一种享受,也是和小伙伴们在山野里活动的一种乐趣。

在我的家乡,酸枣可多了,山坡上,梯田边,到处都有。那红红的果实,有大的,有小的,都很诱人。我和邻家的牛牛、狗娃、玲丹经常一起去摘酸枣,说说笑笑;山野里有毛圪狸,和我们一同在酸枣丛中相会。看到它,我们就非常高兴,好象会到了另一个小伙伴似的。

其实不止是姑娘儿童打酸枣,我曾记得我的爷爷有一年就打了很多酸枣,然后铺在热炕上,等干透了,就在碾盘上碾,把酸枣碾得烂烂的,箩下粉,作成"酸枣面",是我饭后的美食。我们有时在街上的小杂货铺里也能看到这种"酸枣面",已经经过加工,用刀切成一小块一小块的,儿童们都喜欢吃。

酸枣和大枣是亲兄弟,一家长在山野里,成灌木;一家惯于长在人家的院子里或住宅旁,算乔木。酸枣果实小,其味酸;大枣果实大,其味甜。但它们都有刺,而酸枣的刺更多,所以农家就把酸枣丛砍下来做篱笆,既可防止牲畜家禽闯入菜园,也使顽皮的孩子们不敢问津。

酸枣的刺,还有另一种用途。在延安时代,我们在商店里买不到图钉,就用酸枣刺把木刻画钉在泥墙上,作为图钉的代用品。因此不能忘记,酸枣刺也曾为革命文化服务过。

酸枣和大枣一样,夏天发着青色,民间说,"七月核桃八月枣",到了旧历的八月才由半红到全红。民歌里说的"青枝绿叶红红的酸枣",是指初成熟的时候,颜色是深红的,吃起来很脆;等到叶子发了黄,酸枣就绵了,发着朱红的颜色。到了冬天,叶子都落了,这时大地上也没有野花开放了,而红色的酸枣却点点挂在枝间,在北风里颤抖,点缀着荒凉的山野,显得格外醒目,人们看到就要流口水。曹操曾有"望梅止渴"的故事,我想,望酸枣也是可以止渴的。

其实酸枣不一定都是很酸的,也有比较甜的,但往往颗粒小,大都在低矮的小灌木上。我在童年就偶尔吃到这种甜酸枣。

有人发明了酸枣接大枣,流行了一句歌谣说:"酸枣生来脾气怪,接上大枣长得快。"

这是真的。在十年内乱的后期,我在家乡当了林业队长,就学会了在酸枣根部嫁接大枣的本领,根接[1]在清明左右,芽接[2]在入伏之后。酸枣经过根接,在根部接上大枣枝后,一旦成活,就象吃了什么特殊的补药似的,扶摇直上,一二年就长一人多高,而开始结上大枣。

但在我的童年时代,还没听说过酸枣能够嫁接大枣的事,因此酸枣丛就都平安无事地生长在我的乐园里。

要数妇女们最喜欢吃酸枣了,所以描写打酸枣的民歌,出场的都是姑娘。尤其是怀孕的妇女,当她发娃娃的时候更

注:[1]植物嫁接的方法之一。即利用树根作砧木进行嫁接。
[2]也是植物嫁接的一种方法。嫁接时从枝上削取一芽,略带或不带木质部,插入砧木上的切口中,并予绑扎,使之密接愈合。

想吃得厉害。民歌里说"拿回去给嫂嫂尝一尝",大概嫂嫂当时正发娃娃哩。

我小时候虽然并不发娃娃,可是也是顶喜欢吃酸枣的,不怕酸,觉得怪有滋味。而我为了吃酸枣也真不知吃了多少苦头哩。

民歌里说的打酸枣,那是一种郑重其事的采法,我们儿童却一般不用竹竿打,而是用手摘,象采茶似的。也不带篮篮,就随摘随放在衣袋里,或包在衣襟中。酸枣大概是很不喜欢我们摘,你摘它,它就用刺刺你的手。然而我们并不怕它刺,刺得手上流了血了,还要摘,就有那么股顽强劲。因此从山野里摘酸枣归来,经常不是刺破了手,就是撕破了衣裤,这时就短不了挨妈妈的骂:

"一天到晚的在山里野,这回是把衣服钩破了,下回还不知怎么的,怕哄哄地,以后不许你们再去摘了……"

其实妈妈哪里管得了,一出家门,就不由她了。

一次我在场畔里看到一丛酸枣,那初红的小果,含笑似的给我送情,引得我流口水。夏天打麦时,风把麦秸都吹到酸枣根部了,又经过三个多月的尘土飞扬,雨水飘淋,积浮在酸枣根部的麦秸已经沤烂了,看上去和土色差不多,我用力探着,探着,一脚踏在沤烂了的麦秸上,岂不知是个陷井,一下就从一丈多高的土崖上掉下去。不但撕破了裤,大腿上还划了一个大血口,脸上、手上也都被枣刺刺破了,流着血。我哭着走回去,爷爷正在大门口磨面,看见我成了这步光景,心疼死了,就把我抱起来,找了些干净的黄土搽在伤口上,就算上药。谢天谢地,总算没有感染细菌化了脓,后来也就好了,但直到现在大腿根上还有象春蚕大的一条疤,作为童年摘酸枣留下的一个纪念。

虽然这次为了摘酸枣受了大伤,差点送了小命,但我并没有从此罢休,每年的秋天当酸枣红了时,也还是照旧去摘酸枣,因为这既是对于野果滋味的一种享受,也是和小伙伴们在山野里活动的一种乐趣。

作于1981年,原载山西《小学生》杂志

失乐园

马兰花

　　我一进小学就算失掉乐园了,象亚当、夏娃被上帝逐出伊甸园一样。现在回忆起来,就只有痛苦……

　　其实我一开始学习文字就是很痛苦的。那时,我还没有上小学。父亲从外省经商归来,就逼着我学习方块字。这种一面是图画,一面是文字的"豆腐干",虽然有看图识字的好处,但我还是讨厌它,绝没有追逐蜻蜓和玩毛圪狸有趣。何况父亲又采取的是强迫和镇压的手段,我心里就非常反感。

　　一天晚上,炕上点着麻油灯,父亲又逼着我认方块字,我已经瞌睡得眼皮儿也抬不起来了,但他还不开恩,不肯宣布大赦,仍继续逼我,象追逼一个小偷似的。但我就是回答不上来,旁边坐着妈妈和姐姐,她们也为我着急。父亲很凶的叫:"快说!"

　　但我不吭气。因为就是看图也认不得,图上的那个玩意儿我从来也没有见过。

姐姐半逗笑半帮腔的说:"是个爹字。"其实姐姐根本不识字,她是瞎说哩。我跟着说:"爹字。"

父亲说:"不是。"

"是个娘字。"姐姐又说。

"是娘字。"我又跟上说。

当时父亲正用一个铜烟管吸烟,"劈"地一声铜烟管就打在我的腿上。我大哭起来。但不久妈妈就发现我的裤子湿了。

"是不是打出尿来了?"她一面说一面就把我的裤腿管拉起去。呵!不是尿,而是一条黑血,象水龙头似的向外喷,大家明白,是打破我小腿上的动脉血管了。这下可吓坏了爸爸和妈妈,妈妈一手压着血口,慌得不知做什么好,手在不停的发抖。爷爷听说出了事,也来了。我看到爷爷象看到救命恩人似的,就大骂父亲:

"混帐爸爸!我爷爷那时还把你打成这样子!"

妈妈立刻训斥:"不许骂!"但爷爷也着实责备了父亲一顿,是为我出了气的。爷爷和妈妈虽然七弄八弄用药物止住了血,但我却从此坐在炕上养伤达一月之久,等于坐了一个月的禁闭。蒙老天保佑,我总算没有成为拐子。但父亲还是不肯饶了我,为了让我识字,他以后虽然不再用铜烟管打了,却改用木板打手心、罚跪、禁闭……弄得我总不得好活。因此提起我当年的识字来,就感到是一种异常痛苦的回忆。

父亲探亲的假期一满就离家走了,我是多么的暗自欢喜,好久就巴不得他很快离家的。

父亲一走,我满以为可以舒心地玩了,却迎来了去上小学的痛苦。

上了小学,就象把毛圪狸关进了铁笼子,失掉自由了……

我村的小学是设在一个有金菩萨的小庙里的。

那天早上,妈妈给我做了个糖饼饼,名之曰"记心火烧"。这是我们乡下的规矩,意思是要我上学后能记住功课,少挨老师的打。爷爷领我去上学,他手里还拿着为我而做的一个小书桌。我先拜老师,后给孔夫子磕了三个头,就上炕,坐在小书桌旁念书。

那时的小学,既非私塾又非新学。是新学的过渡,私塾的遗魂。时约一九一九年。

学生们有念《论语》的,有念《三字经》的,有念《百家姓》的,而我念的却是商务印书馆出版的新课本,是父亲特意为我寄回来的。一开头就是"人、手、足、刀、尺、狗、牛、羊……"大家都象唱歌似的高声朗读。

在我旁边的一个学生也是刚上学的,他摇头晃脑地念道:"有朋自远方来,不亦乐乎……"另一个则念:"子曰:敏而好学,不耻下问,是以理之文也……"这些《论语》上的书文,我一点也不懂,但因为听惯了,迄今还记得。

小学的日程是这样:黎明即起,去了先给老师倒尿壶,然后给老师生火、扫地……念上一早上书然后就背,这是一大关口,象我在父亲那里一样,背不下来就用木板子打手心,有时还让脱了裤子打屁股。总之是过着痛苦的生活。

早饭后到校,先写一方字,是照上"引格"描的……

冬季,这里虽然也是牢笼,但同学们人多,还能背着老师玩。例如捉着苍蝇在它背上插上席刺,让它拉纸车,在纸上画鬼脸……有时也小声地讲故事。当老师在内室里一不听到书声时,他就叫喊道:

"怎么不念了?"

于是大家又象歌唱似的念起来。

又念呀念的,不高兴了,就假借上厕所到外面透透风,也算是一种愉快的享受……

我最怕的是过夏天。那时农家的孩子们都请假帮父兄干农活去了,于是每天到校上学的就只有我一个人。因为我父亲是商人,不种田,所以无法请假。因此所有倒尿壶、扫地之类的事,就都落在我一人身上了。那时因为天热,老师允许在佛堂前的走廊里念书,这里清凉些。当老师不在跟前时我就捉蚂蚁,看石碑上的图纹,观赏两个鸽子咕咕地叫着彼此在屋檐下追逐……

一天,我又一个人来到庙里,坐在小书桌旁,除了有麻雀在柏树上吱唧的声音外,还能听到庙外传来的农民耕田回犁的喊声、摇耧声、村里孩子们的笑声……我是多么向往外面的热闹生活呀。但我出不去,只能一个人在这寂静的小庙里玩。不见老师,一个人玩着玩着就在书桌上睡着了,于是就梦见又在沟里耍水,和牛牛、狗娃追毛圪狸;又觉得身上长出了翅膀,飞到高崖上捕小雕去了……小雕以为是妈妈来了,张开黄嘴要吃……我正高兴的用手去捉小雕时,牛牛在下里叫着说:"给我也捉一只。"……

好象听到房门响动的声音,我惊醒了。书桌上流下一摊口水,但书本却不见了。地下寻没有,石阶上寻也没有,"书到哪里去了呢?"我想。正没着儿,老师来了,双手背着说:

"为什么不念?"

"书没了……"我哭丧着脸,毫不隐瞒地说。

"书怎么能念得没了,真奇怪!"他笑着说。

"我睡着了。"于是他把书交给我,意外的没有责骂。大概他也同情我,一个人关在这个笼子里是很苦闷的。这天他真开恩,早早的就放学。我象脱了缰绳的小马,奔回了家中……

但无论如何,小学时代的生活在我的记忆里是很痛苦的,象失了乐园。我非常羡慕现在的小学生所过的新的美好的生活……

1984年载散文集《我的乐园》

煤窑的旅行

在我的童年，曾听到过婶婶大娘们之间流传的不少民谣，其中有关她们婚姻的还记得几句：

千嫁汉,万嫁汉,

千万不嫁下窑汉,

嫁了下窑汉,

真算遭了难,

一年四季他钻地洞,

黑脸黑手没人样,

带回家来一身炭……

也听到过下煤窑①的叔叔们谈论他们的生活：

"四块石板夹一块肉,唉!这活计可不是人干的……"

话虽这么说，可是下煤窑的叔叔还是要继续干这行活

注：①山西的煤层有高有底,如阳泉煤矿有一人多高的煤层,可用小火车运煤;这里讲的是最低的煤层,所以运煤和砍煤都很困难。

计;妇女们虽然不愿嫁给下窑汉,可是叔叔还是娶到了老婆。这真是生活的讽刺画。

但我知道叔叔不下煤窑全家就会挨饿,而他累得受不了,就抽大烟。

可是对于我们儿童,倒觉得下煤窑的生活很神秘,虽然是"四块石板夹一块肉",可是叔叔也说过煤窑里是没明没黑,冬暖夏凉,砍煤时人们都是赤条条的,一根线也不挂……

我想:在煤窑里也许是很好玩的吧,头上挂个灯壶壶,在洞洞里进进出出,比我们捉迷藏大概还有趣。

一种好奇的探险的心情,使我很想到煤窑里一游。然而这想法是万万不能让妈妈知道的,她知道了就决不会让我实现这个美梦了。

一天,我对邻家的狗娃说:

"咱们跟上张叔叔到煤窑里去看看吧?说不定煤窑里是很有趣的……"

狗娃一听就赞同,于是我们就找张叔叔,要他下窑时把我们带上。起先张叔叔不答应,说:

"你们寻死吗!那可不是好玩的,要是你们的妈妈知道了,我可担当不起……"

可是经我们反复缠他,再三央求,说明"决不让妈妈知道",他终于答应了。不过他说:

"要下窑,你们得听话,不能胡跑。"

就这样一言为定,单等着行动了。

一天早饭后,我们到张叔叔家探听动静,看到张叔叔又把他那灯壶壶拴在头上了,就知道他又要下窑。我和狗娃就悄悄地跟在他的后面,因为我们的计划万一让张婶婶知道了,也会坏事的。

很久以来,当我每每瞧见叔叔大爷们赶着毛驴,从煤窑驮回煤来时;看着那黑得发亮的石块在炉里燃烧起来,帮妈妈烧饭时;冬天的夜晚,舒服地躺在被煤块烧得暖烘烘的热炕上时……就好奇地想:

这煤到底是怎样从煤窑里挖出来的?煤窑里究竟是怎么的一种光景呢?这些问题不能解答,就总想亲眼看看。

现在时机总算来到了。我是多么的高兴。

走出村外,我的心还在卜塔卜塔的跳着,不时地回头瞧瞧,生怕妈妈她们发觉了追上来。可是她们没有追来,大概她们以为我和狗娃到村边摘茹茹去了,或者到山坡上采野花玩去了。

走呀走的,经过了好多田野和树林,还不到。我就问:

"张叔叔,有多远呀?"

"急什么,下了坡坡,拐个弯弯,过条沟沟就快到了。"张叔叔道。

正说着,看到王大爷赶着毛驴驮着煤从坡下上来了。张叔叔对王大爷说:

"你真行,尽挑了些圪塔,看把牲口都压得冒汗了!"

王大爷笑笑说:

"早点回来,不要叫老婆老想你!"

王大爷说的虽是逗笑的话,但也是真情。你想,"四块石板夹一块肉"，矿工下煤窑何尝不象渔夫出海、战士出征？

然而这于我和狗娃好象没干系，我们是恨不得马上就到了煤窑上。

煤窑在深沟里，走呀走的，我和狗娃跳过了一条小溪，上了一个小坡，终于走到了。

煤窑上堆积着很多的煤，黑黑的一片。有各村的人来驮煤，又是骡子又是毛驴，乱纷纷的。

张叔叔坐在一块大石上，摸出烟管吸烟，对我们说："稍歇歇，咱们就进去，可你们一定要紧紧地跟着我，不敢掉了队，不许走到半路里害怕了就哭起来，要返回去；记着千万要把头低下，不敢乱抬头，要不，你们的后脑勺就要被石板碰烂了。"

"叔叔放心，我们一定低头，一定不哭，哭就不是好汉。"

张叔叔笑笑，划了根洋火，把灯壶壶点着拴在头上，就往煤窑里钻。煤窑太低了，是长方形的一个小洞，象洋火匣套似的口，既不能站着走进去，也不能弯腰爬进去，而要用两手和两个膝盖当脚板，象蛤蟆似的爬。

山西的煤窑大都是斜井。抗日战争时期，我曾在陕北延长县的竖井里旅行过，那煤窑的口在平地上，就象人们打水的井口一样，矿工下井要用辘辘绞下去，然后再钻煤窑。而我们山西的斜井，一般都在山下，矿工下井就省了用辘辘绞的工序了。

我们钻到斜井里，刚爬了几步就什么也看不见了，黑洞洞地，只能看见叔叔头上的那点灯光。而叔叔在行进中，他的身子又时时将亮光遮掩,我和狗娃就只能从他的交错的肢体的空隙间享受一些亮光。

我叫着:"叔叔呀,慢些爬!"

叔叔就停下来,等我们。我向四壁看看,到这时才真正懂得了什么是"四块石板夹一块肉"的滋味了。

又爬了好一会,旅途的困难增加了,道路是水嚓嚓的,简直象在泥浆中爬行;加以在泥浆中还羼杂着玻璃碎片似的小石块和煤屑,而且有时还有一节节的枕木似的棍子安置在泥浆里,真难爬。

爬呀爬的,叔叔总是爬得太快,而我们总是赶不上,于是就"叔叔慢些"、"叔叔慢些"的叫着。狗娃紧跟着我,他一声不响,但我能听到他的急促的呼吸声,象小牛在喘气似的。

爬了一段路,我的膝盖就痛起来了。真的,膝盖怎么可以当脚板使用呢,膝盖总归是膝盖呀!然而没法子,膝盖还是要担任脚板的任务的。

在黑黑的行程中,我开始觉得有些怕,头顶能时时感到石壁的威胁。

爬着爬着,有时竟忘了叔叔的警告,一不小心猛一抬头,就冬地一声,象有人用石板狠狠地在头盖上击了一下,痛得很。如果顶壁突然垮下来,我们即刻就会压成肉饼,想想真是害怕的呀!

又爬了一阵,就看到了前面似乎出现了另一盏灯,象萤火虫的光在黑暗中移动。渐渐的就听到一种喘气声,有点象拉货车的牲口在喘气。那灯光来到我们对面时,才看出是一个比我们大些的小孩拉着一筐子煤出来了。张叔叔叫我们往宽处躲一躲,让煤车过去。然而这是多么的难躲呀,路窄得要命。那小孩看到我和狗娃,就对张叔叔说:

"怎么进来两个小鬼?不行,过不去,你们往后退吧。"

张叔叔道:"退就退!"

真糟糕,好容易爬了进来,现在又要退。三个人一直退到较宽的地方,拉煤的小孩说能过去了。于是煤车擦着我和狗娃的肩膀硬挤过去,我才算松了一口气。

我们紧跟着张叔叔继续前进。我问叔叔:"快到了吧?"叔叔说:"爬了一半路了,你们累坏了吧?"

我说:"不累。"狗娃也说:"不累。"其实是很累的,爬了这么久,怎能不累呢?现在硬说不累,为的是要在张叔叔面前逞好汉。

我们继续爬行,每爬一步膝盖就痛得象针扎一般。我觉得全身都热得流汗了。又爬了不远,叔叔就喊道:

"低的地方来了,小心脑袋!"

真的低的地方立刻就来了,蛙式的爬法也不行了,需要连肚皮都贴在地下,于是蛤蟆爬变成了乌龟爬。可是这样的爬却怪好玩,肚子贴在煤水中凉冰冰的,而且不时有泥浆溅在脸上,简直是在泥浆中打滚。我一面爬一面嗤嗤地笑,狗娃跟着我也憨笑起来。

"有什么好笑呢?"张叔叔奇怪的问。我说:"我也不知道。"

幸而这样低的洞不久就爬过去了。之后,就来到较高一些的洞里,我们继续采用蛙式爬。可是我的手臂多么酸痛呀,真是想哭了,然而不敢哭,因为这是预先和叔叔订了条约的。于是就咬紧牙关继续行进。心想:张叔叔能做到的,我们也应做到。

最后,听到冬冬的砍煤声时,张叔叔就回头对我们说:

"不远了,快爬吧!"

我听到真高兴,要不然膝盖也要磨掉了。

果然,不久就听到歌唱的声音,而且跟着也就看到了远处的几盏灯光了。

到了我们的旅途的终点,艰难地从一个煤堆上爬越过去,就来到了大爷叔叔们砍煤的地方,在这里有三盏头上的油灯照耀着,显得很明亮。矿洞是很清凉的,但人们为了劳动的舒畅,都是裸着身体。他们用墨黑的笑脸迎接我们,露出了雪亮的牙齿和眼白,象非洲的黑人似的。他们问叔叔:

"老张,怎么带来这两个小家伙?"

"他们要来看稀罕。"叔叔说。

一个黑大爷对我说:

"来,砍上几下!"

我笑着说:"等我大了砍,现在砍不动。"

接着是一阵哈哈的大笑声。

当我定睛细看时,在昏暗中看出有三个人蜷伏着挥动着尖镢砍煤,发出象伐木似的声音。然而这工作比伐木要困难得多。煤层过于顽强,一尖镢砍去,有时只能溅起一些煤屑,象砍在石头上一样。

听叔叔讲，他们从早上上班一直工作到太阳落山(要靠拉煤的小孩报告时辰，因为洞里是不分昼夜的呀!但日子长了，下窑的人也可以感觉出时辰来)，一共要砍四百多斤煤。在这十来个小时当中，因为腰是经常曲着的缘故，所以是一直不会感觉到饥饿的，因之几乎不吃一点饭、不喝一口水。可是一爬出煤窑外，腰一挺直，饥渴就来到了。

听了叔叔大爷们的苦情，我很感动。从此我看到煤就联想到大爷叔叔们在煤窑里蜷伏着砍煤的情景，好象每块煤都染着他们的汗和血。

最后张叔叔又把我和狗娃送出煤窑。不送不行，一来张叔叔怕我们没灯，黑洞洞地寻不出来；二来即使有灯，也怕我们走进岔道迷了路，爬不出去。

爬出煤窑，在阳光下一看，我和狗娃都变成"黑脸黑手没人样"的黑鬼了，我俩不禁相视而笑，而且发现膝盖和两肘以及手掌都流了血，并且感到火辣辣的痛。

但我们看张叔叔的膝盖却不流血，这是由于他长期用膝盖爬行，已经打下和牛皮一样厚的一层死皮了。

张叔叔要我们到小溪里洗个澡，然后自个儿先回家。

我们在清水里洗了个痛快，而且把脏了的衣服也都洗了，不然妈妈看到一定会骂的。

在归路上，我和狗娃笑着、说着，感到人能挺直身子在阳光下行走是多么的舒畅，多么的快活呀！

1984 年载入散文集《我的乐园》

我的奶妈和奶爹

我时常想起我的奶妈和奶爹。

听妈妈说,我小时候没奶吃,就奶给本村最贫寒的一个婶婶家。于是,我就有了奶妈和奶爹。

我是很喜欢我的奶妈和奶爹的。

我不曾记得奶妈怎样喂我奶,单记得小时候总喜欢跑到她家玩,觉得比自己家里好玩得多了,虽然她们家比我家穷。我的家,窗上安块大玻璃,桌椅板凳也是油漆了的,发着亮光,粉墙上还挂着字画……而奶妈家的窗纸尽是窟窿,风吹着忒楞楞价响;地下只有带土的锹镢,根本没有什么油漆家具,有人来,就坐在装粮食的麻袋上;墙上是多年的黑色的老泥皮,近炕处还有一道一道的臭虫的血迹;炕席也是破的……但我仍然喜欢奶妈家,一点也不嫌她家穷,觉得她家可热闹了,可快乐了。奶妈家有一个大姐姐,四个大哥哥,我去了,就经常和较小的两个哥哥玩。奶妈任我们在炕上胡折腾,从来也不骂我们,更不打我们——不象我的亲妈妈那样,动不动就狠狠地骂我,掐我,打我——因此我很不喜欢我的妈妈。

大姐姐很早就嫁到郝家铺了,较少回来。论我们郝家辈数,我应该叫她奶奶呢,但我总愿叫她大姐姐,觉得这样叫亲切些。大哥哥时常为人家打短工。二哥哥比我大得多,玩不在一起,后来不幸早夭了。只有三哥哥、四哥哥和我年龄相当,能够在一起玩。听说我就是分享了四哥哥的奶长大的。四哥哥已经五六岁了,到了冬天还是赤屁股,把大腿冻得紫红紫红的,但他也不说冷。我知道奶妈没钱给他做裤子。

我时常和三哥哥、四哥哥一起在山里捉毛圪狸,寻串山林……一天,三哥哥在地里撒粪时,竟用撒粪的筐箩扣住一只石鸡。我每天要去奶妈家看石鸡:红红的小嘴,红红的小腿,翅膀上还有黑白的花纹,怪好玩的。三哥哥把石鸡喂了一二年,熟了,很通人性。他上地时就带到田里,它在田里胡折腾,把种下去的玉米又从土里挖出来寻着吃。累了就睡在土里,有时引来很多野石鸡一起玩。收工时跟上三哥哥和奶爹往家飞,常常是人还没到家,石鸡就先回去了……后来听三哥哥说,奶妈的娘家,远在灵石县的静升河苏溪村,家里很有钱。她父亲曾经做过保定府的总督,外号叫"于瞎打"。在苏溪的老家门口,竖着两支铁旗杆,很威风的。她母亲生了七个女儿。当时奶爹在静升学买卖,竟被"于瞎打"看上了,自愿把七姑娘许配给他。这七姑娘就是我的奶妈。

奶妈嫁给奶爹后,很爱他,不嫌他穷。后来就跟上奶爹来到我们小庄上下户,过着贫寒的农家生活,就象王宝钏丢彩球嫁给了薛平贵住了寒窑①似的。自我记事,奶妈娘家的人就没有来看望过她,也没听说她去住过娘家。她真象王宝钏,穷得有志气,不愿沾娘家的光……

奶妈从来也没有在我们面前夸耀过她娘家的富,更没有任何表示嫌奶爹的穷。她经常穿着打补丁的衣裤,总是微笑着,说话也没有高声过,任劳任怨地劳动着,抚育着儿女,从来也没有和奶爹吵过架,从来也没有打骂过儿女们。由于家贫,买不起灯油,奶妈就用细荆条串起蓖麻籽照明当灯用。在这种灯下纳鞋底,一天一夜就能纳一只。一到春天,奶妈就以花叶菜、地木耳、苦苣菜、刺尖叶、椿芽、柳芽、榆钱等野菜掺在饭里吃,度过春荒。有时还跟别的穷家妇女一道,到东山里去采龙芽菜,当天去当天回,一群小脚女人往返走七八十里路不算,还要背四五十斤龙芽菜爬山路走回来。

有一年,奶妈喂了一口猪,因为年终急需钱,就卖给了杀房。来人将猪拖走,猪在叫,她心在疼,跟了好一段路,最后她哭了——因为喂了一年,和猪有了感情,舍不得杀。奶妈就是这样的好心肠。这件事是三哥哥后来讲给我听的。

奶妈有时也在我们孩子们面前说到她娘家的情况:

"我们家的河里可好了。"奶妈说,"有清得朗朗的水,绿圪黎黎的草,草里开着小红花,水里游着小鱼儿。山里有很多大树,也有很多灌木,里头有一种名叫'圪尖'的紫红色野果,比茹茹甜。还有一种叫'醋溜溜'的,结着很酸很酸的小黄果……"说得我立刻就心动了,而且流着口水。

我的乐园里有小河,河里有蝌蚪、青蛙,但就是没有鱼。我只是在图画里看到过鱼,活的鱼是从来没有见过的。我的乐园里有茹茹,有酸枣,但就是没有甜美的"圪尖"和"酸溜溜"。听了奶妈的话,我神飞天外,多么想到她那遥远的家乡看看那能游会跳的小鱼,多么想尝尝"圪尖"和"醋溜溜"的美味呀……

奶爹是个很和蔼的人,还识几个字,会讲《西游记》中唐僧到西天取经的故事。我就是从他那里知道孙悟空的神通和猪八戒的蠢事的。他对待奶妈可好了,村里的男人们象打牲口似的打老婆,而奶爹对奶妈却连句重话也没有。

我很喜欢我的奶妈和奶爹。

有一次,郝家铺官道上丢下一只因拐了腿而掉队的小骆驼,奶爹就把它收拾回来养在家里,引得孩子们天天去看这新的来客。我们感到新奇,好玩。起初很怕它,不敢走近;后来和它熟了,知道它既不咬人,也不踢人,和老黄牛一样的善良,我们就喂它草,摸它的头,它跪下时,我们就骑在它的两峰间玩。它已成为我们儿童们的好朋友了。

后来骆驼的腿不拐了,奶爹就牵上它去耕地,引得附近村庄的人们都来看热闹。他们看到过牛耕田,驴耕田,却从来也没有看到过骆驼耕田,因此在附近村庄中就成为人们饭后闲谈的笑料了。人们说:"骆驼耕地,真是逆行哩。"但它不仅乖乖地给奶爹耕地,还让三哥哥骑上去炭窑上驮炭哩。它真

---

① 这是戏曲传统剧目《平贵别窑》里的故事。

是个可爱的牲畜……

有一年,奶爹在沟里安了几亩西瓜和甜瓜。当瓜快上市的时候,妈妈就警告我:

"不要到你奶爹的瓜园里去玩,人家该给你吃不该!……"

可是有一天,我和四哥哥在一起玩,玩着玩着他就把我引到奶爹的瓜园里。奶爹看见我就说:

"小鬼,你来得正好,拿几个甜瓜回去,给你妈妈尝尝。"

于是就在瓜田里左寻右挑,摘了三个大甜瓜。一放到我怀里,那扑鼻的香味就撩逗得我直流口水。但我同时也就心跳起来,突然想起妈妈的警告。经验告诉我,违反了她的旨令比违反了上帝的吩咐还可怕。怎么办呢?还给奶爹吧,舍不得,口水已流得止不住了;拿给妈妈吧,岂不是自讨苦吃!但我又不忍心一个人私自独享了,总得想一条既不挨打,又让妈妈也能吃到甜瓜的妙策……我两手抱着香喷喷的甜瓜,一面走,一面心在扑通扑通地跳着,在苦恼着……

快进村时,看到几丛茹茹的灌木,妙策有了。于是我就把三颗甜瓜放在茹茹丛下,空着手回到家门口。那时妈妈正和很多妇女在碾盘上坐着纳鞋底。我看见小弟弟,就把他叫上,领他去村边玩。走到茹茹丛旁,我就大叫起来:

"看!怎么这里有三颗甜瓜?"

弟弟很高兴,象发了洋财似的。这样就把三颗甜瓜交给了妈妈,并说明了它们的来历。因为有弟弟作证,不怕妈妈怀疑我是从奶爹瓜园里得来的。但碾盘上一个大娘却大叫道:

"这一定是五儿偷了我家地里的瓜,见有人就藏在茹茹丛下了……"好象她家地里的甜瓜真的被五儿偷了似的。但我心里最明白,觉得可笑。

于是妈妈就拿回家去,母子三人分吃了。瓜又脆又甜,吃得妈妈满意,弟弟满意,我当然也满意,并为自己高明的妙策而得意。

第二天早饭后,不料奶爹来到我的家。我一看到他就心跳起来。他进门后就对妈妈说:

"我让春儿昨天给你拿回几颗甜瓜来,也不知熟了没有?口味好不好?"

这真有如夏娃吃了上帝的智慧果,我已预感到大祸将要临头,全身都颤抖起来……

妈妈即刻就火冒三丈,说:

"这该死的东西,真可恶!拿回来还不敢承认是你给的,说是在路上拾来的。我老早就告他,不要到你瓜园里去,让你为难……"

"唉,他大娘,看你说到哪里了!自己地里种下的,算不了什么……"奶爹笑着说。

"你们怪苦寒的,留着卖几个钱。村里人多了,都这样,还行吗?"

"还能这么说,你越说越远了。春儿就象我自己的孩子一样……"

说了一阵奶爹就告辞走了,但我是多么地怕他来,又多么地怕他去呀。

果然,他一走,妈妈就很生气地把鸡毛掸子倒拿到手里,向我走来。我所遭受的自然是痛苦。

以后我进了县里的高级小学,就很少有机会去奶妈家了。

但我常常想念奶妈和奶爹。

有一次我从学校回家,妈妈告诉我:奶妈因得急病死去了。我伤心地赶到现场,奶妈已装进棺材。奶爹泪流满面,拍打着棺材盖哭着说:

"你丢下我和孩子们,可教我怎过呀!怎过呀!……"

我听着也泪珠直流。

我长大起来,参加了革命工作,常年在外。后来,听说奶爹在抗日战争初期也去世了。三哥哥在抗日战争中参加了八路军,之后,一直在陈赓将军的部下做后勤工作。全国解放后,四哥哥在山西省汾西煤矿南关矿当党委书记。只有大哥哥一直种田。他们的生活都好起来了,这对过了一生穷苦生活的奶妈和奶爹,当会含笑九泉的吧。

原载《山西文学》1983年第五期,后收入散文集《我的乐园》

我的第一位老师

我曾经有过一位"二爷爷",村里人都叫他"二老汉"。提起"二老汉"几乎是没有人不怕他的。因为他脾气不好,而且有些怪。但我并不害怕他,因为知道他很爱我。

二爷爷的模样我还记得很清楚:瘦弱的身躯,稀疏的胡须,右襟上方吊一个水牛角的胡梳梳,闲下了,他就用这梳胡须。冬天戴一顶大红桃黑绒扁圆帽,类似清朝一般官员戴的那种帽子。

就是这个"二爷爷",是我学画和获得文化知识的第一位老师。

自我记事时,他已经是经营果木的园艺家了。我就亲眼看见他用根接的办法在杜梨的砧木上嫁接梨树。

他的炕桌上虽然经常摆着颜料——诸如藤黄、花青、胭脂、赭石……可很少见他作画。但我在庙里——也就是小学里的墙壁上,却看到一幅《凤凰戏牡丹》的彩色画,是直接画在墙上的,今天看来也算一种壁画。大人们说这就是我二爷爷的手艺。此外,在别的什么地方好象也看到过据说是他画的菊花,是红色和黄色的两种花瓣。所以附近村庄都知道二爷爷是一位画家。

其实二爷爷不仅是园艺家和画家,听我妈妈讲他在前清曾进过武秀才,后来还立志要进武举,但不知什么原因没有如愿。这对二爷爷可关系大啦。

妈妈说他年轻时曾娶过一位媳妇,没有生养,不幸早早地去世了,因此我未能见到我的二祖母。人家劝他续弦,他说:"等我进了武举,能有两个丫环搀上新娘拜天地时,我再结婚吧。"

真是"时不利兮骓不逝"[①],由于他一直未进武举,因而后来就一直打光棍。这真是二爷爷的悲剧。

二爷爷可亲我了。他每到镇上赶集回来,总要给我买个有枣的"火烧",一进院门就大声喊:"狗囊子,快来!"我知道这是在叫我哩,赶快跑出去,于是就得到一个香甜的饼饼。这是我童年印象最深的。

我常到二爷爷住的窑里,见窑洞后墙上挂着一张大弓——据说就是他当年进武秀才时用过的——上面都结了蜘蛛网,可见长期不动用了。但听村里的大人们说,早些年他们曾看到过二爷爷在老槐树下拉弓,耍一百多斤重的大刀。可是我没有眼福看这种场面。

注:①语出《史记·项羽本纪》。这句话的大意是:时势不利,青白杂色的马也不肯往前走了。

我不能理解,为什么在二爷爷的窑后头堆积了那么多炉灰,已堆成山了,他也不清除;吃了饭也从来不洗锅洗碗;桌上积满了灰尘,也从来不用鸡毛掸掸一掸……为此,妈妈经常和邻家婶婶以他的脏在背后议论。

后来终于懂得:因为二爷爷没老伴,所以他对这些日常生活显然已没心劲讲究了。

可是他对他的桃园却是很有兴趣的,园里的草总是锄得很干净。一到桃子快成熟时,他就搬上铺盖住在园地靠山修建的庵庵里。这住处没有门窗,地下铺着麦秸,褥子又铺在麦秸上,就象当地人看西瓜的庵庵一样。我经常看到蚂蚁和蚰蜒在庵里墙上爬,但我二爷爷是并不怕的。如果说这庵庵有什么好处的话,那就是晚上睡觉空气好。二爷爷活了八十多岁,大概和他的这种桃园生活是很有关系的。

可是他也怕野兽,庵庵里经常放着一支土枪,是为了打狼的吧。你想,他一个人住在这野山沟沟里,能不怕吗?

二爷爷做饭、烧水,就把砂锅架在三块石头上,用从山坡上捡来的干柴枝在锅下烧火。不见火苗了,他就趴下用嘴吹,风不顺时,烟熏得他两眼直流泪。我喝过他烧下的水,一股烟熏味。他吃面食连菜也不放,就咬上自己种下的绿辣椒就着吃。生活够清苦的了,但二爷爷却乐在其中。

一天,二爷爷要到镇上去,就把看园的任务交给我的亲爷爷,也就是他的四弟,而我是寸步不离他的。一到桃园就是我的天下了,想吃哪一颗桃就吃哪一颗,挑红的,拣大的,没有人敢阻止。突然看到园边上有一人多高的荆条,象围墙一样长得密密麻麻的,很茂盛。我一时心血来潮,一定要把最高的砍下几株来玩,但在场的人谁也不敢给我砍。"我们怕你二爷爷骂。"其中一个放羊的说。但我非要不可,爷爷就叫他给我砍了三株。

待到傍晚,我依在爷爷的怀里在大门口的老槐树下乘凉,二爷爷突然来在树下向全村大声叫骂;

"谁把我的荆条糟踏成那分样子了,你们真胆大……"跳得有三丈高。

爷爷即刻说:

"二哥,不要吵,那是你小孙孙干的。"

二爷爷二话没说,扭身就回去了。要是别人干的,那可算捅下乱子了,不知要骂成个什么样子。而一说是我,没事,他就是这样的爱我。

大概是对二爷爷的绘画作品自幼就耳濡目染,我上学后竟喜欢起画画来。画人,画鸡,画树,画狗……村里人看到我的图画就夸奖地说:"真是门里出生,自带三分。"这所谓"门里",就是意味着我的二爷爷的。二爷爷知道这种情形后,当然很高兴,破例用他炕桌上的颜料给我画了很多画,都是小品,其中除了梅兰菊竹,还有海棠花和小鸡之类,作为我学画的楷本。

从此二爷爷就不断的给我谈画事,论古今,讲有趣的故事……当时在我的家里,父亲在外经商,母亲是文盲,我的亲爷爷那时早已去世,能和我谈书论经的就只有我的二爷爷了。

一次他看到我用红铅笔在纸上画《喜鹊登梅花》(这是我们乡下人很喜欢的画题,正象喜欢《凤凰戏牡丹》一样),二爷爷就告我秘诀,说画梅不离"女",意思是说梅花的枝干要象"女"字那样交叉。并顺便告我:画兰草在第二笔时就应画出凤眼来,三笔画成象眼,意思是凤眼是长形的,象眼是三角形的,这也是讲兰叶之间的交叉关系的。并告我在画事上"寻师不如访友"。据他说,他最初不懂得什么是章法,每画都把花物放在纸正中,感到不是味,但也说不出个所以然。后来访了一位朋友,就改变了这种画法。从此就感到画内有画、画外也有画,耐看了。我听到这些有关画画的技法自然是很感兴趣的了,但更感兴趣的是有关大画家傅山的故事。

他说有一次傅山给人家作画,在墙上画了许多黑墨道道,主人看了很不高兴,以为是胡画哩。但到夜里,墙上的黑墨道道燃起了熊熊的火焰,照得全屋通明,始知傅山画的黑墨道道是些木炭。在民间,这种神化了画家本领的故事是很多的。

他还给我讲了另一个有趣的神化了画家的故事:

有一个财主请一位大画家到他家作画,每天给吃酒吃肉,但画家就是不动手,而是到野外闲游,如此者有十余日,财主心里不高兴,但也不好催问,只好耐心地等着。一天画家从野外归来,兴致所至,就给财主画了一丛灌木,其间又画了一个叫蝈蝈。画家走后,财主把画裱好,挂在客厅里。有一个晚上,竟听到客厅里有蝈蝈叫,但他在客厅里寻来寻去又寻不见蝈蝈,日子久了才发现原来是画中的蝈蝈在叫哩。后来竟观察出当雨天蝈蝈就从灌木上走下来,晴天蝈蝈又从灌木下爬上去。因此这幅画就成了宝物。

这个故事颇有意思,说明了画家描绘事物必须经过细致的观察和较深的感受,而后才能"外师造化中得心源",有所传神。虽然也有个浪漫主义的结局,却是说明了画家不能凭空构思这一现实主义的真理的。而在当时,我只觉得有趣而已。

现在想来,不仅二爷爷所讲的绘画秘诀和画家故事对我后来从事美术工作有影响,而且二爷爷的热爱大自然,热爱园艺工作于我对各种树木感兴趣,在版画创作上喜欢表现风景和林木,也是有一定影响的。

自古书画同源,能画者就能书。我的二爷爷也不例外。在我家的墙上就有他写的对联,上联是"虎行雪地梅花五";下联是"鹤立沙滩竹叶三"。写得很工整挺拔,并颇有画意。为此,他也很关心我的写字,并以我们家辈辈会写字而骄傲。

一次,在除夕之前,二爷爷让我写全村的春联,算是培养接班人吧。他和村人在旁边观看,并用水牛角小梳梳他的胡须。起初他以我能写似乎很欣赏,但写着写着,由于我计划不周竟把一条的最后一个字有一半写在纸外了。他看了很生气,大声说:"这还算什么写家,狗家!"

看的人都笑了。这是二爷爷第一次骂我,但这种骂也是包含着他内心对我的爱的。

这时我已经在太原的初中上学了,很少和二爷爷在一起。

有一回我暑假回家,去看他,谈起了考试,他给我讲了一个古时考场舞弊的故事:

说有一个考官和办学的老师是好朋友,一次相会,考官问老师:

"这次你有学生来考吗?"

"有四个,只是学得很不好,写'也'字都不会挑钩。"

考官点头。

老师回去就关照四个学生在考卷上写"也"字不要挑钩,并严加保密。结果四人都榜上有名。因那时都是密封卷子,不让考官知道卷上的人名,以防舞弊。

自讲这个故事后,我就再没有见到我的二爷爷,绝没有想到那竟是最后的一别了。当年寒假回家,妈妈说二爷爷去世了,因为怕耽误了我的学习,没有让我知道。我不禁失声而哭。

算来二爷爷离开我已有五十多年了。

十年浩劫的后期,当我回乡插队当了林业队长,率领全村青年在二爷爷当年的桃园里进行植树造林时,心里是很不好受的。看到在桃园的废墟上一片荒凉,枯草在春风中颤抖,很不是滋味。当年二爷爷住过的庵庵、果实累累的桃林、围墙似的荆条……都哪里去了呢?后来看到那在荒草中尚可辨认的庵庵遗址,架锅用过的石头……我的眼泪就暗暗地流下来,接着,二爷爷那稀疏的胡须和他的瘦弱的身影就在泪花中浮现在我的眼前……

原载《山西文学》1983年第六期,后收入散文集《我的乐园》

官道的故事

我家山村的对面,在那黄土高原上,曾经有过一条官道。从我家大门口望上去,这条蜿蜒的时隐时现的大路就好象是建在天边似的。那里也有一个村庄,名郝家铺,但看不到人家的院落,远远地只能看到几株大槐树,以及槐树上的鸟巢,此外还能看到一个小庙的背脊……

在我的童年,看着官道上大马车成天地来来往往,就自己给自己提出个问题:官道的两端通向什么地方?大马车从何处而来又到何处去?可是我自己无法解答,不识字的妈妈也解答不了,于是就觉得这条官道非常神秘。我有时想:假如能象老雕似的长两个大翅膀,沿着官道一直飞,也许能飞到它的尽头吧。但我是长不出翅膀来的,因此我的梦想终于不能实现。

夜里,当头遍鸡鸣之后,就从官道上传来了驼铃的声音,丁冬丁冬地在寂静的夜空里有规则地飘荡。在那严寒的冬夜,当我从睡梦中偶尔醒来,听着这远远传来的单调的驼铃声,就象在夜里听到杜鹃鸟单调的悲鸣,感到一种人世的艰辛和凄凉。

白天,一清早就从官道上传来了车轮磨擦的吱吱声,是一种难听的惨叫,一直到黄昏。但经常是看不到大马车的,只能看到西北风吹得官道上黄尘漫卷,好象是着了火腾起的烟雾。

官道是辛苦的,它日夜都不得安宁,不得休息呵!

妈妈曾说:当她正怀着我的时候,郝家铺打起仗来了,妇女们不敢停在家里,就全往山圈①里跑,而士兵们从官道上看到山下穿红着绿的妇女在雪地里逃,就瞄着她们打。妈妈带着个大肚子,子弹打在她的身旁吱吱地响,差点没命了。

"那时假如把妈妈打死了,也就没有你了。"她对我说。

后来知道,妈妈所说的郝家铺发生的这次战争,就是辛亥革命的余波。当时清军卢永祥与革命军在郝家铺打了一仗。从此之后,在官道的附近,在我的村旁就经常能拾到步枪的子弹和子弹壳……这些竟成了我童年的最好的玩具。这是官道上发生的这次战争的恩赐,也是辛亥革命给我的童年留下的唯一的纪念品。

可我一直没敢到官道上去玩,因为太远了,而且还要爬一道大山坡。有一回,我的贫寒的奶爹在官道上搭了个小茅屋,开了个烧饼铺。开张的那天,全村人去庆贺,我有幸和爷

注:①山圈是牧人在村外关羊群的地方。

爷也去参加了。听奶爹说,过路的大马车有的载着棉花,有的载着柿饼,有的还载着兰州的水烟、稷山的大枣……大都运往北地了。此外也有达官贵人坐的轿车,或轿窝子……总之,我看到官道上是非常热闹的。只是坐车的和赶车的都变成些土人儿了。看着他们就觉得好笑。那些为了生活而常年奔波在尘土中的赶车人是最辛苦的。我听奶爹说的什么兰州呀、稷山呀,虽然不知道在什么地方,但总觉得是很远很远的,赶车人要走很远的路呵!

每年的冬闲,隔壁叔叔就在天不亮赶上毛驴到霍县城驮白面去了,天黑时又从官道上归来,第二天又在天不亮赶上毛驴把白面送到灵石城,借此赚点驮脚费。这时我想:这官道大概是南通霍县、北通灵石的。

后来在高小里读了地理,才知道这条官道南面远通西安、兰州,北面远通太原、大同。在没有火车之前,是纵贯山西的一条唯一的交通要道。读了历史,更知道当年八国联军侵占了北京城,西太后和光绪皇帝路经大同逃往西安时,也就是走的这条官道。当然他们也是必须路经郝家铺的。然而他们是否也变成了土人儿,那就说不清了。

再远溯上去,当年苏三①起解出了洪洞县城,也是沿着这条官道路经郝家铺徒步到了太原的。可以想见,苏三当年在这黄土喧天的大道上奔波,也一定变成个土人儿了,而绝不会象戏台上出现的那个漂亮的样子的。

当同蒲线建成,火车奔驰在铁路上时,官道的历史使命

注:①即《玉堂春》。"苏三起解"为戏曲传统剧目《玉堂春》中的一折。

也就完成了。

"文化大革命"后期,我被下放故乡,深夜醒来就再听不到从官道上传来的驼铃声,白天也再听不到从官道上传来的马车轮磨擦的吱吱的惨叫声了,自然也没有黄土喧天的景象了。而偶尔听到的却是从同蒲铁路上远隔重山传来的火车的汽笛声。有一次我从霍县回家,路经当年的官道,它已经被辟成良田,种上小麦了……

官道呵!你曾经是旧时代人民苦难生活的见证,而今已成历史,但你却永远活在我的记忆中。

1984年载入散文集《我的乐园》

一次难忘的劳动

当我十来岁的时候,我的家就离开了生我之地的小山庄,搬到十里路之外的一个名叫"仁义镇"的地方去住了。于是就离开了我的可爱的乐园,到了一个新的天地里。这里是官道上的一个小码头,不论马轿车,还是骆驼队,到了这里都是要打尖歇脚的。街上有饭馆、酒铺、骡马大店、布庄、杂货店、粮店、肉铺、药房、银炉、醋铺……应有尽有,是很热闹的。

听一位老太太告我,她年轻时还见过皇上娘娘哩。她说:"娘娘来到镇上,人们知道了就跪了满街,要见她。后来娘娘出来,和大家见了面,就旗旗伞伞的坐上马车南去了……"

当时我还小,不知道她说的"娘娘"是何人。后来上了高小,才知道老太太说的所谓"娘娘"就是慈禧太后。当年八国联军侵入北京,她吓得逃出京城,路经大同到西安时,是曾在仁义镇打尖的。

由于仁义镇是个码头之地，不仅老太太年轻时看到过"娘娘"，而且还时常能看到唱大戏，几乎每年总要演一台，大都是晋剧，也就是中路梆子。不象我们那个小山庄，只能看皮影戏。

　　我在小山庄时，从来也不想到向妈妈要钱，因为给了钱也没处花。可是到了仁义镇，我的口就特别馋起来。在大街上看到糖饼想要吃，看到甜瓜想要吃，看到西瓜也想要吃……然而妈妈不给钱，吃不上，只能空闻香味。尤其是镇上唱戏的时候，戏庙里卖着各样的水果、点心……好象专门是引逗儿童流口水的。

　　有一年，我们镇上的龙王庙里唱戏了，是"万人爱"的戏梆子。附近三四十里小村庄的农民都来看戏，有的来了就住在亲戚家里，近一些的看完戏还得回去。

　　至于我们儿童，除了进庙院看热闹，就是为了买好吃的东西吃。

　　那时花的还是小铜钱。因为唱戏了，妈妈开恩给了我十几文，让我买水果吃。凭良心说，这一点钱哪里够花呢，顶多能买三块西瓜。可是妈妈就是小气，不多给，没办法。

　　我心里想：快快长大吧，长大了能自己赚钱就好了……然而就是不能一下子长大，因此就深深感到没有钱的痛苦——这是我有生以来第一次感到这种痛苦。如果我有钱，一定要痛痛快快地买些好东西吃，甜瓜呀，西瓜呀，大桃呀吃它个够。而现在，多可怜呀，只能在戏庙里看着别人津津有味的吃。

这天，在戏台下见到一个名叫小四的穷家小伙伴，他对我说：

"听说醋房里今夜要搬曲①，我们小孩子也要，不白搬，人家要给钱的。"

我一听就动了心，说："我也去，到时候你一定来叫我。"

到了唱夜戏的时候，龙王庙里被汽灯照得象白天一样亮，戏台上音乐已响，打扮得很好看的小旦也穿着红色的衣裙出场了，台下挤满了站着看戏的农民，在庙门口摆着各种小摊摊，各种叫卖声好象和小旦争高低似的拼命地叫喊：

"快吃西瓜噢，又沙又甜呀！"

"香瓜噢，贱卖哩！"

这些声音比小旦的唱腔对我有更大的魅惑力。想买的吃，但没钱。妈妈给的十几文钱，早买了糖送进肚子了。

我到处寻找小四，终于在庙门口看到了，他说他也正在寻我。那好，戏也不看了，我们就到了那个做醋的作坊里。一股醋糟的香味冲鼻而来，接着醋房的王东家就出现在我们面前。他笑着说：

"小家伙们不看戏给我帮忙来了，好，好，好。"

说了几个好，就分配我们工作。当时到场的还有小赵和狗蛋。

王东家说：

"把这些曲都给我搬到南房里，要做醋了。搬吧，搬完了，给你们吃西瓜！"

注：①即麦曲，这里说的是用来制醋的引子，为块状物。

在暗淡的麻油灯光下,我一看那曲,象墙壁似的堆了那么高,心想今晚能搬完吗?但一念到还给吃西瓜,劲儿就来了。

每块曲就象一块大长方砖,但比砖轻,我可以一次搬五块。

我们四个孩子拼命的搬,一走到院里就能听到龙王庙传来的打板声、锣鼓声,然而心里想到的并不是戏台上的小旦和三花脸,而是庙门口卖水果的那些小摊摊……

搬呀搬的,我们都搬出了汗,小四和狗蛋便脱了小衫,光膀子上阵了。但看那曲墙,才下了一半。

搬呀搬呀,我们从北房把曲块送到南房,放在地下,王东家在暗淡的麻油灯照耀下,就又把曲一块块地垒成墙壁。

这种工作,我长了十岁了,才是第一次干;要不是为了赚点钱,我才不干哩。

后来在院里再也听不到打板声和锣鼓声了,就知道时间不早,已经散戏了,心里有点慌。散戏了还不回家去,妈妈不要找我吗?但也没有办法,曲还没有搬完,西瓜还没有吃,钱还没有拿到手,怎么能半路里偷跑了呢?是的,万万不能偷跑,老师说过:做事总要有始有终,决不能半途而废。

王东家过来看了看,说:

"不多啦,赶快搬完了咱们吃西瓜。"

于是我们鼓足最后一股气,几乎是用小跑的步伐搬运起来。说实在的,已经是汗流浃背了,口也很渴了,就是凉水也想喝几口,更不要说吃西瓜了。

吃西瓜的预告对我们真有效,果然不几回就搬完了。

我们正用衣襟擦脸上的汗,王东家果真就抱来三个大西瓜,两个是花皮的,一个是黑皮的,用刀切开,红瓤黑籽,我们四人就痛快的吃起来,感到从来也没有吃过这样甜美的西瓜。王东家又付给我们每人五十文大钱。这是我有生以来第一次用劳动换来的钱。

待我在月色中回到家时,院门已关了,敲了半天,邻人王大爷才出来给开了,说:

"你跑到哪里去了,你妈到处寻你!"

我的心冬冬地跳着,走到窑门前,看到窗上还有灯光,知道妈妈看戏回来还没有睡,在等我哩。

我推门进去,她从被窝里坐起来劈头就骂:

"你死到哪里去了!让我到处寻你,黑天半夜的,就没有叫狼吃了!好,你先睡去吧,明天我再和你算账!"

第二天早上,我如实交待了搬曲的事,但还是挨了她一顿痛打。一来散戏后她找不到我,余火未消,二来我和穷孩子们一起干搬曲的事,也许有伤她的体面……

这件事过去已有六十年了,而今我不但有了儿女,当上父亲,而且也有了孙儿孙女,当上了爷爷。当我每每想起自己童年的这次难忘的劳动和由此而受到的惩罚,看到如今我的孙儿孙女们所过的幸福生活,就有很多感想。

是的,时代不同了,而今大多数父母对于儿童生活的关怀,对于他们的各种愿望的体会与满足都使我羡慕。

我带着痛苦的心情写下了童年的《一次难忘的劳动》,呈献给新社会的儿童们,请想想你们今天的劳动和生活与我当年有了多大的不同……

1984年载入散文集《我的乐园》

我的高小

我时常怀念起我的高小。

我的高小比小学好玩得多了,有足球,乒乓球,还有网球;有洋鼓、洋号,还有风琴、箫笛……

我也很怀念高小时代的小伙伴们,有一个外号叫"猫头鹰"的,他那两只又大又圆的可爱的眼睛呀,到现在还在我面前闪烁。

有一个外号叫"串山林"的,因为他爱歌唱,他的歌声好象还在我的耳际回荡……

我的高小离我家有三十里路,在一个名叫"道美村"的村庄里。道美村背山而面临汾河,风景很美。学校是由一个象样的玉皇庙改建的,位于村之南头。

道美村有我一位表兄,当我还在小学里上学时,他常来我家作客,有时就谈到高小。表兄说,当他们上地路过高小大门时,能听到里面细吹细打的声音,有时也看到学生们在球场里踢足球……总之,他说高小可洋气啦。经表兄这么一宣传,我的心就动了,想:如果我也能到高小里上学那多好。

没有想到不久区上来人,要我母亲派我到高小上学。可我母亲却不想让我去。其实上高小读书,并不交学费,仅仅送口粮、交书费就行了。但在我母亲看来,高小比小学要多花很多钱,所以不让去。

1923年前后的我的故乡,在很多家庭看来,子弟上高小是一种额外的负担,而且怕上坏,不听父母管教了。所以要是进行招考,将会是一个学生也招不到,因此就由区上用行政命令在各村找富户进行摊派。我家的生活较好,于是就成了摊派的对象。这在我真是求之不得的,可我母亲却为此而烦恼。

但在我的争取下,妈妈终于派了个亲戚,赶上毛驴,驮上米面、衣物、铺盖,把我送到道美村高小了。

上了高小,感到一切都很新鲜。功课不象在小学里只有国文和算术两门,又新增加了历史、地理、植物、英文、农业、商业、珠算、图画、手工等课程。我是最喜欢其中的图画课和手工课的。但那时的图画课还不画写生画,采用的是临摹的办法,即老师照着图画本上的马呀、兔呀……画在黑板上,给学生每人发一张图画纸,让我们照着画。但即使如此,我也是很感兴趣的。每次作业,老师都给我打一百分,并经常贴堂示范,给予我莫大的鼓舞。

手工课也很有趣,上课时老师发给我们红红绿绿的发亮的手工纸,让我们照着样本编织成彩色的图案。这是一种非常耐心的工作,要用米尺量出经纬纸条的宽度、长度,然后用很锋利的裁纸刀在玻璃板上一条一条地裁出来,再用两种不同的色纸条进行编织。这种作业在一小时的课堂上是无法完成的,要拿到寝室里去继续做。我非常喜欢这种作业,虽然费工,可是成品是非常美丽的。它既培养了我的耐心,也培养了我对于图案艺术的兴趣。

除了图画和手工,我还喜欢《植物》课,讲什么雄花呀雌花呀,又是什么风媒花呀虫媒花呀……怪新鲜的。

我最讨厌的是《孟子》,一开头就是:

"孟子见梁惠王,王曰:'叟,不远千里而来,亦将有以利吾国乎?'孟子对曰:'何必曰利,亦有仁义而已矣。'"

我管它什么仁义不仁义的,一上课就想打瞌睡。

我们学校可热闹啦,一到课余,有的同学学吹洋号,有的学吹笛子,而老师们却喜欢弹风琴、吹洞箫。怪不得我的表兄说"细吹细打的"。

我们有时也演话剧。记得有一年的阳历年举行游艺晚会时,曾演出了《孔雀东南飞》[①],由猫头鹰扮兰芝,串山林扮焦仲卿,而我竟扮仲卿母。因为当时不是男女同校,所以只好男扮女装。然而我们的演出竟感动得道美村的妇女为之泪下,而在我倒觉得是怪好玩的。

我最喜欢的是踢足球。当我正在宿舍里做作业时,只要听得操场里嘭的一声踢足球的声音,就象屁股上生了刺似

注:①原为汉乐府民歌中的杰出作品,是古代少见的长篇叙事诗。内容写汉末恩爱夫妻焦仲卿和刘兰芝因受封建礼教压迫而致死的悲剧,并歌颂了他们的反抗精神。这里讲的是根据这首诗改编的戏剧。

的,立刻就坐不住了。于是便丢下功课,不管三七二十一就往球场里跑,哪怕被同学踢破了腿也不伤心,还要去踢……

那时学校里也有网球,主要是老师们玩的。当夏收秋收过后,老乡打粮食的场里没活了,老师们在课余就指挥大些的同学把球网拴在两个碾场用的碌碡上,又用石灰水画上线,就打起网球来。我们同学一边看,一边给老师们捡球。待老师们打得乏了,也让我们打;有时候人员不够,也让我们插进去陪老师打。

那时的网球场上,一色说的是"洋话",什么"澳塞"(outside)呀、"盖姆"(game)呀、"兰因"(line)呀、"耐特"(net)[①]呀……我们还没有上外文课,就已经学会这些英文词了。

在我们学校附近,就是道美村的田野,一到春天,当桃花盛开,我和猫头鹰就起个大早偷偷跑到桃树下念书去了。那时田里的麦苗已返青,一片海绿;桃林如画,一片红霞。从汾河上吹来了醉人的春风,令人感到空气的清新。戴胜鸟"丢胡胡,丢胡胡"地在树间鸣叫,增加了春天的乐趣。

我和猫头鹰躺在黄色蒲公英和紫罗兰小花开放的草地上,有如置身于一个童话般的梦幻的世界里。

我们读着陶渊明的《桃花源记》[②],眼前的景色和书中的意境溶成了一体。

注:[①]out side意为出界,game在打网球时指"局",line意为压线,net意为触网。
[②]陶渊明是东晋大诗人,《桃花源记》写有渔人从桃花源入一山洞,见秦时避乱者的后裔聚居其间,生活安适。出来以后,便不能再找到。后来常用"桃花源"指避世隐居的地方。

猫头鹰说:"多美呀,咱们也好象成了武陵人①了。"

听到有人在唱歌,猫头鹰说:

"听,串山林来了。"

一看,果然是串山林,他穿过桃林向我们走来。

我说:"串山林,这可是你歌唱的大好季节,唱吧!"

但串山林没有唱,他也和我们一起躺在草地上,就谈起他的一次"艳遇"。他说当他在汾河畔唱歌时,一个正在河里洗衣的姑娘竟停止了动作,呆呆地听他的歌声,并用秋波瞟他。他一看,是一个如花似玉的美人,真是窈窕淑女,美目盼兮……说得我们都为之神往。

我和猫头鹰是好朋友,但有时也吵架。我们俩是同姓,按族里的辈数,我应叫他爷爷哩。但我从来也没有叫过。一次我们一起打网球,猫头鹰打过球来,我说是"澳塞",他说是"兰因",因为石灰线已模糊,所以引起了争执,以致于两人相打起来。我一拳打过去,猫头鹰睁大了两只发亮的眼睛叫道:

"喳!你还打爷爷哩?!"

"就是要打爷爷哩!"

逗得在场的串山林和另一位同学都笑起来。

串山林说:"算了算了,爷爷孙子不要吵架了!"这才平息。

待散场时,我和猫头鹰说说笑笑,又是好朋友了。

秋收一过,道美村的渠道里就停止了从汾河引水了。一个星期天,正是秋高气爽的晴朗天气,在汾河岸边长大的串

注:①《桃花源记》中发现和探访世外桃源的渔人。

山林对我说：

"咱们摸鱼去吧？"

"哪里有鱼？"

"你跟我来。"他说。于是我们拿上洗脸盆，他就引我到了渠畔。这时渠道里虽已没有流动的活水了，但尚未枯干，不少地方有积水。于是我的向导就跳下渠里，在积水中乱摸。他真内行，摸来摸去果真就摸到了鱼，有鲤鱼，也有泥鳅。我多么高兴呀，第一次看到活鱼，而且有两三寸长，它们惊慌地在洗脸盆里乱窜。

过去，我只是从图画里看到过鱼，吃过的鱼是父亲从外地买来的熏鱼。至于活鱼嘛，现在总算看到了，多么的动人！

接着我也下去摸。当两手在冰凉的浑水中触到鱼时，它就跑掉了，老是捉不住，真笨！于是向导告我，要慢慢地把鱼赶在角落里，才容易捉到。我照办了，终于捉到了一条，是鲤鱼，象在我的乐园里逮住了毛圪狸、在灌木丛中捉到了串山林似的高兴。

待归校时，我竟有了满满的一脸盆鱼……

将近六十年过去了，听说我的高小而今扩大了校舍，增加了初中和高中，又是男女同校了。然而我还时常怀念起我幼年时代的那个高小，怀念同学猫头鹰和串山林，怀念桃花林芳草地上谈"艳遇"的往事，怀念在冰凉的积水中摸鱼的乐趣……

1984 年载入散文集《我的乐园》

绿色的治花泉

树林是美丽的,绿色是迷人的。

绿色是人类的希望和生命,它象征着和平富饶与幸福。

一位诗人写道:

"点化人生沙漠的只有那泥土育出的树;拯救世界焦枯的,全靠泥土染出的绿。"

而我是多么喜欢绿色呀,就是这可爱的绿色把我吸引到临县的治花泉村来的。我要亲眼看看他们的木材林和经济林以及小流域治理的成就,分享创业者们凯旋的欢乐。

一

当我来到治花泉村时,全山沟里都飘荡着黄色枣花和酸枣花的清香,有一种说不出的美感。

治花泉的沟是绿色的沟,一面是生长着洋槐、柠条和苹果,甜梨……的山坡,一面是住着人家的层层土窑,不论院里和堖畔上都有繁繁密密的枣树和酸枣林,它们用绿色装点着山村,从小小的黄花里无声地吐着香味……

支书刘银先把我安置在一家较干净的土窑里。多年没有住老乡的土窑洞了,现在住下来有种特别的亲切感,令我想起抗日战争和解放战争年代在吕梁山区农家土窑里住过的生活。

第二天,天刚亮就被布谷鸟把我从梦中叫醒,接着就听到石鸡在对面山上的欢笑声。我被农村的这种诗情所振奋,从炕上爬起来,洗了脸就走出门外,看到已有妇女在挑水,老人在扛着锄下地,小学生去上学……一派农村清晨的忙碌景象。

我下到满是桶粗的水桐树的沟里,感到颇有寒意。跳过小溪,然后在柠条的灌木丛中沿着羊肠小道爬上山坡。真乃"树木丛生,百草丰茂",山气润泽,晨露沾衣。经过油松点点的嫩绿幼林,再往上走就到了有规划地布满山坡的经济林,其中有苹果、巴梨、五月鲜桃和李子……大都生长了十年有余了,正是结果的盛期。

我站在高处,鸟瞰山下和远处为绿色所覆盖的沟沟堖堖,令人神往。

呵!多么美丽的树林,多么迷人的绿色!我为这大有深意的绿色所陶醉,感到是一种莫大的享受。

突然听到刘银先书记和我打招呼,始知他早已上山来了。

刘银先有四十多岁,头包毛巾,晒得黑黑的,完全是一个老区农民的形象,感到他老实憨厚,我昨天初见就有好感。他是省劳动模范,治花泉村绿化的功臣之一。

我对他说:"看来,今年是大年,果实结的真繁,你们有这么多巴梨,真好。"

"可是巴梨是我们要淘汰的品种,因为栽的太多了。"他说。

"我看这样好的品种,不肯淘汰,问题是你们要解决运输工具,最好是买两辆卡车,并建立销售网点,否则真成问题。"巴梨亦名烟台梨,是水果中最不能存放的品种,成熟后必须在一周内卖光,否则就会完全烂掉。然而它又是非常好吃的水果。

看来为了实现淘汰计划,进行换种,他们已在巴梨树上局部嫁接酥梨和鸭梨,而且也结了累累的果实。据刘银先同志讲:当初买梨苗时没有经验,未曾问清楚,待结下果时,才知道摘下这么多巴梨不好办。

他说:"目前这些果树都已按新的农业政策分别承包给社员了,共包了四年,每年包价最多5000元,最少的100元,不等。但去年是小年,都赔了,今年是大年,看来会大赚钱的。"

我知道要解决大年小年的悬殊差异,就必须在大年时进行疏果,他们的梨树也好,苹果也好,有的一个花序上竟有四五个果,繁的象葡萄似的。

我说:"老刘,你们有没有进行疏果?"

"社员们舍不得……"

"可是不疏果,一来都长不大,二来明年将又是一个严重的小年。好比一个妈妈用她的双奶喂养五个婴儿,母子都瘦弱了,今年的果实长不大,明年的果实也多不了。"

老刘笑笑。沉默良久,他说:"看来你很内行呀!"

于是我向刘银先同志自我介绍:因为我爱好绿化的工作,文化大革命后期曾在故乡当了七年的林业队长,在经济林和木材林方面都有所实践;也看过一些有关的书籍,等于住了七年林业大学。

老刘和我谈的投机,他领着我各处观看,我欣赏着他们的深绿色的丰茂的果林和那淡绿色的正在成长中的果实,为创业者们的优异的成就而高兴。

这似乎是我的梦……

祖国贫瘠的黄土高原呵!你多么需要这使你富裕的绿色的装点!

我和老刘并肩而行,他微笑着,而我却在心潮澎湃。

承包果林的社员很会精心经营,在林间点种着山药、西瓜、胡萝卜……都长势良好,苗锄过了,寸草不留,土松过了,在期待着新的细雨。这种不肯放弃一寸土地的主人翁精神使我感动,这是党的新的农林政策的胜利,是毛泽东思想中的"自愿"原则的魔力呵!

老刘突然指向前方小山梁说:

"老郝,你看那是什么?"

我看到有一只山猫似的东西在草中跑过,"啊!那是黄鼬！你们为什么不打死它！"

老刘说："那是益虫,是我们要保护的东西。"

"黄鼬不是要吃鸡的吗？"

"它不仅吃鸡,也吃圪狸、兔子、石鸡、地鼠、黄果鼠,这些都是果林的大敌。况且有这些吃食了,它们也轻易不进村吃鸡。"

我自愧只知其一,不知其二,差点冤枉了黄鼬。老刘的这番话使我学到了新的知识。

我说,"黄鼬应称益兽,不能叫益虫,到如今我才知道它也是保护园林的功臣……"

早饭后刘银先同志领我去参观他们的瓜地沟,这是治花泉多年来治理小流域的一个典型。沟里打了几层坝,漫了水平地,现在正长着半人多高绿漫漫的玉米,墕墕里生长着密密麻麻的洋槐,大都有手臂粗了。我从水文上可以看出最近下大雨时并没有洪水泛滥,只有小溪似的山水流过,这说明了小流域已根治,水土已基本保持,令人欢欣。

随同我们的还有一位技术员,这是治花泉园林工作的土专家,经我向他提了几个问题,在科学植树方面他都能对答如流,例如果木嫁接成活的关键他能说出是接穗和砧木的新成层是否相接的问题。令我高兴。

老刘和技术员领我爬上山坡,看到都是些层层的大的鱼鳞坑,里面生长着各种苹果树。技术员告我圪狸的为害甚为严重,它爬到树上不是为了吃苹果而是为了吃苹果仁,所以鱼鳞坑内有一滩一滩的咬碎的苹果渣,树上也有吃了一半的苹果。看了令人心疼。我是很喜欢吃狸的,但这时却即刻想到了黄鼬……

承包果林的社员是勤奋的,鱼鳞坑内外都清除了杂草。也很少发现果树的腐烂病。即使个别为严重腐烂病所伤害了的主干,也用桥接的办法解决了输送营养的问题。

于果树林中安置了较为讲究的"黑光灯",在夜里诱杀害虫。技术员用一个篱构在农药缸里打捞出很多害虫的尸体,药味即刻就扑鼻而来……

我问老刘:"你们一共有多少树种?"

"经济林你都看过了,木材林除小叶杨(即水桐树)外,还有油松、柏树、河南榆、洋槐。灌木林有柠条、紫穗槐,草类有草木栖……"技术员插话说:"老郝还没有看过咱们的花椒和核桃吧?"

我于是说:"你们有没有种新疆核桃!"

"没有。"技术员说。

我说:"应该多种新疆核桃。我看到你们的社员院里都养着新疆细毛羊,据说一头羊一年剪的羊毛就能卖四五十元,而新疆核桃也和新疆细毛羊一样都是优良品种,它两年就结果,而我们的本地核桃要八九年才结,而且皮薄仁大。核桃树既是经济林,又是木材林;既是油料作物,又是木本粮食;既易保存,又好出口。它木质好,人们讲究用核桃木做家俱。它林冠大,有利于绿化,所以我劝你们多种新疆核桃。修剪技术也比较简单,容易学……"老刘和技术员都表示同意。

我看到山坡上有很多妇女在灌木丛中采东西,像江南的妇女在采茶,"他们在干什么？"我问。

"在采柠条籽。"他们说:"柠条是好东西,既可编筐筐,也是水土保持的好灌木。它的种子每斤可卖九毛钱,单这一项我们就可收入一万多元。听说内蒙有个专门用柠条木造纸的工厂,可造出一种高级纸,我们还没有和这个工厂取得联系……"其实这种柠条在我的家乡的山坡上有很多,土名"花只杞",老百姓用它作点火用的柴火,还可用它作刷锅的刷子,因为它有很坚韧的纤维。

从绿色的瓜地沟回到住处,我预见到治花泉未来的锦绣前景。因为绿色会使治花泉无比富饶,绿色会给治花泉人民带来无限幸福。

二

然而幸福的得来并非易事,创业者们象一只在大海中求生的帆船,曾经遇到过各种的逆风和恶浪……

治花泉原本是一个穷的养不住口拴不起牛的山村,民谣说:

风扫院,月照明,糠菜充饥,土窑藏身。

全国解放后,在合作化的年代,领导者们为了寻找富裕之路,也曾换卖过牲口,进行过织布,但都因不会经营而失败了。后来根据毛主席为合作化制定的"农林牧副渔"方针,考虑到在治花泉这样的黄土高原只有搞农林为上策。于是在1953年就开始领导群众栽刺槐,1954年又在瓜地沟栽了一千多元钱的苹果树。当年因搞水土保持有成绩，县上奖了600元的奖金。初级社又抽出3400元,动员群众治沟打坝。可辛辛苦苦打下的十七道坝不幸当年都被洪水冲掉了。群众好泄气。有的说:"咱们的干部硬叫社员要命哩,打坝是治水呀,可是禹王还没有治了水,咱们还能治成?!"

县上水保站的刘启贵同志知道了,说:

"要搞好水土保持,单打坝不行呀,得种草、种柠条、植树、搞综合治理。"

这样他们就准备在坡地上挖鱼鳞坑,大栽果树,在沟沟洼洼大种柠条。

但有的群众说开二话了:"前人栽树,后人乘凉,还不知啥时见利哩!"

"把我的地里栽了树,将来单干了,教我们吃树呀!"

说二话就让他们说吧,但树是非栽不行,当时提出的口号是:"活人不栽死树。"并规定栽活三年才能赚工分。可又有人说:

"长子儿还死哩,栽树怎能保险。"

于是合作社的赵体如社长说:"你们不栽我栽,我栽下个样子,如果照我的办死下了,不要你们负责。"

这么一来,群众没说的了。照着办就照着办吧,从此才开始栽起来。赵体如和刘银先(他当时是乡党委兼团支书,分工负责领导治花泉村的工作)就拉绳划距离,规定一亩十五株果树。当时青年人很听话,由于干部带头挖坑,大家就热火朝天的干起来。一苗一担水,一早上七八回往山上担水,干得都满头大汗。

可是真够不争气,栽的苹果树直到1964年将近十年了,不但没结果,而且连一朵苹果花都没开。于是群众的二话就又来了:

"出上多少钱,栽的是洋苹果,洋苹果是外国的东西,咱们这里行吗?还不如挖了种黑豆哩!"

幸好县上来了一位名叫高增之的大学生,是园艺专家,他的光临,对治花泉来说,不啻是"及时雨"。当初把他分配到临县,并不知这里有果木,后来被他发现了,就要求来此下乡,为的是想为群众做点好事。可没想到当高增之辛辛苦苦为治花泉修剪了一天苹果树后,有的群众竟说:"你把细枝都剪光了,干枝上还能结成果哩!"

高增之当时才二十二三岁,听到这些话,有如当头浇了一盆凉水,一下子就泄气了。刘银先当时是大队支书,赶忙对他说:"你不要听群众的话,群众是瞎说哩,按你的办。"既然支书给他撑腰,他就放胆干了。到1964年1月高增之就把六七百株苹果树修完。这样当年的春天就开出了苹果花。大家看了都很高兴,感到有希望吃上苹果了。可是没想到竟然是只开花不坐果。群众又泄气了。

"说外国的不行、不行,你们硬要做!"

没办法只好再请高增之同志来。高说:"不结果是因为品种单纯,没有授粉,就好比只有女的没有男的生不下孩子一样。"当时干部们听了,都很奇怪这种男女交配论。群众也说:"咱这里多年来就有树啦,哪里还听说过什么公的母的,尽是瞎说哩!"当时的群众和干部都很无知,不能接受科学知识。但高增之并没有为这些话而嫌怪,他在当年就在苹果树上嫁接了能够授花粉结果的接穗。

等1965年苹果开了花,高增之同志又从外地带来授粉花枝,插在水瓶里挂在果树上。结果结了八颗大苹果。干部们眼巴巴地等了十来年,现在看到总算结了苹果,自然心里都很喜欢。社长赵体如就整天蹲在果树下,由家里送饭,照看这八颗苹果,怕小孩们偷的吃了。可是到秋分时,赵社长稍微离开了一下,回来时就发现丢了一颗。在支部会上提出丢苹果的事,赵体如说:"怪的多哩,连个脚踪也没有……"待第二天早上再细致查考,竟在果园的水窖里发现了半个苹果,证明是圪狸吃了。这样最终就算收了七颗半苹果。那么如何处理呢?开支部会研究吧。支部会一直开到十二点多钟才算讨论下个结果。大家的意见是:这七颗半苹果让赵体如吃一颗,刘银先吃一颗,其余五颗半让到会的人分的吃。可是刘银先说:"我不吃。"赵体如说:"我也不吃。"

大家误解为刘和赵嫌少哩,所以他们也说:"我们也不吃。"

最后刘银先说:"好吧,咱吃了圪狸吃剩下的这半颗,其余七颗吗,等到秋季开总结评模会时让六十岁以上的人吃。为什么?起先不是有人说:'前人栽树,后人乘凉,等结上果时咱都死了',所以让六十岁以上的人吃较好。"大家都同意。

十月里进行总结评模大会,桌子上摆得有奖品和苹果。七颗大苹果放在一个大碗里,社员们都很奇怪的看着。有的人就说:"看吧,能看不能吃。"

等人全了,就宣布开会。当然首先是总结工作,评比劳模,之后就是讨论怎么吃这七颗苹果。主席说:"我们决定让六十岁以上的社员吃,大家有没有意见?"

一位名叫刘晋积的社员说:

"应该先让六十岁以上的烈属先吃一颗,然后让马上参军的那个青年也吃一颗,其余再让六十岁以上的社员吃五颗。"

这个意见立刻得到了大家的同意,会场上响起了如雷的掌声。

一共有二十多个六十岁以上的人,用刀切成小牙牙分给他们。但实际上所有到会的人都吃上了,因为烈属和参军的人也没有独吃。但还有人说怪话:

"十几年啦,投里的工,误了的产量,到外国买也比这多!"

刘银先说:"你们不要认为永远只结七颗,现在能结七颗,将来就能结七百颗,七千颗,七万颗……"

刘晋积接着说:

"咱们村里这就是发财的道道,再过十年青年们每人都能骑一辆自行车。"

以后大家就没说的了。

到1966年,当年嫁接的授粉接穗已开花,因而到秋天后就收了七百来斤苹果。除分给社员每人一斤外,剩下五百斤就全卖给县副食品公司,副食品公司的人从来没有见过这种洋苹果，他们说：

"噫！好异样呀！怎给你们钱哩？"没办法就请示县委书记邓峰同志。邓峰说："这是新鲜事物，可以支持他们，价钱不要少了。"结果按五毛一斤收购，给了他们250元。社员们高兴的说："知道是这样的话，咱们不要吃，明年再吃。"

第二年就收了五六千斤。以后就一年比一年强，社员们的生活也一年比一年好。

三

可是黑暗的天日不幸降临了，该诅咒的"文化大革命"给治花泉带来了无比的灾难。十年浩劫期间，治花泉竟有十几个人出外讨吃……

那时治花泉的造反派夺了刘银先的支书权，说他是当权派，斗了他七十四天，差点死了。

他们夺权后，日鬼了六年，搞农业学大寨，进行毁林种粮，结果把种下的一百亩草木栖毁了不算，还挖了三百株核桃树。之后把两万五千多斤储蓄粮也吃光了。原12万斤总产下降到75000斤；水果的产量也大大下降了。有一年他们把耕牛也卖了，把钱分给了社员。还欠下公家几千元的贷款。这期间他们只顾争权，一切林木都不管了，所以这些年不但林业没有发展而且大大减少了。县上知道了治花泉生产下降了，就派来一个工作组，进行了解。当时造反派给刘银先定了三十条罪状，经工作组核实后，一条也站不住。

当时社员对造反派意见很大,要求刘银先再出来干,公社也同意,于是刘银先就又干起来。

刘银先上任后,首先宣布"不报复",知道社员们没吃的,就向公社领了七千斤口粮,安定了民心。但社员们总怕他"现在当上,也不会象以前那样出力了"。可事实并非如此,刘银先是党员,既然群众拥护他干了,他就一如继往,要把治花泉的工作搞好。

造反派当政时,一个工分只有七八毛钱,刘银先上任后1973年工分值上升为九毛,1974年就上升为一元。以后就逐年增加。

现在治花泉大队一共有53户,234人,男女劳力68人,大学生1人,高中生6人,初中生14人。庄稼地707亩,亩产200多斤,收成好总产可达十四万斤(三中全会前总产为十二万斤)。现在有新建的沟坝地七八十亩,亩产达600斤以上,一亩的产量比三亩山地还高。有树林地1200亩,共有8000多株果木树,合500多亩。现有5个果树技术员。10户粮食专业户,14户果树承包户。所有经济林共分12组,有的一家承包,有的五家承包。小流域有20户承包,这20户在200多亩的沟沟里打坝,塄塄里栽树,使水土不再流失,使荒沟荒坡绿化。

现在单果树每年就能收三万多元,柠条籽每年也能收一万三千多元,全村有缝纫机23台,有自行车20多辆,有的一家有两辆,青年人不但每人有一辆,而且每人都带上了手表。儿童是免费上学,农业税也是集体支付。现在大队有中型拖拉机两台,手扶拖拉机两台,柴油机五台,电动机六台,其它农副加工机械二十五台,家家产户安上了电灯和广播喇叭。

所有这些都是绿色的恩赐,也是有个好领导的结果。

治花泉如今是:

山上搞绿化,沟里筑起坝,

荒山花果香,河滩变粮仓。

发表于《吕梁文学》1984年第四期

我爱看《动物世界》

我是很少看电视的,原因有二,其一是深感太浪费时间,其二是很少有使我满意的节目,尤其讨厌广告。但唯独不讨厌其中的《动物世界》,而且有则必看。

有一次老伴告我:"今夜有《动物世界》。"

"你不要忘了叫我。"我说。

为什么不坐在电视机旁等候,而要老伴叫我呢?因为我夜晚也在画室里作画。

我一面作画一面等,可等呀等呀怎么老伴总不叫我呢?是不是她忘记叫我了?于是我放下画笔走去了解,她说:"快了吧。"但一看表,已经过时了,两人都很奇怪。我走近电视机一看,她开的是五频道——山西台,而《动物世界》是七频道——中央台。马上改道,可已经开演好久了,真伤心,误了好多精彩场面。

我自幼就喜爱小动物。为了捉到蝈蝈可以在月夜灌木丛旁等候它的鸣叫历一二小时，直到妈妈在门口喊我回家；满山遍野寻的捉毛圪狸,如果能得到一只,有如无价之宝；曾经养过"串山林",它是会唱歌的小鸟,不幸被猫偷吃了,所以我至今还恨猫；近些年我用三元钱买过一只小猫头鹰,养在家里,我爱它那一对象灯笼一样的大眼睛,可惜它从门缝里偷跑了,我至今还想它；还用一元钱买来一只小鹰,喂得不好死掉了。还养过一只小乌龟是旅游桂林时买到的,让小外孙拿走了。现在还喂着一对毛圪狸,每天早上我吃豆浆给它们豆浆,我吃稀饭给它们稀饭,也是我家的成员。我为什么养它们呢？一来为了画画用,二来是因为我感到它们可爱。

我今年已七十有二了,还满有童心,如果和小孙孙在一起看电视,在《动物世界》上我们会有共同语言,一老一小会在荧光屏前共同欢笑,共同惊叫,共同悲哀……

我为什么如此喜欢《动物世界》呢？因为可以通过它得到意想不到的知识,可以通过它感到大自然的宏伟奥妙,可以通过它了解弱肉强食的无情，可以通过它得到欢乐和美感……例如海底鱼类的童话般的新奇世界,非洲森林中狮子捕食斑马的惊人场面,丹顶鹤动人的恋爱和舞姿……除了在电视《动物世界》里,是无法在其他场合看到这些有趣而难得的景象的。我为斑马的死而悲哀,我为母狮对小狮的母爱而感动,我从海豚的游戏而感到乐趣;在动物面前我忘了自己是年愈古稀的老人,好象回到了童年,我似乎能和动物通情,感到动物的美丽与可爱。看《动物世界》能忘掉了人生的烦恼,消除一天的疲劳。

一次，当我在荧光屏上看到一只大金钱豹用舌头舔喂养它的主人的脸，以表示亲爱时，我多么感动。豹子是兽类中非常凶猛而又可怕的动物，然而此时此刻它又是多么富有人情味而令人感到可爱。

巴金先生在他的《随想录》里，曾屡次提到在"文化大革命"中尽情凌辱他的某些造反派，总是说他们具有"兽性"。

当然红卫兵和造反派中也有好人，但在我看来，那些无情无义和法西斯一样的红卫兵造反派有时还不如野兽。最凶猛的狮子，当它吃饱了肚子时既不伤害它的同类，也不伤害它的异类，而那些可恶的作为"四人帮"猎犬的造反派和红卫兵，吃饱了之后，就想方设法折磨和凌辱对革命有功的老干部，他们实在还不如野兽。

发表于1985年2月13日《山西广播电视报》

张侯拉访问记

一

如今在山西保德县的农村里，到处都在墙上书写着这样的大字：

"学习张侯拉精神，走小赵家沟道路。"

小赵家沟是一个经营得法由穷变富的村庄。而张侯拉却是一个义务为国家植树的"造林英雄"。

自从《山西日报》于1983年10月18日在头版头条发表了《"野人"张侯拉》的动人报道后，我就深为这位八十四岁的老人因植树造林而历尽艰苦的事迹所感动，从而决心想去保德县拜望他，为他画像，为他刻一幅木刻，以表示我对他的崇敬。

今年的5月18日，在保德县委副书记陈良继和地区的同志陪同下，我终于来到化树塔公社，亲眼看到了所谓"野人"张侯拉所在的新畦村和他的住所。他因到九塔林场去了，开头未能见着。

张侯拉占用着两眼破窑，一眼是他的住处，一眼是他的仓库。我们走进他的住处，看到炕上除了他的又脏又旧的被褥外，还零零乱乱堆着些破烂什物。看到张侯拉现在虽不在山上当"野人"了，但实际上还是过着"野人"式的生活。

后来陈书记又领我们在不远处去看了张侯拉的新窑。一进院子就感到宽敞洁净。窑有三孔，一孔住着他的正坐月子的四儿媳妇，另两孔住着他的老伴，窑门栏上挂着两块大匾：其一是中共保德县委会、保德县人民政府于1983年9月授给张侯拉的，上书"义务植树功臣"六个大字；其二是中共忻州地委、忻州地区行署于1984年2月赠给张侯拉的，上书"造林英雄"四个大字。

据我们所知，除此之外，山西省人民政府于1983年10月曾授予张侯拉"造林英雄"的光荣称号。10月19日和11月18日山西省林业厅和山西省人民政府又先后向全省发出关于向"造林英雄"张侯拉学习的通知。

我们大家在匾前摄影留念。遗憾的是张侯拉不在场。

二

下午两点多钟，我终于会见了久久期望拜访的八十四岁老英雄张侯拉。

张侯拉的精神很好，也不戴帽子，一头乱蓬蓬的白发和乱蓬蓬的银须,衬托出多皱纹的紫黑色面庞,显得还很健壮。看来他从来也不洗脸,从来也不洗手,保持了"野人"的本色。上衣的钮扣懒得扣,用一根布带拦腰勒着。赤脚穿一双球鞋。应该说他的穿着打扮和他的住处环境非常协调。是的,他的精力、他的兴趣已全倾注在他的林业上了,已没有心思去考虑这些生活细节。

我提议要到他当年当"野人"时住过的葫芦头去参观,老人很高兴,葫芦头是当年张侯拉和老伴闹翻后、最初到山里当"野人"一心搞绿化大业的地方(现在他的老伴病重,老两口还没有和解)。由老人领路,我们坐吉普车沿沟前去,走了不远,车行无路了,于是大家就下来步行。

两岸是十余丈高的悬崖,一只山鹰在狭窄的蓝天上盘旋。我们在纵横的巨石间寻路,然而八十四岁的张侯拉却在无路的石间象有路似的走得飞快。他指着仅存一二株水桐树的荒坡说:"这就是我当年植过树的林地,你们看,那么多树都给人偷伐光了。"言下有不胜悲痛和惋惜之情。

是的,现在虽然树没有了,但还残留着一个个比碗口粗的树墩子。这不禁使我想起了俄罗斯大画家列宾的名作《库尔斯克省的宗教行列》。这是一幅描写天旱求雨的油画,背景上正有数不清的伐过树之后残留的树墩,列宾要表现由于商人为了发财,把大片的森林伐掉了,于是造成了这个省的严重旱情。现在保德县也是山西的一个干旱地带,我一路所看到的到处都是不毛的童山。而张侯拉当"野人"植下的树林,却无人爱护,竟被偷伐了,怎不令人心痛!因此,与其说我们是到他的林地来参观,倒不如说是来凭吊的好。

当老人把我们领到葫芦头他当"野人"时住过的地方时,原来是一个仅可避雨的石岩,而并非什么"石窟",石岩下有块象棺材似的斜卧的大石,每晚野鸽在石岩上栖息,张侯拉就在这块大石上过夜。他象一只候鸟似的,春天他就来到这里开始植树造林,秋后天寒了他又回到新畦老窝去。如此经历五年之久。现在石床旁还能看到老人当年用过的锅台和炉灶。

老人告诉我们,他在这里当"野人"时,吃了很多野菜,如苦苣、沙蓬、灰菜,有时候煮熟吃,有时候也生吃。附近地里的野菜几乎都让他挖光了。

我们从葫芦头归来,吃过晚饭和老人闲聊,他给我们讲了一个最近的故事。

老人说:林遮峪公社后村大队,有个社员名叫刘亮清,是个植树造林的专业户,1983年秋季植树四万株,今年又植了六万株,他肯下本钱,把骡马和缝纫机都卖了,雇人植树,但成绩不算好。刘亮清去年在三干会上曾夸了海口说:"五年赶上张侯拉,十年当上百万富翁(打算植五十万株,每株按二元计,岂不是一百万元)。"表态后,刘亮清和爱人不但亲自看望了张侯拉,而且还把老人特意请到他们家里,美食相待,要求拜英雄为师。于是张侯拉向刘亮清讲了三条意见:第一条,植树造林要有决心,没决心啥事也办不成;第二条,不能用公家的钱,公家的钱来自群众,用了公家的钱,就等于用了群众的钱;第三条,栽下的树不能成为自己的,应交给群众。老人说:

"如这三条做不到,你就永远赶不上我。"结果刘亮清没有表态。

我想:栽下的树归自己所有,当然并不违反林业政策。没有理由要求植树造林的专业户都得学张侯拉把树献给国家,但我们也得承认张侯拉的思想毕竟高人一等。

临睡前,我们商定明天早上五点钟起床,到张侯拉的林地九塔去参观。

三

早上五点钟起床,天已大亮,但太阳还未出山。走出公社大院,听到院边的枣树林中有斑鸠在鸣叫,"姑姑苦,姑姑苦",这熟悉的声音勾引起我的怀乡之情,也使我感到山间的闲适和恬静。

饭后,在初升的太阳光辉照射下,驱车上路。走三十余里,到石塘附近的公路上,车停下来,大家沿条小沟向九塔徒步而行。这样的走法,据说比从公社到九塔可近十里,而现在只要走五里就到目的地了。

张侯拉走在最前面,路遇一个牵牛的农民朝着老汉说:

"这可是当今的贵人。"我向他笑笑,并感到高兴。以前人们曾把张侯拉说成是"野人"、"傻瓜",甚至污蔑为"财迷"、"死皮",而今竟称之为"贵人",这真是世事大变了,正气上升了,张侯拉受到了应得的尊敬。

我们在小沟里不断地踏石过水,蜿蜒寻路,当过了石塘

村时,老人就指着前面的一座土山说:

"那山顶有树林的地方就是九塔了。"

我抬头看时,只见在童山群中,确有一片绿色的林地。象在沙漠中出现的绿洲,委实可爱。

这之后,就爬上土山坡,走上梯田层,最后经过难行的羊肠小道,你牵我拉,终于走上了九塔林地。我们都嘘嘘喘气了,而老人却毫无喘意。石鸡在山头咯咯地欢笑,小鸟在林间吱吱歌唱,好像它们都在欢迎我们。

站在九塔的高处,向四处瞭望,就不难看到张侯拉在十余年间凭了决心和毅力,或者说凭了一种原始的生命力和蛮劲,在共产主义精神支持下,不辞劳苦在三百一十亩土地上新植的三十万零七千五百余株布满梁梁坡坡沟沟壑壑的大片树林了。这片绿林之形成,既不是靠集体的力量,也不是靠机械的帮助,而是全靠张侯拉的心血和双手,怎能不感到是一种奇迹!

据老人说:他种的这些树有水桐、洋槐、榆树、醋柳柳、加拿大、沙枣、杏树、椿树,此外还有外国柳。沟底是芦苇草和树林羼杂在一起,已密不透风了。因为张侯拉的树林的特色是不修剪斜枝,很多树长得类似灌木,也象原始小森林。总之,在九塔的沟沟岔岔已真正实现了小流域的水土保持了。

之后,我们让张侯拉领路寻到了他曾经在九塔当"野人"的住处。在一个山凹里,于密林深处,有一个人工开凿的小窑洞,张侯拉在这里住了五年。窑内的土墙上还有来访者手刻的歌颂老人的诗。

大家在土窑前的林中休息,我问张侯拉有没有羊群来啃树,张侯拉说,他最恨羊工了。有一年一个羊工把羊群打进他的林地放牧,他干涉,那羊工不但不听,还和他胡打起来,结果打掉了他一个门牙。"我跑到县里找公安局,希望把破坏林业的羊工给我抓起几个来,可公安局只给公社写了一封信,要公社管管羊工……"

陈书记问张侯拉:"听说你那年在林地冻伤了腿,住了医院,为什么病没好你就出院了?"张侯拉幽默地说:"驮好了的脊梁,跑好了的腿。"

辞别了张侯拉,下得山来,我边走边想:老人何尝不象一头牛,吃的是草,献出的是牛奶。不是吗,他比任何人都享受的少,而一生贡献给祖国的却如此之多——百万余株的树林!祖国多么需要更多的张侯拉呀!

1987年全国绿化委员会为张侯拉命名为"全国绿化劳动模范"的光荣称号,他真是当之无愧的。

发表于《五台山》1985年第三期

注:张侯拉于1989年4月10日病逝,享年87岁。

我自幼尊敬的一位女作家

我在灵石山区的小学时代,还没有幸运阅读"五四"之后的新文学作品,只读过旧体小说《今古奇观》。1927年考入太原成成中学后,老师们提倡在课外读新书,并从北平买回一大批"五四"之后出版的新文学书籍,让学生选购。我买了两本毛边的书,一本是沈从文的《篁中日记》,一本是冰心的《寄小读者》。《篁中日记》是小说,写的是恋爱情节;《寄小读者》是散文,写的是冰心留美所见的异国风情。我当时是少年,大概还不懂得恋爱,所以对《篁中日记》并没有发生兴趣。但对于《寄小读者》却颇有好感。

由于我爱上了冰心的作品,大有欲罢不能之势,因此读完了《寄小读者》后,1931年去杭州投考艺术学校时,路经北平,还在书摊上买了一本冰心写的《南归》。可是我对于冰心其人却既无所知,更谈不到和她相识了。

我为什么爱上《寄小读者》呢?大概是由于这本书是专门写给我们少年儿童的缘故吧。但不尽然,恐怕更多的还是由于通过作者的多情而又细腻的文笔所描写的旅途的悲欢和异国的湖光山色。那诗一般的散文,对于我是颇有魅惑力的。

时隔多年,不论铁窗寒夜,不论战火岁月,偶然想起曾经读过的《寄小读者》,那海上的落日,慰冰湖的晚霞,总还使我憧憬不已。

全国解放后,我调到北京工作。一次在中国文联组织的全委活动中,我和冰心相遇,并同乘一辆小卧车出行,我高兴地对她说:

"你可知道我在少年时代是你的作品的一个忠实读者,曾对你的《寄小读者》非常爱好。"

"现在呢?"

这下可把我问住了。因为我当时已是四十多岁的人,对于她的《寄小读者》之类的作品久已不读,真不知是否还喜爱,所以对老人的问话,不知如何回答是好。如果顺口说一声"现在也喜爱",是违心之言,而说声"不喜欢"吧,又非实感。我真有些尴尬。

1932年中国文联组织全委到庐山参加读书会,我下决心买了一本《冰心选集》,想重读《寄小读者》,到底看看我究竟是否还喜欢。

在这本选集中,我有幸看到了她于1923年摄于美国的一张半身像,那端庄美丽的有如一位大姐姐似的容貌,和我认识她时相比有若两人。老年显得异外慈祥了。

1984年,我写的童年回忆《我的乐园》在上海"少年儿童出版社"行将出版,拟请冰心老人写序,因为她是一向关心儿童和儿童读物的。我大胆给她去了一信,并回答了她五十年代向我提出的问题。

信中说:"……我重新读了你的《寄小读者》,今将读书笔记写在下面:

"冰心以一片童心和少女的多情,通过细致的文笔所写的通信,当我是一个中学生时,就曾为这些通信所陶醉,而今,我以七十岁老人的心情再重读这些通信,还被它的魅力所吸引。

"读着她的散文,使我分享了母爱的甜蜜与温暖,也尝到了'带着酸汁的快乐之果',我深感以一颗少女的善良的心给予万物以同情为美,可也确实以她的'悱恻的思想'给予小读者为病。……"

冰心对于我对她的作品的评语未曾表态,但对《我的乐园》的文稿却在序中说:

"……我一口气把这本稿子看完了。觉得他写得很好,感情真挚而浓郁。他又是一位版画家,能够把童年时代印象深刻的山水人物,同时用'文'和'画'鲜明生动地记了下来,使得我们似乎看得见那些活泼飞动的鸟兽虫鱼,闻得见那些艳丽芬香的香花异草,这一切都是少年儿童所喜闻乐见的。我愿把这本读物介绍给八十年代的小朋友。……"

她的热情真使我感激。

冰心一生多病,但长寿,现在已是八十多岁的高龄了。遥祝她能在有生之年继续为今天的小读者写出优美的散文。

发表于1985年3月9日《太原日报》"天龙"副刊

怀念王式廓同志[①]

我和式廓同志相识始于1938年夏，那时我们都在武汉军委政治部第三厅艺术处美术科工作。"三厅"是抗日战争时代国共两党第二次合作后的一个统一战线"厅"，这里有文化界的国民党和共产党人士，也有知名的进步艺术家和不明政治倾向的青年。我和式廓同志因为尚无交往，未曾谈心，所以我对他的政治倾向"不明"。现在回忆起来只剩下两点印象了。其一是他默默地在三厅的画室里绘制抗日内容的大油画，冯法祀同志与他同室工作，流露出对式廓作品的钦佩。其二是他正和吴咸同志谈恋爱，当时我们感到他们的结合很相称：一对身体魁梧的伴侣，又都是搞美术的。

式廓同志是山东人，既有山东大汉的外形，又有山东劳动人民的忠厚善良的品德；在艺术上和日常生活中，他竟是那样的心灵手巧，似乎和他的粗壮的身体以及大手大足不相

注：①式廓同志病逝于1973年5月26日。

称。而所有这些都是后来我们在延安鲁艺相处中逐渐感到的。

当我参加了第三厅组织的"抗敌演剧队第三队"在武汉沦陷之前走向第二战区山西前线时,听说要式廓同志起草画在黄鹤楼下的一幅数丈高的大壁画。由于我和式廓同志在三厅工作时,没有较深的交往,因此我在战火风云中离开武汉后也就早已把他忘记了。可是当1939年初"第三队"从山西吕梁前线来延安演出,我在北门外的老"鲁艺"会到了从武汉来的朋友马达和式廓时,既高兴又有些惊异。说老实话,马达到延安来我是早有所料,而式廓同志之到来,却预先没有想到,所以就难免有些惊异。尤其在"鲁艺"师生的作品陈列室里看到了式廓同志的速写(记得好像画的是猪)更为惊异,没想到他的铅笔速写竟画的如此之美:熟练而厚重,雄健而有力,如出大画家之手笔! 在中国的画家中我还从来没有看到过这样好的速写画。我自问,为什么在三厅时没有发现他这方面的才华? 这发现,使我对他产生了敬佩之情。自然,这敬佩是和他之投奔共产党分不开的。我真为延安能有这样的画家,"鲁艺"能有这样的教员而高兴。那时,听说吴咸同志也和式廓同来了,她进了"女大",所以未曾见面。

"晋西事变"后,我和爱人于1940年从第二战区再次来到延安,这次到来已非作客,而是要在延安工作了。于是被组织上分配到"鲁艺"美术系当教员。这时"鲁艺"已从北门外搬到桥儿沟,领导上让我住在东山教员们住的窑洞里,于是我和式廓同志一家成为邻居。这时他和吴咸已结婚,而且生了女儿获地。这次的相会又使我为之惊异的是式廓居然刻起木刻来了,刻得竟是那么好。他刻了一幅很大的毛主席像,在形象的准确、黑白的强烈和刀法的得体等方面都使我钦佩。自然,这和式廓有很好的素描基础分不开,但他一下手就能很好地掌握木刻的技法也真不容易。

说实在的,我之为"鲁艺"美术系的教员不过是个名义,因为很少给学生们上课;全部时间都用在学习和创作上了。式廓同志则不然,他是实实在在地在当教员。因为他担任美术系的素描课、创作课,除星期日外,每天都要去上课。据我所知他的工作是很认真负责的,对同学们的作业要求严格,虽然身体不好,但工作比我们都辛苦。

式廓同志教素描要学生用水平垂直法观察对象,强调画大的关系、大的调子、大的黑白、大的效果,要求从整体到局部又从局部到整体反复观察。他很重视画物体的反光,因为反光的表现有利于突出物体的立体感;认为画反光不仅应从感性出发,而且应有理性认识,理解物体受光后形成黑白的规律性。他的素描教学法显然是很科学的方法,但在当时"鲁艺"美术系却有一位名为石泊夫的素描教师和他唱反调,以从一位白俄画家那里学来的用三角来观察对象的方法和式廓同志相抗衡,闹得不可开交。当时周扬同志是"鲁艺"的副院长,经和有关方面研究后,认为既是学术问题,就让学生们选课吧。结果绝大多数学员选了式廓同志的素描课,而选石泊夫课的只有一、二人。

式廓同志是很崇拜荷兰大画家伦勃朗的,他对伦勃朗在油画上的明暗法很有研究。当时我们东山的美术教员们也搞进修,请了老乡作模特儿画素描。虽然后来在"鲁艺"的整风运动中被批判为"关门提高"而整掉了,但我却在这所谓"关门提高"的进修中确实有所提高。我自觉在学生时代素描学得不好,因此在进修中就甘拜下风,请式廓同志指导我画素描。式廓同志画头像喜欢用侧光,因为侧面来光画面的色调丰富,有变化,能画出丰富的调子。他用橡皮不是要擦掉多画的线,而是要擦出反光部分的一个颜色的面,使画面很生动。用这种办法画出的头像既有立体感也很美。这期间我曾刻了一幅用伦勃朗明暗法处理的木刻《老人像》。这也是根据进修中画的模特儿头像刻制的,现在还保存着。每每看到它,就使我想起了式廓同志,算是我当年向他学素描的一件可贵的纪念品了。

有时我也和式廓同志一同到田间画老乡劳动的速写,我和他在同一角度画,但他画下的就是比我的好。

其实式廓同志不仅在素描和速写方面是高手,而且在日常生活中,每做一事都令人佩服。

当时国民党封锁延安,毛主席提出"自己动手,丰衣足食"的口号,允许我们大家搞自留地,种菜种瓜。这样,我们教员们就都选地开荒学种西红柿。可是谁的西红柿也比不过式廓同志种的好,像老农田里的产品,又大又红。

整风后学校大搞生产,各显本领自愿报名,我和式廓同志都报了木工,说实在的,我在木工上一窍不通,而式廓同志拿起刨子、锯子干起来就像一个老木匠。后来由于我不能胜任而中途退却了。可式廓同志却干得很好,修门窗、修凳子样样出色。从此我对他可真服了。他那两只粗大的手竟是如此灵巧啊!

式廓同志是爱好画油画的,但在延安绘画器材非常缺乏的情况下,为了革命的需要,他只好用油墨作代用品画大幅的毛主席像。只有一次听说党中央要送宋庆龄女士礼物,就请式廓同志画了两幅小油画,用的是他仅存的一点油画颜色画的;一幅描绘《自卫军宣誓》,一幅描绘延安开荒的情景,画得都很生动。这是我在"鲁艺"看到的式廓同志仅有的两幅油画创作了。

式廓同志是1942年入党的。他和我在同一小组会过党的生活,他总是用善意的说理的方式批评同志,使人乐于接受,因此没有听说过由于他的批评伤害过别人。

我和式廓同志几乎是无所不谈的。在他面前我也并不隐讳自己的无知,例如对于为罗丹所推崇的法国十八世纪大画家华托的《乘船去西苔岛》一画我就没有看懂,是他告我这是一幅描绘五六对男女贵族在春游中谈情说爱的具有戏剧性的连续动作的油画。后来当我看到我国五代画家顾闳中的《韩熙载夜宴图》时就联想到华托的《乘船去西苔岛》,惊叹中外画家在连续动作的艺术构思上竟会如此相似。

当时"鲁艺"的艺术活动是很活跃的。式廓同志在延安农村画了很多的农民肖像速写,曾由文艺俱乐部主持在"鲁艺"的一个平房中展出过。这些速写全部是用铅笔画在陕甘宁边区出产的土黄色的马兰纸上的。用酸枣刺钉在土墙上供同志们欣赏。式廓同志用他的熟练的笔描绘了很多姿态各异的农民肖像，生动地表现了陕北农民共有的坚强、朴实、憨厚、善良的性格。式廓同志是在山东农村长大的，他对农民具有深厚的感情。如果他不是对劳动人民具有真诚的爱，他的这些作品是不可能亲切感人的。画如其人，这些富有生命感的肖像出现在我们面前，使我们感到厚重雄伟，真实有力。它们既是陕北人民的写照，也是艺术家的品格的表现。

1944年延安整风"抢救"结束后，住在桥儿沟东山的美术系教员都搬到山下教堂南边的新建平房中。式廓和吴咸同志住在我的隔壁，成为近邻。他们刚生下不久的第三个女儿晓欣的啼哭声我们家都能听到。当时我刻了文教英雄刘宝堂的连环木刻画，后来又为桥儿沟老乡们新编的秧歌剧《小姑贤》作了木刻插图。式廓同志认为我的《小姑贤》插图比《刘宝堂》好。在我来说这两件作品都是认真刻制的，一时还说不出谁好谁坏。但自从听了式廓同志的评价后，我就特别重视起《小姑贤》插图来，直到去年出版我的木刻选集时，还是选了《小姑贤》插图，而没有选《刘宝堂》中的任何一幅。

式廓同志这时正在创作一幅名为《进边区》的铅笔素描画，内容是描写一群难民由国民党统治区逃往陕甘宁边区的情景，整个画面人物形象逼真：走在后边的人们被描绘成扶老携幼的样子，流露出挣扎在逃亡线上之苦；走在先头的人则流露出边区在望的喜悦心情。看到这幅作品，能使人联想到马建翎创作的秦腔剧《血泪仇》。式廓同志这幅画，不但人物生动内容感人，而且连画中的一棵大树也给我留下美的印象。我还是第一次看到式廓同志创作铅笔人物画。他在艺术上的修养之高,使我从心底钦佩。我们有不少画家,论素描人物及裸体模特儿可以算画得很好,但一到创作表现人民生活的作品,就显得无能了。而式廓同志却能把素描很好地运用在创作中,真属难得。

我们在延安整风后,思想上都有所变化,正像戏剧系重视向民间艺术学习,创作了新编秧歌剧一样,美术系则重视了向民间年画剪纸学习,力求使自己的作品能为劳动人民喜闻乐见。式廓同志一次和我谈到这些问题时表示,为了使广大人民群众喜欢自己的作品,伦勃朗式的明暗法可以放弃,今后可以多画正面光的人物像。式廓同志认识到的就一定要有所行动,这之后他创作的套色木刻画《改造二流子》就是一个有力的实践。在这幅木刻里很明显地看出式廓同志已在探索如何使传统的民间年画形式"古为今用"了。要继承就必须有发展,应该说他的这次探索是很成功的。我们知道一个艺术家为了迎合群众的喜爱竟然放弃他自己所喜爱的已习惯的表现方法而去重新掌握他所生疏的不习惯的表现方法,并不是一件容易的事。然而这一改变却非同小可,它使我们从西欧输入的新兴版画艺术,向着民族化的方向迈出了重大的一步。

全国解放后,式廓同志在北京中央美术学院当教授。他的素描和创作,不但受到大画家徐悲鸿先生的尊重和称赞,而且也大为来中国的苏联专家马克西莫夫所赞赏。丁井文同志告诉我:当马克西莫夫看到式廓同志的素描时非常惊讶,认为达到了19世纪俄罗斯大画家列宾的水平。在中国是独一无二的。

最初我在山西工作,每来北京总要到春雨胡同去看式廓同志。有时是想知道他的创作情况;有时是为了请他看我的画稿,听取他的意见。听说他当年在陕北画的不少人像速写在撤离延安时遗失了,我真为之心疼。后来我也调到北京,和他见面的机会就多了。

《美术》杂志上发表的式廓同志的一幅农村妇女头像速写,我看到了非常喜爱,那内在丰富朴实可亲的形象,像19世纪法国写实主义大画家米勒的作品一样感人,有一种特殊的魅力使人不愿释卷。我剪裁下来一直保存到现在,每每看到她,就有如看到式廓同志,使我不由得产生一种对老友的怀念之情。式廓同志能和我们同在多好啊!

素描画《血衣》,我感到是中国现代美术史上自蒋兆和的《流民图》之后的一幅更为杰出的现实主义佳作。这幅画既展现了共产党领导下的觉悟了的中国农民在进行一场伟大的民主革命,也显示了式廓同志非凡的艺术成就和才华。这是从中国土地革命的肥沃土壤中冒出来的一朵奇葩;是一个农民的儿子以他的强烈的阶级感情所创造的一幅历史画卷。式廓同志所描绘的每一个人物都有显明的性格,那个蹲着的似乎要想站起来进行控诉的老农,好像在什么地方曾见过他似的,令人感到了他的善良和老实,纯厚和胆怯……可以看出作者对于每一个人物形象都是经过精心构思的。这些觉悟了的农民是有力量的,他们将会彻底推翻旧世界。

1969年的秋天中国的天空阴云密布,在林彪"四人帮"制造的浩劫中,一群蒙难的美术家集中在中央美术学院的一个大教室里等待批斗,我和式廓同志竟在这个所谓的"牛棚"里相会了。我们有如失掉了自由的俘虏,又如备受凌辱的囚徒。当我目睹式廓的大女儿获地抱着女儿来门口看望父亲时,其情其景有如探监,我竟难过得暗自落泪了!这次和式廓同志的短期同处,万万没有想到竟是我们最后的一次相聚,行将永远地告别了!

在这种被歧视和污辱的痛苦日子里,人们已再没有心思谈艺术谈创作谈前途……我们日夜生活在一起,像从大海中网来的鱼群被塞在船仓里。唯一能使我想起的是庄子所谓的涸辙中的鲋鱼……一天夜里,"牛棚"安静下来了,停息了造反派们的得意的吼叫。在暗淡的电灯光下,式廓同志告我,他在美院附中的地下室里,一个手指竟被打断了。吴咸被惨无人道的打手们打得死去活来,还用烟头烧她的胳臂。一个创作了《血衣》的真正无产阶级的艺术家,竟遭到自称是无产阶级革命派的凶神们的毒手所伤害!这真是一场史无前例的悲剧!

四年后,我在山西农村,突然听说式廓同志在河南乡下作画,因劳累过度而倒在自己的艺术岗位上,像一个对革命忠诚的战士牺牲在战壕里。中国杰出的革命现实主义的艺术巨匠与世长辞了,我为之万分悲痛。

式廓同志去了,永远去了!但他的不朽的作品将在中国美术史上留下灿烂的篇章。

1985年5月16日于山东景芝镇旅次
发表于1985年第四期《美术研究》

注:式郭同志病逝于1973年5月23日

我的母亲

马兰花

清明节过后,儿子为他母亲上坟从灵石乡下回到太原,捎来了他三婶给我的祭品"蛇盘盘"①,也捎来了他三婶对我不满意的话。三婶说:

"你爹从来也不给祖先上坟,在北京工作时,不回来上坟也有情可原,可前些年下放住在村里了,也不上。他还说,'我不给地主父母上坟',哼!地主怎的,还不是把你爹供的成事啦!"

这是真的,我确实不去上坟,三婶哪里听过"造反派"说的那些刺耳的话:什么"没有和地主划清界线呀!""地主阶级的孝子贤孙呀!"……多难听。

为了划清界线,我可以不去上坟,但如果说因此就从来也不想起母亲,那就是违心之言。

注:①"蛇盘盘"是灵石清明节上坟时用的一种祭品。这种风俗不知始于何时,其意是"蛇盘兔必定富"。

当我看到那雪白的蛇盘着一个雪白的兔的"蛇盘盘"时，不由得就想起了我的弟弟，也想起了我的母亲。弟弟十年前临死时，躺在床上对他的儿女们说："我真想吃清明节时你奶奶做的'蛇盘盘'……"我虽还不到"临死"，但弟弟的想法我也大有同感。

童年时代，每到清明，母亲总照例要准备上坟的祭品，其中就有"蛇盘盘"。当母亲在案板上熟练地把雪白的面搓成一条蛇，用两颗墨黑而发亮的花椒籽作蛇的眼睛，然后又捏成一个雪白的兔，用两颗墨黑的黑豆作兔的双目，再用蛇把兔盘在中间，作成一件艺术品时，我们看着多么高兴。这种风俗不知从何年兴下的，但我和弟弟都很欢迎，因为这"蛇盘盘"迟早是我们的美食。

算来母亲去世已快三十年了。她一生养儿育女，勤俭持家，操劳终日，应算她的美德。有时候丢了一根针，寻而不见也要难过半天，像丢了一块黄金一样。但她也搞土地出租，进行剥削，算是她的罪过。当佃户交租时，麦粒不干不行，少交更不行……

母亲出身于贫农家庭，常对我们说，她小时看到蒸笼里的糠窝窝无几了，就主动不再伸手，宁肯饿着肚子，很有眼色。要我们知足，不要这也吃不下那也不愿吃。

其实我们家早些年也过着贫寒的日子，父亲务农，赶毛驴，受尽了有钱人的白眼。后来投奔于一个盐商老亲的门下，终于熬成了山东境内盐店的经理。从此就买地买窑，成为一个商人地主。自我记事，父亲就长年不在家，由母亲全权主持家务,又当男又当女,里里外外都能行,过着较为富裕的生活。

我们家乡,在妇女当中流行着这样的歌谣:

千嫁汉,万嫁汉,
千万不嫁买卖汉;
嫁了买卖汉,
三年就守寡二年半。

而我的母亲就长年过着守寡式的生活。她能干,做事麻利,但管教儿女过严,我们不论做了大小错事,动不动就狠狠地打,狠狠地掐,我的大腿上时常被掐得红一块紫一块;一不高兴就破口大骂:

"你个死不了的,狼吃了你我也不心疼!"

我在幼年时最调皮捣蛋,大人们说:"淘气孩有出息。"可我挨的妈妈的打却数不清,因此我很怕她,很少感到在她那里有所谓慈母之爱。

记得我的童年,曾发生过这么一件不光彩的事,那时我刚穿上有裆裤,一天夜晚,我对母亲说:

"妈,我急屙了!"

"去马棚屙去!"

"我怕,你带我去。"

"怕什么!鬼吃了你啦?"

没奈何我只好独自个在黑暗中摸索着往马棚里走,又急屙,又怕鬼,还没跑到马棚已屙在裤裆里了。这虽然被她打了我的屁股,可是到头来还是由她清理了我裤裆里的臭屎。

我从来也不记得母亲哼过什么曲子,唱过什么戏文,只有一次邻居家来了个亲戚,是个大姑娘,会唱民歌《绣荷包》,第一次听到母亲学的唱什么:

初一(家)到十五,
十五(家)月儿高
……

这时母亲还年轻,后来的日子大概不顺心的事儿多,母亲给我的印象是:不高兴的时候比高兴的时候多。

说来父亲也真不好,他在外面经商胡嫖乱搞,还要把那些戏子妓女的照片带回家来,在母亲面前夸耀他那些"光荣"的行径,因而这些不光彩的放荡行为就成了母亲和他经常吵骂的根由。除此之外就是为了父亲救济贫亲戚穷朋友,母亲知道了不同意,这也吵个没了。有时吵得父亲火了,就动起武来,不管什么家俱拿在手里,像打牲口似的,打得母亲嚎啕大哭,皮肉青紫。倒霉的是我们儿女,既为母亲的遭打而心疼,也为家庭的不和而痛苦。所以直到两个妹妹参加革命后,有时和我谈起家庭,都一致感到未曾享受过家庭的温暖和幸福,回忆起来就只有难过。这也是她们绝然离家参加决死队抗日的原因之一。

但吵来吵去终于在日本兵侵入山西后,于兵匪马乱中,父亲吞食鸦片烟自杀了。当时我在安徽太湖县和爱人做抗日宣传工作。从此母亲就当上真正的寡妇了。

母亲除了和父亲吵,也和婶婶吵,两人撕打之后,她坐在人家炕上嚎啕大哭一整天,弄得叔叔奈何她不得。究竟为了什么,我那时年幼,弄不清楚。总之觉得母亲很不讲理。但一般时候人们还说她是个明白人。

其实是颇不明白的,例如我父亲感到叔叔家穷(那时大爷爷还在世),就给寄了十元银洋,叔叔家也知道了,但母亲却扣下五元,嫌给得太多了。这样叔叔家就不收,从此闹下了意见。我一直觉得母亲做的此事很糊涂。

母亲虽然出生于贫苦农民家庭,经历过吃糠咽莱的穷困光景,但在我的幼年,当她已成为地主之后,就听到她说过"有钱买得鬼推磨"之类的"豪言壮语",并且竟看不起穷人,"穷鬼"长"穷鬼"短的,表示她对于"穷鬼"们的厌恶。真是"存在决定意识",这话一点也不错。

据我所知,母亲一生遭遇了三次大难,其一是童年和小姑娘们在山沟里摘茹茹碰到了狼,其中一个小姑娘被狼拖走吃掉了,母亲幸免,但也吓得一时说不出话来。她时常给我们讲这次可怕的经历。

其二是在抗日战争时期,当她寡居独处空窑时,一天夜里,两个歹徒突然破窗而入,向她要银洋,她说没有,结果身上被捅了十几刀,流了很多血,被褥都为血染红了,但竟没有死,既没上医院,又没上什么药,伤口竟慢慢好起来,真是凭天保佑,当时我在延安鲁艺。其实她在地下埋着一小罐白洋,可是宁死不交,也算个硬骨头。

　　第三次遇难是在抗日战争后期。从五里路之外的老张湾炮楼上来了两个鬼子兵,其中一个竟被我们的民兵活捉了,另一个落荒而逃。于是老张湾炮楼就里出动了大批敌人把全村男女俘去七八个作为人质,要求归还那个被活捉的鬼子兵。这些人质中就有我的弟媳妇和我的母亲,她们在炮楼上虽然没有受制,但也是颇为受惊骇怕的。其实当时日本已经宣布投降,但我们村的人还不知道,也许是日军已经知道了,所以并没有发威,最后还是把人质全都放回来了,而那个被活捉的日军也没有交还,已辗转送到当时的太岳军区了。

　　日本投降后我从延安回到晋绥边区,为了到新解放区了解情况,我由平介武工队护送过了封锁线,回到灵石家乡,母亲当时正逃难住在我弟媳妇的娘家,我们偶然相会,她说:"眼明死了!"是的,母子又有七年没有见面了。当时在铁路附近住的二战区"狗子军"经常到解放区来抢粮,我们村也是被抢的村庄,来了就踩脚踪搜山圈,挖窖窖,打人要粮,所以母亲逃在一个名为东村的村庄里。当时人心惶惶,弄不清日本投降后这天下究竟会是谁家的,一天我问母亲:

　　"你是希望二战区胜利呢？还是希望共产党胜利呢？"

　　"共产党要和我算老帐(指土改),二战区要抢东西,谁胜了我也不喜欢。"她说。

　　"你真糊涂,你有两个儿子和两个女儿都是共产党,要是二战区胜利了,我们都要被杀头!"

　　"那么还是愿意共产党胜利啦。"她有点勉强地说。

其实我明白,虽然当时还处在和国民党和平谈判阶段,但我对于我党夺取全国的胜利毫不怀疑,绝不是什么"愿意"不"愿意"的问题。

现在我深感我和母亲之间存在着多么大的鸿沟,虽然我是她的儿子,但彼此间的心多么难于相通,真使我悲哀。她能了解我们兄弟姐妹四人在为什么而活着?这些年来不在她的身边又为什么而奋斗吗?

耶稣说过,富翁想进天国,比骆驼穿过针眼还难。看来要使母亲了解我们,接受共产主义思想,恐怕比富翁想进天国还难。

我离开母亲后,不久就回到了晋绥边区,第三年就参加了声势浩大的崞县的土改运动。鉴于在左的思想指导下我们在土改中的所作所为,我暗想:母亲在灵石的土改中也许被打死了。

但后来了解,她颇为人,农会的干部给她通气,暗中保护,在土改工作队面前导演了一场斗地主的闹剧之后,她安然无恙。这真使我感到意外。而且给她分了原有的住处,村干部们说:"这窑房不是分给地主婆的,而是分给抗属的。"这样她就逃脱了扫地出门的命运。而她藏的一小罐白洋手饰也完整无损。自然,我家的土地是分给贫下中农了,给她也分了应得的一份。我对于村干部对于母亲的恩惠自然是衷心感激的,因为她毕竟是生我的母亲。

全国解放后,我在太原工作,感到母亲一人在乡下无人照料,就把她接到太原,后来我调到北京,又把她接到北京。

当时政府已给她摘掉地主帽子,她拿到选民证。但她的地主思想却无法摘掉。她对家里看管孩子的保姆竟作"下人"看待,保姆当然不受。她就和人家吵架。真是"江山易改秉性难移"。给她开导,所谓做思想工作也毫无用处,我对她真是奈何不得。

她和我们生活在一起,这也看不惯,那也看不惯,不是嫌我们花钱手大,就是嫌我们太浪费,说:"我当了一回地主,也没有你们这样享福。"

一天她给我们提出:"保姆不要雇了,小孙子由我来看。"我们接受了她的提议。可是待她抱了几天就说:"重的不行,我老了,实在抱不动他。"我们又只好另雇保姆。

母亲在北京,全家陪她游了颐和园,参观了故宫博物院……让她开了眼界。也算是我们的一番孝心。

冬天来了,我看到她穿的单薄,就给她买了一件发光的黑缎面的灰鼠皮冬衣,她高兴地穿在瘦弱的身上说:

"这不又成了地主啦!"

我说:"不一样,地主的好衣美食是靠剥削得来的,而这是靠自己劳动得来的,就是穿的再好,别人也不应有意见。"

"什么剥削不剥削的,我和你爹也是呕心沥血熬下那份好光景的,又不是偷来抢来的!"

我知道母亲最怕听"剥削"二字,大概土改时听厌了,为了不惹得她生气,就再没有说下去,我已经说过要使母亲接受共产主义思想比骆驼穿过针眼还难。

但她在北京住了一年多,终于提出要回灵石乡下去,她说;"我在这里闷得不好活。"我细想,她说的也在理,你想,白天我们上班的上班,上学的上学,无人和她闲聊,而她和保姆又合不来。又不能看书看报,自然是会感到很闷的。其实就是我们下班回来,也和她没有共同语言,这,彼此都是有同感的。所以我略加挽留就同意她回去了。

不到几年,她一人在家乡洗衣时倒在地下就与世长辞了,数小时之后才被邻人发现,当时已全身冰凉。享年七十多岁。人们说她行下好了,所以死得很痛快。等我和弟弟清理她的遗物时,竟在她藏的一个小布包里发现了我俩屡次寄给她的170元钱几乎原数未动……

呵!我的母亲。

发表于1985年第9期《山西文学》

坚持就是胜利

一

二十年代后期,我在太原成成中学读书时,感到很痛苦,功课很多,完不成作业,象一个在赛跑中落后的运动员,怎么也追赶不上前面的人。我的记性不好,英语和语文课背不会;数学、代数之类做不完习题,因此这些功课考试时多半不及格,自己感到丢脸,同学和老师们也看不起,这种日子怎么能够不让人感到痛苦呢?

然而我的图画课特别好,老师经常给打一百分。

可是,图画课好有什么用呢,那不是主科。主科是英语,语文,数理化。这些功课好,才能在学校里吃得开,受到师生的重视,也能成为到社会上升官发财的敲门砖。

现在的青年读书目的很明确,是为了建设社会主义祖国,在创建物质文明和精神文明方面贡献自己的才华。而在我们上中学的那个旧时代,绝大多数的人读书都是希望将来能飞黄腾达,光祖耀宗。虽然当时金榜题名贵为状元的美梦已做不成了,但升官发财的想法还是普遍存在的。做父母的是如此,做子弟的也是如此。

"人贵有自知之明",我深知自己主科不好,又无豪门权贵之类的社会关系,升官发财之路不通。于是决定将来靠画画谋生。因而中学未曾毕业就去投考了国立杭州艺专。

二

我能于1931年考上一个学画画的学校是很高兴的。

因为我非常喜欢美术。在杭州艺专既解除了成成中学时代的痛苦,也在学习中感到无穷的乐趣。我想将来即使靠卖字画过贫寒的生活,也是乐在其中的。

杭州靠近上海,因此新思潮的风容易从上海吹到杭州来。鲁迅在上海提倡新兴木刻画,于是艺专的进步同学在1933年春就组织了一个"木铃木刻研究会",我是这个组织的成员之一。没有想到,偶然成立的进步美术团体竟居然决定了我终生的命运。

我在艺专接近进步同学,"九一八"后,思想上有了很大的变化。我爱上了新兴的木刻,即使因刻木刻坐了国民党一年之久的牢房也没悔改。因为在当时从事新兴木刻,就意味着走上革命的文化道路。到这时,我不但改变了卖字画谋生的消极初衷,而且已经把木刻作为中国人民求解放的斗争武器了。

我在"木铃木刻研究会"时代刻的处女作《病》,虽然今天看来较为幼稚,但仍保存在《鲁迅收藏中国现代木刻选集》中,成为我从事这一门艺术的一个起点的纪念。

在当时人们一般是把文学艺术当作茶余酒后的消遣品的,而鲁迅却已经把文艺当作改变国民精神的救药了。国民党的官员们对此也十分敏感,在他们看来,"拼音字好像机关枪,木刻好象坦克车",怕的要命,因此我们刚动手学木刻,就把我们抓起来关在监狱中。然而压迫和杀害都是没用的,当时的这新生的木刻艺术,倒真是"野火烧不尽,春风吹又生"。它在中国的灾难重重的大地上有如离离原上草似的蔓延开了。因为虽然一面遭到国民党的摧残,但也一面得到前进的文化界的支持。我从事木刻艺术,虽然是由于看到了这一工作的意义和自身的爱好,但说实话,如果没有外界的支持和鼓舞也是干不下去的。

待我从监牢出来,原"木铃木刻研究会"的成员大都洗手不干了,究竟是由于我们的被捕,使他们害怕了呢,还是感到刻木刻不能谋生而放弃了?我弄不清。总之还在黑暗中继续动刀的就只有我和曹白了,而我们俩又都是因木刻而遭难刚从国民党的监狱里放出来的。也许在有些人看来,我们真是两个死不悔改的家伙。

1936年我和曹白住在上海的一个中学里,一同刻木刻,过着"相响以湿,相濡以沫"的"涸辙之鲋"的生活。这样我就在上海刻出了为鲁迅称赞为文艺界重视的《鲁迅像》,不久我在中国的革命文艺界就有了一点小小的名望了。然而到鲁迅先生逝世之后,曹白也放下木刻刀拿起毛笔从事文艺工作去了。这样,"木铃木刻研究会"的成员便剩下我一个人在孤军奋斗。然而我并没有感到寂寞,因为中国的新兴木刻界还有江丰、李桦、马达、新波诸同志和我同在一个战壕里作战,并有胡风先生继鲁迅之后给与我们的支持。因此我干得更起劲了,决心在任何逆境中坚持这一工作。

三

对一项事业,能够坚持当然是非常重要的,所以人们说:"坚持就是胜利。"但要想继续发展与提高,单靠坚持还不够,还得有一个利于发展与提高的环境。正像植物单能勉强活着还不行,必须有适当的水份,丰富的肥料,充足的阳光,它才能开出灿烂的花朵结下硕大的果实。

1940年我到了延安鲁迅文学艺术院当美术系的教员。木刻在当时的"鲁艺"是最吃香的宠儿。因为在那种极端困难的条件下,鲁艺既没有油画课也没有国画课,而只有木刻和漫画的创作课。因此我在鲁艺的地位也就可想而知了。鲁迅曾说:"当革命时版画之用最广。"事实正是如此。当时延安和各解放区的报刊插图(包括地图在内)就都是用木刻版印刷的。但我并没有因为受到党的重视给与我以教员的待遇而冲昏头脑,我非常清醒,充分认识到我在鲁艺工作正是我从事木刻艺术继续发展与提高的难得的良机,这里有创作的和平环境,有领导对于木刻的特殊重视,还有在艺术上有成就的供我学习求教的师生,有马列主义的艺术理论课供我聆听,有音乐,戏剧,文学等姐妹艺术的活动供我借鉴……象苹果树得到了丰富的肥料、水分、阳光……一样,我在木刻创作上改变着题材、主题和风格,不断地探索前进,一幅木刻刻出之后,不满意就再刻第二次、第三次……直到满意为止。孔子说:"三人行必有我师焉。"我经常能向其他教员求教,也能"不耻下问",向同学学习。这样,我在延安鲁艺的六年,就等于上了六年的艺术大学。我没有忘记自己在杭州艺专只学了二年,根基较差;没有忘记自己在马列主义艺术理论方面一窍不通,所以我到延安后真是如饥似渴地投入了学习的热潮中。如果说我在版画艺术上有什么成就的话,那么我应该感谢鲁艺,因为鲁艺使我在版画艺术上提高了成熟了。

全国解放后,接触的艺术世界更广了,在艺术的理论方面也了解得更多了,工作更忙了。然而即使我担任了《美术》杂志的副主编,《版画》杂志的主编后整日忙于编辑事务,也未曾停顿了版画创作。仍本着延安的学习精神继续坚持着自己的事业,继续提高着自己作品的质量。

如果有人问我如何取得版画艺术上的成就的,那么我说:首先是由于我五十余年来坚持了这一艺术,未曾放弃和间断;其次是我从事的这一门艺术,一直有利于发展和提高的客观条件。第三是由于我善于学习。仅此而已。

发表于 1986 年《我的大学》第一期

怀念周总理

马兰花

一

时间过的真快,周总理离开我们不觉已整整十年了。当年的祖国,真是黑云压天,虎狐当道,总理逝世,竟有"我哭豺狼笑"的暗日。如果总理能再多活几年亲眼看到江青败类们的末日,我们也替他感到愉快,他也会死而瞑目的吧。

在党中央的首长中,我见到总理的次数最多,听他的报告也最多。他在我的心目中,从来就有"高山仰止"之感。他真是德才兼备、仪表非凡的无产阶级政治家中少有的领袖人物。连资产阶级的当政人物也不得不在他面前表示崇敬。

当我还没有见到总理之前,就已经非常熟悉他了,那是从斯诺著的《西行漫记》中认识了他的。那里不但有周恩来的相片,而且也有关于他的描写。我有时想,能见到他多好呀,让我瞻仰一下这位英雄人物也是一生的幸福。

这样的日子终于到来了。那是1938年的盛夏,国共合作联合抗日的黄金时代。我当时在他领导之下的政治部第三厅工作,而他当时是武汉军委政治部副部长。政治部下属三个厅,人们说第一厅是"会客厅",为首的是谁不记得了,意思说那里是官僚政客相聚之所;第二厅是饭厅,为首的是康泽,意思说那里尽是些吃饭的饭桶;第三厅谓之"跳舞厅",厅长是郭沫若,意思说这里尽是些文艺家。这样形容三厅似乎也并无恶意。一天听说周副部长要到第三厅来视察。我立在路旁等待他的到来。我总算看到他了,他穿的一身绿色布料军服,跟着一位带手枪的警卫员,朴素而严肃。而我们作为他的部下,却穿着讲究的将校呢军服,相比之下真有些不好意思。而我明白,他的到来,一面是以军委政治部副部长的身份,但同时也是八路军的首长。周恩来副部长从我面前走过,那浓黑的眉毛使我感到威严,那朴素的军服使我感到他那超群的风度。我非常高兴,总算看到我所崇敬的人物了。

1940年我到了延安鲁艺,延安的同志们称周为周副主席,因为他是党中央军委副主席。他当时为了国家大事常辛劳于延安重庆之间。不少同志很为他的安全担心。每每有人说及,他总是谈笑自若,记得他说:"只要有强大的八路军和新四军以及边区人民的存在作后盾,我在重庆就是非常安稳的,蒋介石不敢把我怎么样……"其实周副主席不仅为国事而奔波,他还非常关心鲁艺。他回到延安,有时还来鲁艺作报告。据我所知,他为鲁艺买钢琴,为鲁艺请教员,出去时还把鲁艺的版画带到重庆……我在鲁艺看到周副主席时就和在三厅时看到他不同了,觉得我和他是一家人,有一种难于言表的亲切感,好象他的命运和我的命运联系在一起。因此我对于他在重庆的安危,也和所有延安同志们一样,真是倍加关心。

二

1949年北平解放了,党中央在中南海怀仁堂召开了全国第一届文代大会。周副主席不但给大会作了长时间的报告,而且还特意接见了西北代表团的部分代表,同去的五六人,其中除了柯仲平、马健翎等人外,也有我。我们坐在他的会客室里,经他的秘书向他一一介绍。当介绍到我时,他说"知道"。我真没有想到他会知道我。他日理万机,接触各界人物千千万,而居然能知道我。我想当年他把延安的版画带到重庆,不能不过目,延安版画的成败,是有关共产党在重庆的影响的。他自然要为我们的版画在重庆受到好评而高兴的吧。由于这种原因他可能知道我。

一次我们和总理在北京共同观看戏剧节目,休息时总理进了休息室。当他发现保卫人员阻止文艺家们进休息室时,总理发火了。我第一次看到他发火。总理面对保卫人员说:"你们不能割断我和群众的联系嘛!……"我虽然同情保卫人员的处境,但也更对总理的这种作风感到敬佩。不计个人安危愿和文艺家交朋友,这样的领袖在当时的党中央也不多见。

三

我们知道总理是喜欢跳舞的,因为他曾经是勤工俭学的留法学生,他的交际舞舞技很高。不论三步四步他都跳得很有风度。我在北京时常和总理在一个舞场上跳舞,可我们愁的是难找舞伴,而总理愁的是舞伴太多。因为他是总理,又跳的好,所以他一进舞场,即刻就有一群姑娘围上来,争着要和总理跳。总理深知姑娘们的心理,为了尽可能满足她们的愿望,他只好每场请两个姑娘跳。就是说,我们是跳完一场才更换舞伴,而总理是跳半场更换一个。虽然这样能满足更多姑娘们的心愿,但我想总理的精神负担也够重的了。单从跳舞这件小事也能看出总理是多么理解别人。

我非常感谢总理,他在和我们永别之前还给我们老干部做了一件大好事。

在"文化大革命"中我们老干部不是被造反派打成"黑帮",就是被打成"走资派",生命都难保,当然一切照顾和优待也就根本谈不上了,其中包括"干照"医疗也取消了。到"文化大革命"后期,总理知道了这种情况后,才又恢复了对老干部保健的特殊照顾。如果让我们这些年过花甲、古稀的病弱老干部和青年一样在医院里一同排队看病,一同排队抓药,受得了吗!因此我是多么感谢我们的总理呵。

四

总理虽然不是文艺理论家，但他对于文艺却是十分关心的，他对文艺的理论指导也是使我们心悦诚服的。例如他在1961年《在文艺工作座谈会和故事片创作会议上的讲话》，就非常难得。由于他对于文艺界情况的了解与关怀，所以他能有的放矢地指出当时文艺界存在的问题，提出非常深刻正确的见解。他在"遗产与创造问题"上就谈得非常精采。

总理说："在中外关系上，我们是中国人，总要以自己的东西为主，"即"以我为主"。我们的文学艺术自"五四"以来，强调学习西欧，结果很多作者照搬外国，形成了非常严重的欧化之风。在文学上是如此，在美术上也是如此。用总理的话说就是学习外国时违反了"以自己的东西为主"的原则。其结果是既丧失了民族自尊心，也为广大人民群众所不喜闻乐见。总理接着说："吸收外国的东西要加以溶化，要使它们不知不觉地和我们民族的文化溶合在一起。这种溶合是化学的化合，不是物理的混和，不是把中国的东西和外国的东西'焊接'在一起。"这深刻的论述不但对当时有很好的指导作用，对今天也还有着重要的意义。

发表于1986年1月7日《太原日报》"双塔"副刊

马兰花

春天来了,我想起我的童年,想起了童年时代的马兰花。

马兰花开放在春天,也开放在我残年的记忆中。

春天是美丽的,童年是美丽的,马兰花也是美丽的。

春天是生命的童年,马兰花是春天的象征,而童年是人生的春天。

我怀念童年时代的春天,

那蓝色的春天,梦境的春天,

那永逝的人生的春天,

那永逝的盛开马兰花的童年。

马兰花开在童年春天的地边上,一丛一丛的。

那茂盛的绿叶如春兰,花状如兰花,花色比春日的蓝天还蓝。它鲜艳,娇羞,躲在叶丛中,蓝的迷人,吐着浓烈的芳香。

看到它就联想到姐姐绣花的蓝丝线,也联想到妈妈头上的翠蓝簪。

马兰花是蓝色的,春天是蓝色的,我的如梦的童年也是蓝色的。

我就爱马兰花的群青蓝,它映得天也蓝,地也蓝。

马兰花是爷爷种在地边的,每年春天我都和小姑娘们采马兰花玩,爷爷也不骂,但蜜蜂却不让我们采,它藏在马兰花的心中,我采,它就偷偷地刺我的小手,蜜蜂真讨厌,好象它是马兰花的忠诚卫士。

我和小姑娘们终于每人采了一束马兰花,我们互相比赛着,看谁采的马兰花最多,看谁的马兰花最蓝,看谁的马兰花最香。

我们举着花束在蓝色的春天里跳着蓝色的舞,唱着马兰花的歌,歌曰:

马兰花,蓝又蓝,
姐姐长大当新娘;
马兰花,香又香,
妹妹穿上花衣裳。

爷爷在秋后割马兰叶,那时马兰花的叶子发黄了,但还做着春天的梦。

爷爷割下马兰草,一捆一捆地扎起来,放在南房里,这是爷爷的一种收获,象到了深秋张大伯收获了红花椒,李叔叔收获了大红枣。

在严寒的冬天,马兰草独自躺在南房里,沉睡着,做着盛开马兰花的梦。它梦见小蜜蜂,也梦见花蝴蝶……

一到春天,爷爷就把黄色的马兰草从沉睡中唤醒,从南房里抱出来,浸在春水中,然后用柔软坚韧的马兰草把新出土的葡萄藤一一绑扎在木架上。

葡萄藤的刀伤处淌着泪,泪水一滴一滴滴在葡萄架下,润湿了土地。你悲哀什么呢?难道你不欢迎可爱的春天,不愿在春风里发芽开花吗?

然而黄色的马兰草不流泪,它知道马兰花又在开放了,发着鲜艳的蓝色,飘着浓烈的芳香,享受着春天的欢乐。

而且它紧紧地绑着葡萄藤也感到自豪,象一个姑娘不以作打扫马路的清洁工为低下,而感到为城市美容之光荣。

端午节来临,爷爷就把黄色的马兰草煮在锅里,然后用柔软坚韧的马兰叶穿针引线缝绑那用绿色的苇叶包好的绿色的棕子。

我吃着香喷喷的用马兰叶缝绑着的粽子,就想起那蓝色的浓香的马兰花。这时马兰花已经开败了,在叶丛中正结着豌豆似的绿色的种籽。但它仍做着春天的蓝色的梦。

在炎夏,姐姐坐在大槐树下的绿荫里,舞动着她的巧手,用绿色的马兰叶编织绿色的小狗狗,绿色的小蛤蟆……

现在,姐姐已经去世了,但她的这些神奇的创作,却童话般地活在我的记忆中。我爱这些富有生命的绿色的小狗和绿色的小蛤蟆,它们象蓝色的马兰花开放在我的心田里。

我长大了,参加革命了,在延安时代,每天读的是用马兰纸印刷的《解放日报》,我读着读着有时就想起爷爷用黄色的马兰草捆绑葡萄藤,姐姐用绿色的马兰叶编织小狗狗、小蛤蟆,同时也就在眼前出现了那蓝色的马兰花。

我做着童年的梦,大概马兰纸也在做着春天的蓝色的梦。

我用马兰纸抄写陕北的民歌:

要穿蓝来一身蓝,
蓝鞋蓝袜袜蓝衫衫,
送的哥哥过了山,
呀呀呀,
你看难不难。

想起穿一身蓝的陕北姑娘,就使我想起童年春天的马兰花。姑娘打扮的象一朵美丽的马兰花,而马兰花也正象穿一身蓝的美丽的陕北姑娘……

春天又来了,
我以古稀之年,怀念那童年时代的春天,
怀念那生命的童年——
那永逝的人生的春天,

那永逝的盛开马兰花的童年……

发表于《散文》1986年3月号

儿时的灯影戏

"六一国际儿童"来到了,我想到了当今的儿童,也想到了我的童年。

我的童年距今将近七十年了。现在的城市儿童,课余可以看电影,或在家里和爸爸妈妈坐在一起看电视。七十年前的中国儿童却没有这种幸福,因为那时还很少有电影院,更没有电视。尤其在我们的小山村,连戏也看不上。因为一来庙小,没戏台,二来人家少,拿不出请大戏班子的钱。

但有时也要给神神唱戏,不过唱的是"灯影"戏。这种"灯影"班子,白天演的老百姓名叫"戳泥圪瘩"——也就是木偶戏;晚上演的是"灯影"——也就是皮影戏。我不喜欢看"戳泥圪瘩",觉得怪没味的。但大人们站在那里却看得津津有味,因为木偶戏的剧目和大戏班子的一样,唱的全是晋剧。

可我们儿童却对灯影戏特别感兴趣。所以还在大白天就盼着太阳赶快下山,盼着黑夜赶快到来。

一到夜里,就在小庙白天演木偶戏的窗口挂上了纱布,大的麻油灯点起来,照得纱窗通亮。孩子们在窗下高兴地跳着、叫着:"灯影快演了!"

那时,妇女们坐在小庙院当中的木板上看"灯影",有如坐在床上;而男人们有的站着看,有的蹲着看。戏还没开演,儿童们在庙院里乱跑,有时钻在妇女们坐的木板下胡折腾,挨上婶婶大娘一顿骂,又从板下钻出来⋯⋯

等到麻油灯下响起丝弦乐器和铜铃的声音,皮影在纱窗上就出现了,跟着就唱起了"碗碗腔"。

灯影演的什么戏文,对我们儿童不关重要,我们爱看的是出场的人物在打仗,皮影里的武将们打起来动作很快,很带劲,只看到刀刀枪枪乱飞动,通通通,通通通,打得富有幽默感。现在想起来还觉得怪好笑。

当时,我们最爱看的还是演《西游记》,当纱窗上出现了猪八戒、孙悟空、沙和尚⋯⋯时,我们就被它们所吸引住了,孙悟空有时腾云驾雾,有时和妖精斗法,妖精打不过孙悟空就变成一个大蝎子,于是孙悟空立刻又变成大公鸡,一口咬住了蝎子⋯⋯我看得出神,感到真逗,并不比现在的电视差。

现在的儿童可以一面看电视节目,一面嘴不停地吃葵花籽,而我们那时是一面看孙悟空打仗,一面吃酸枣。因为唱"灯影"戏,都在农忙过去的秋后,而那时酸枣正红了,娃娃们白天在山野里摘下的红酸枣还装在口袋里。

一场"灯影"戏演过,我们可就有干的了,大家都找来硬纸片刻皮影,有的刻猪八戒,有的刻穆桂英⋯⋯等到夜里在自家的窗上放映,小妹妹小弟弟们是我们的观众。他们对我们的演出竟看得津津有味。

如果给现在的儿童看看"灯影"戏,说不定也会很感兴趣的。愿好事者也能在六一国际儿童节给孩子们演演皮影戏,使儿童们的文化生活丰富起来,也使我们的民间艺术不至消亡。

发表于 1986 年 6 月 3 日《太原晚报》

童年逝了,故乡永在

我的故乡既没有如镜的明湖,也没有葱郁的森林,而只有那贫瘠的荒山和低矮的灌木。

我的故乡既没有孔雀和白鹭,也没有香蕉和荔枝,而只有那喜鹊和乌鸦、茹茹和酸枣……

然而故乡在我的记忆中可美丽了。

故乡虽然已没有我的活着的亲人,也没有童年时代的伙伴和童年时代的桃园了,然而我还是想念故乡,有如想念亲人。

那熟悉的梯田,熟悉的河水,熟悉的古槐,熟悉的野草……都使我感到亲切,他们象亲人似地向我诉说故乡的经历和故乡的悲欢。使我好象看见了童年时代的大爷、童年时代的伙伴、童年时代的野花……好象伙伴们还和我在山野里摘茹茹,掏雀雀……好象野花还盛开在童年时代的山坡上,发着蓝色的光,吐着迷人的芬香。

人们说:"儿子不嫌母亲丑",但我却感到:"游子不嫌故乡穷"。

故乡是贫穷的,但它在我的童年的回忆中却是一个可爱的童话世界。

春天来了,金黄色的蒲公英在路边耀目,深紫色的荞璐璐花在桃树下送情,蜜蜂在粉红色的杏花间歌唱,蝴蝶在蓝色的天空飞舞,金翅鸟在刚放绿叶的柳树上细语,嫩黄的榆钱在春风中颤动,山鸡在初醒的山岗上欢笑……

童年时代的故乡啊,你是何等的美丽!

听到故土的乡音,就好象看到了故乡的亲人,虽然活着的亲人都没有了。

看到故乡的一草一木,就能引起我对童年的回忆,虽然童年时代已一去不复还了。

让我再回到已逝的童年的美梦之中吧。让我飞回和小伙伴们玩过家家的童年时代吧。

惊蛰过后,在大有暖意的日光下,在背风的阳坡上,我和童年时代的小情人拨土寻觅尚未冒尖的芳草,是它向我们预示了可爱的春天将临。

春天终于光临,我和小情人共采金黄色的蒲公英和深紫色的荞璐璐花,好象她是小花神,而我是小天使。我们都陶醉在春姐姐的怀抱里,有如蜜蜂陶醉在紫丁香的花丛中。

喜鹊飞在地上忙着衔柴草,营造她孵育儿女的新居。

大爷在南山上耕地,回牛声响彻山谷。

婶婶用硬鸡毛从蚕纸上轻轻拂扫初出卵而如小蚂蚁似

的幼蚕。

我在小手挖的土灶下用柴草生火,冒着炊烟;她在小石片上忙着用野草给我做香饭。

突然,她的小鼻子闻到了烧布味儿,呀,不好了,是我的棉袄烧了个大窟窿。要让妈妈看到了,可了不得。她回家偷来针和线……

……

我们都穿着开裆裤,有如亚当和夏娃,两人在乐园里形影不离。然而是几时吃了蛇给的智慧果?是几时被上帝逐出了伊甸园?

"文革"后期,我下放在别离十余年的故乡劳动,一天有一个老婆婆来我家串门,天呵,真没想到是她在童年时代给我缝补过棉袄。

我感到悲哀。时间呵!你竟是如此无情?一别六十载,彼此竟成了陌生人。难道她能不回想到当年的往事?我不好问。但她的到来却破坏了我尚存在记忆中的童年时代的好梦。

如果是一只雏鸟,一旦羽毛丰满,有力飞翔,就要告别母亲,飞出小巢、离开故林,飞向蓝色的天空,茂密的森林,蔚然的山谷,无边的大海……

而我,当被上帝逐出乐园,有了飞翔的能力,也就告别了母亲,告别了故乡,飞到了遥远的异乡。

然而故乡呵!不论我在江南的西子湖边,还是在上海的黄浦江畔;不论我在长江的黄鹤楼下,还是在西域的伊犁河边;不论我在北国的黑龙江岸,还是在西双版纳的椰树林中;不论我在异国的涅瓦河边,还是在左琴科的故乡……游子虽然在外,心却常常把你思念。尤其在皓月当空的夜晚,不止千百次地想起李白"举头望明月,低头思故乡"的诗句。

我好比故乡手中的一只永不断线的风筝,飞得多高,飘得多远,也总被她那无形的情丝所牵系。

飞鸟思故林,池鱼思故渊,你贫穷的故乡呵,虽然山是如此的荒凉,河是如此的枯干,而我的一颗游子的心却总不能不把你思念。

故乡灌木林中最多的是酸枣和荆条,我不论在庐山的石间或是北戴河的海岸,一看到它们就象在异国遇到故乡的亲人,碾碎那如掌的绿色的荆叶,一股熟悉的薄荷似的香味扑鼻而来,有如向我表示亲切,向我叙说乡情。

一次在重庆公园里,在精致而名贵的盆景中,竟看到一株久违的小小的荆条树,象见到一个乡亲在异乡做了大官,它骄傲地向我笑笑,而我却真得要刮目相望了。

荆条在故乡名曰"鸡梢",夏天开着群青蓝的小花,在山野里蓝得发光,蜜蜂忙着在花间采蜜。听说"鸡梢"花的蜜是蜜中最甜的蜜,象兽中的虎,人中的杰。

那长长的"鸡梢"条,是编织筐筐的好材料,象芦苇能编织精致的席、象丝线能绣出美丽的花。巧手的大爷能编出我心爱的小花篮。

叔叔们一到初秋就把一捆捆的"鸡梢"割回来,让婶婶大姐姐在月光下团成团,它是故乡人家生炭炉子最好的引燃物。当妈妈用脱粒过的高粱穗从炉齿下将"鸡稍团"点着火时,一面从锅下冒着烟,一面就听到燃烧的鸡稍籽辟辟拍拍地响,既象妈妈给我在锅里炒豆子,也象爷爷在除夕之夜放鞭炮。

童年永逝了,而故乡永在。

难道我之怀念故乡,就仅仅因为故乡有过童年时代的梦?仅仅因为我和故乡的山山水水一草一木有着浓厚的感情了……

还因为我的心总在牵挂着那在故乡的土地上和姑娘们亲手栽植的绿色的林。

"文革"后期,我在故乡下放劳动,荣任过林业队长。

清明时节,在故乡的沟沟壑壑同姑娘们一起勤奋地植下了近一万株树,其中有挺拔的钻天杨、柔情的紫穗槐、坚实的东北榆、产蜜的稷山枣……现在,它们在茁壮成长。

这是我和姑娘们用汗水浇灌的成果呵!这些树木的根扎在故乡的土地中,同时也扎在我的心田里。

我爱树木,象爱我的故乡;我保护幼林,象保护我的眼睛一样。

春风吹醒了故乡的土地,我和姑娘们亲手栽植的树林在发芽,那小小的绿芽呀,我看着多心爱,象看到童年时代的好友,象看到世界上最美的绿宝石。

这绿芽呀,赐给我多少的欢乐,多少的希望。

我爱绿色,因为绿色就意味着生命,意味着希望,意味着人类的幸福。

我又在做美梦了：

梦见故乡的山沟里筑起了小水库,有镜一样明的绿色的湖面。有鲤鱼和小虾在湖中游荡。

梦见故乡的荒山为葱郁的绿色森林所覆盖。上有蔚蓝色的天空,下有清澈的细流……

在森林里出没着野鹿和锦鸡,湖水迎来了白鹭和天鹅。

这是我多年的绿色的梦,也愿成为所有故乡儿女们的梦……

发表于 1986 年 9 月《散文》

良师,普罗文学和星星之火
——忆杜心源同志

读去年 12 月 29 日《山西日报》,得知杜心源同志于 12 月 18 日在成都与世长辞,不胜哀悼。

杜心源同志是我在成成中学念书时的老师,虽然他并没有教过我,但他对我的影响却比一般老师大。

1929 年的一个冬天的夜晚,当我正在太原成成中学的教室里上自习的时候,突然进来一位身材较高的老师模样的人,他身穿长袍,笑嘻嘻地上了讲台说:"同学们,我今晚给你们讲点普罗文学。"我们从来没有听说过什么"普罗文学"(无产阶级文学),都感到新奇。他一面给我们讲,一面回答有的同学提出的问题。

事后知道这位讲"普罗文学"的老师,名叫杜心源,是北平"师大"毕业的。他的讲话给我留下了深刻的印象。

这次讲话在当时实在是一次冒险。因为自大革命失败后,太原在阎锡山统治下白色恐怖也是够惊人的。我作为一个无知的少年于1927年夏从灵石来到省城投考学校,不久就亲眼看到把共产党人王瀛游街示众后在新南门外枪毙了;后来又听说大捕国民师范的共产党学生,其中就有我的同乡张文昂(当时名张勋)。有一次学校的操场上出现了共产党纪念革命节日的彩色传单,学校当局立即实行大清查,事后一位老师还召集全校同学训话,大骂共产党。就是在这样的环境里,杜心源老师竟敢给我们讲"普罗文学",怎能不算冒险?虽然我当时非常无知,但总感到"普罗文学"和共产党有关。奇怪的是,我当时并没有感到"普罗文学"之可怕,倒觉得满新鲜的,因此联想到共产主义也并非毒蛇猛兽。

其实当时党已在准备打进成成中学了。1931年最先进入成中的共产党老师大概就是刘墉如,他也是"师大"的;一位姓高的老师说他是"师大"的 leader——学生领袖。当他给我们上三角课时,就在巧妙地宣传党的思想,而我们却毫不觉察。当我1931年离开成中后,果然不久成中就继国民师范之后成为太原教育界的一个新的红色堡垒了。

而杜心源老师给我们的讲话,不啻是做了普罗米修斯的工作,他在我们成中同学荒芜的心灵上最初投下了一星无产阶级的革命之火。

"九·一八"事变后,我在江南国立杭州艺术专科学校接触了进步思想,终于在1933年参加了该校进步同学组织的"木铃木刻研究会",接受了鲁迅先生倡导的新兴木刻艺术——新生的中国的普罗艺术。这和杜心源老师1929年给我们讲普罗文学不是没有关系的。当时有许多青年就是由于阅读苏联十月革命后产生的轰动世界的普罗文学《毁灭》和《铁流》走向了共产主义道路的。

抗日战争开始后的第二年,我参加了武汉军委政治部第三厅组织的由共产党领导的"抗敌演剧队第三队",到第二战区作宣传工作。在山西吉县的"民大"看到了杜心源。经杜任之介绍,他第一次认识了我这个听过他讲普罗文学的学生。杜任之和我很熟悉,因为1935至1936年间我曾在他主办的"太原艺术通讯社"工作过。他俩都有意留我在"民大"工作,可是我因急于想到前线看看,并从山西去延安,所以没有留下。

1945年我从延安到晋绥边区工作,知道杜心源同志任晋绥边区行署民政教育处长。但较少有见面的机会,因为我在兴县高家村"晋绥日报"社工作,而他在兴县的城里,相距较远,况且大家也都很忙,偶尔相见时他总是笑嘻嘻的,给人一种亲切感,好象当年他给我们讲普罗文学时的精神面貌一样,丝毫没有首长的架子。

全国解放后,他到了四川,我常从李少言同志口中得知他一些消息。知道四川的版画艺术在全国取得领先地位,这和先后作为省委宣传部长、省委秘书长、省委常委、副书记、书记的杜心源同志的关怀和支持是分不开的。我作为一个版画家,对此非常高兴也非常羡慕。

1984年夏,当我去成都评选第六届全国美展的版画作品时,住在金牛饭店。李少言同志告诉我杜心源同志也住在金牛饭店里，于是我特意去看望了他。这次相见虽然感到他老了，眉毛也长得怪长，还说一口五台话，但并未发现面带病容，精神还是很好的。没有想到这就是我们的最后一次见面。

现在杜心源同志与世长辞了，但他总以普罗米修斯的形象活在我的记忆里。

1986年2月16日发表于《四川日报》

中国现实主义文学事业的忠实战士
——忆胡风先生

我想到自己的文学生涯,就不能不想到胡风先生,然而他离开人世倒已经有整整一年了,我非常怀念他。

我阅读胡风先生的文章,早在1936年之前,然而和他相识却在1936年10月19日鲁迅先生逝世之日。

时间过的真快,不觉已经是五十年前的往事了。那天的早晨,我和三位山西革命青年正住在上海真茹季家库。刚起床,就看到一辆银灰色的汽车停在我们的门口,接着是一阵紧急的拍门声,同房间的同志们都受惊了,以为来逮捕人。门开后,才看到来的是曹白和日本朋友池田幸子女士,他们带来了不祥的消息,说鲁迅先生在5点25分逝世,要我马上去画遗像。于是我就急急忙忙带上纸和木炭条跳上汽车一直到了大陆新村鲁迅先生的家里。一上楼就看到我们敬爱的导师静静地睡在床上,一床被子覆盖着他安祥的遗体。全屋笼罩着悲哀,萧军伏在桌上痛哭,在场的还有周建人、胡风、黄源,以及鲁迅先生的日本朋友鹿地亘、内山完造。他们都为鲁迅先生的突然逝世陷在极度的悲痛中。这就是我和胡风先生的最初的见面。这之后就在鲁迅先生的灵前及鲁迅先生治丧委员会的会场上不断看到他,由于他那具有哲学家风度的大的额骨和稀疏的头发,使我远远就能认出他来。但那时我们还没有顾得上谈话,仅仅是认识而已,象认识了萧军诸人一样。

然而鲁迅先生丧事过后,真没想到胡风先生居然会到曹白和我住的亭子间来,这真使我们受宠若惊。因为那时胡风先生已经是全国知名的文坛作家;而我和曹白不过是文学艺术界新起的小卒。事隔五十年来,胡风先生和我们谈了些什么已无丝毫的印象了,但他关怀我们这些小卒的行为在当时上海冰冷的人间关系中却使我俩感到了温暖,感到了他的平易近人和长者的和蔼可亲。

我第一次在胡风先生编辑的刊物上发表木刻作品,是1937年5月。那时他正编辑《工作与学习》丛刊,向我要去了木刻《收获》,而且竟用《收获》作为该期的书名。这实在是对我的一种莫大的鼓舞。应该说,鲁迅先生逝世后,他是继承了先生对木刻青年的关怀和支持的。

抗日战争开始后,胡风先生在上海创办了文艺刊物《七月》,发表了曹白在难民收容所写的许多富有才华的报告文学,反映了上海工人及其家属在战时的苦难和呼声……

之后,《七月》又移到武汉。我当时在安徽省做抗日的宣传工作,住在太湖县的山中,根据战时的生活,写了不少散文,也写了小说,寄给了胡风先生,几乎每寄一篇他都给发表在《七月》上,而且极少删改。半年左右,发表了有八九篇之多。常常收到胡风先生的来信,对我的作品指出优点和缺点,鼓励我的写作。这样的信竟有九封之多。由于我父亲的来信叙述了全家的逃难,送我的两个妹妹参军诸多关于家庭在战时的变化与悲欢。当我把此信寄给胡风先生时,他认为有和读者见面的必要,所以也发表在《七月》上了。自然《七月》上也发表了我的不少木刻。例如《这也是战士的生活》就在《七月》上发表过。这都是使我非常感激的。我在抗日战争之前,和曹白住在一起,他由美术改行写文章,我受他的影响,也就开始了文学生涯,但我并未放弃木刻。我和文学的关系,像戏剧上的"票友"。那时常在上海的《立报》上发表些小小的杂文,但大量的发表文学作品,却是在抗日战争之后。是胡风先生主编的《七月》培养了我的文学兴趣,提高了我的写作胆量和劲头。在《七月》上发表的小说《他们全开到前线去了》,描写一个国民党的军官对八路军的赞扬。我对这篇东西一直是感到满意的。

  1938年我由安徽太湖县到了武汉,在郭沫若先生主持的军委政治部第三厅美术科当科员,就常到胡风先生家里,并认识了他的爱人梅志先生。由他介绍又认识了诗人艾青、作家端木蕻良和肖红诸人。

  当时胡风先生正出版他的《密云期风息小纪》,我应他的要求,高兴地为他设计了封面。他逝世前出版的《胡风评论集》还把这个封面作为插页附在上集中了,这自然是我们间的友情的纪念。

和胡风先生的接触，发现他手中保存了很多的木刻作品。他不仅在武汉举行过木刻展览会，而且当我动手编辑《抗战木刻选集》和《全国木刻选集》时，慨然把他所珍藏的全部木刻作品借给了我，我衷心感激。

后来曹白当时的爱人由上海到武汉，胡风先生请她吃饭，要我和我爱人作陪，因为曹白是我的好朋友，又是我爱人的哥哥。

我一生中还很少看到文艺界的大作家象胡风先生那样把文艺青年当成自己的朋友，并给予无微不至的关怀。例如曹白的报告文学不但给予发表，后来还以《呼吸》为名出版了集子。前些年又由胡风先生写序使《呼吸》得在上海再版。这，我和曹白都是无比感激的。而这也是胡风先生留给我的最为深刻的印象。他离开我们已整整一年了，我怎么能不怀念。

1938年的9月，我离开武汉，后来到了延安，而武汉不久也就沦陷在敌人手中。由于国民党对陕甘宁边区的封锁，从延安给胡风先生仅仅寄过一次木刻画，有好多张，也不知他收到了没有。此后就再无联系，一别就是十余年，直到全国解放后才在北京和他再次见面，感到他那哲学家式的额上增添了不少生活的艰苦刻下的纹痕，头发也更加稀疏了。他当时住在《人民日报》的招待所里，我去看他，他又请我在一个小饭馆里吃饭。十多个春秋不见，举杯话当年，纵横论天下，彼此的关心，友情的真诚，至今犹使我难于忘怀。

可是不久一场政治的暴风雨骤然袭来了，曾经在日本就参加了共产党后来又为鲁迅和党中央之间作过交通的胡风先生竟被认为是反革命,并含冤入狱。我作为他的朋友,又是《七月》的同仁,自然要受到审查。由于我交出了胡风先生给我的九封来信,感谢上帝,主持审查的陈克寒并没有在鸡蛋中找到什么骨头,所以总算没有把我打成"胡风分子"。但那九封满载友情的信却从此石沉大海了。

这次不幸的政治暴风雨的袭击,固然株连了很多为胡风先生提拔的有才华的文艺青年,但也使当时提出的"百家争鸣"成为了一个名存实亡的摆设。因为谁也不敢再冒政治风险在文艺问题上发表什么创新之见了。

直到党的十一届三中全会后,中国在政治上又有了真正的春天。中央本着实事求是的原则,于1980年9月重新审理了胡风先生一案,决定予以平反。虽然他受难已有二十多年之久了,但能给他平反,自然是他的朋友和读者十分高兴的事。我得知先生的住址后去看望他,然而他已经行动不便了,而且也很少发言,多半是梅志同志代他答话,他只能在旁边有时点头微笑。

接着我就寄给他数幅新的版画创作和一条书法,一方面表示我对于他的得到解放的庆贺,一方面也让他装饰新居。我想他是一向关心版画事业的,二十多年没有看到我的木刻创作了,现在看到定会高兴的吧。

据梅志同志来信说:"胡风同志他喜欢《天山之夏》,他感到自己如置身在丛林之中,充满朝气。"而对我赠送先生的书法因为上面写着:"疾风知劲草,烈火炼真金",她却说:"但那遒劲的书法,我们可不敢装挂,太过奖了。"另一封来信说:《胡风评论集》的"封面装祯设计者在我家看到客厅里挂了你的《雪景》,想到一定是胡风先生喜爱的,加之与二集内容也有相符处,就选用做扉页了"。

当胡风先生于1984年7月把他亲笔签名的《胡风评论集》上中两册寄给我时,我感到多么的珍贵(下集于1985年也收到了)。当看到中集的扉页上印着我的套色木刻《雪景》时,我自然是无比的高兴。同年7月21日梅志同志的来信又告诉我说:"人民文学出版社当代文学组,请人编选一本《七月》《希望》作品选……内中选了您的《他们全开到前线去了》……"

然而没想到先生于1985年6月8日竟与我们永别。中国的现实主义文学事业失去了一位忠实的战士,中国的新兴版画艺术失去了一位可贵的知音,现在所有以上的我和胡风先生的交往,都成为我们之间友情的永恒的纪念了。

胡风先生,你将永远活在我们的心中。

发表于1986年6月19日《太原日报》

忆运河

我曾经在古老的运河里航行，也在古老的运河边住过，但那是五十多年前的事了，除了读《铁道游击队》时想起过临城和运河，平时是很少想到过的，就象未曾有过这段经历一般。

然而最近观看中央电视台节目《话说运河》，却使久已沉淀在我记忆海洋深处的运河又重新映在我的眼前了，象回想起一个多年不见久已忘怀了的老朋友似的，那清清的流水、静静的河面，绿草如茵的堤岸……犹历历在目。多少河上旧事，今回首，烟霭纷纷……

那是多难的1931年夏天，我当时才十九岁，由于要去杭州投考国立艺专，第一次从太原出了娘子关到了北平，然后又由北平乘津浦车南下，因为我中途要去看望在山东夏镇盐店经商的父亲，所以到了临城车站就下车了。全国解放后，不知为什么把临城改名为薛城了，大概是由于这个古名具有历史意义吧。因为战国时代薛城曾经是齐国孟尝君的封地。

临城在当时是很有名的,倒不是因为孟尝君的缘故,而是因为早些年曾发生过惊人的劫车大事而轰动全国,就连冰心女士写她有名的《寄小读者》时,也曾叙述她过了泰山后,"站台上时闻皮鞋拖踏声,刀枪相触声,又见黄衣灰衣的兵丁,成队的来往梭巡。我忽然忆起临城劫车的事。知道快到抱犊冈了,我切愿一见那些持刀背剑来去如飞的人。"

我当时带着一种无名的心悸在临城下车时,天色已晚,深感临城的大名和这个小小的农村很不相称。住了一个茅草房的小店,问店家:

"到夏镇怎么走?"

"可以坐船去。"

"这里还有河吗?"

"有,叫运河,也叫运粮河。"

运河,真是久闻大名,未见其面,我在小学读历史课时,就知道隋炀帝前后动用百余万民力修了一条运河,但丝毫不知运河还经过临城通到夏镇,真是孤陋寡闻。更没有想到我还会亲眼看到运河,而且还要在运河里航行。对于我这个没有见过世面的山西少年,觉得倒也是一种意外的收获。这时临城下车时的心悸已经被运河的出现烟消云散了。

第二天问讯到码头,上了一只木船,感到非常新鲜,因为我是有生以来第一次乘船,象一个乡下人第一次坐火车似的感到有趣。

船上除了我,另有一个乘客,颇感闲适。运河水清见底,两岸绿柳成荫,芳草丛生。船行后,有时看到一些小小的村落,有时也看到岸上农民在田里锄苗。这里是大平原,不象我们山西到处是山,因此使我感到天地的辽阔,心情的舒畅。虽然有时也迎面遇到运河上的行船,但总感到航行的安静与空旷,有如只身在深山中行路,不无寂然之感。

舟行数里,有时就撑不动了,舟人说:"天不下雨,河水太浅……"说着就放下竹竿跳到水中用力推船,我深感舟人的艰苦。

船行数小时来到夏镇,我付了钱,上岸走进盐店。这盐店的东家住在济南,是向政府承包了盐务后成为私人营业的,我父亲是盐店的首席经理,当时人们称为"师爷"。

见了父亲,他安排我一个人住在大客厅里,住几天就让我去杭州。

盐店紧靠运河,夜间蚊子猖獗,成群飞来向我袭击,而我却一无蚊帐,二无蚊香,只得任其欺凌。把头钻进被内吧,又热又闷,很不舒服;把头露在外面吧,就得以血喂蚊子,也不知一夜是怎么度过的。

我的到来,立刻为父亲的友好所知,以他们的子弟出面来看望我,并没完没了的请我吃饭,我是从来也没有经历过这种宴请生活的,感到是一种负担。不过也有好处,通过和这些青年的交往,使我能在他们家升堂入室,拜见他们的父母,增长很多见识。印象最深的,其一是有钱的人家都有炮楼,在炮楼上放置着用石灰做的炸包,以对付土匪的袭击,其二是未曾面对过一个大姑娘,见我进门,急于隐避,有如老鼠看到了猫,因此让我看到的仅是一条大辫子和背影。我想:这真是来到了孔孟之邦了,姑娘们的封建规矩就比我们山西多。

父亲的盐店在夏镇算高楼大院了,看那个售盐的柜台也极平常,但每天卖盐的收入就有一二百白洋,据说运河的渔船人家是买盐的主要顾客。

我每次走出盐店门外,总能看到停泊在运河上的不少篷船,船上有妇女儿童在活动,还能听到婴儿的啼哭声,他们常年以船为家,流落江湖,过着贫穷的生活。

我急于要去杭州投考艺专,可是听说临城到徐州以下的火车因水灾而不通了。我真像热锅上的蚂蚁,在盐店住的度日如年,好不心焦。事后听说长江雨涝成灾,沿岸灾民竟有在夏天冻死的。

我终于离开夏镇搭车南下了,出临城,从车窗中未能向运河告别,但却意外地看到了晚霞染红了的微山湖,彩波潋滟,孤帆轻移,绮丽如画,使我想起了王勃在《滕王阁序》中的"落霞与孤鹜齐飞,秋水共长天一色"的名句。

1932年暑假,我再次来到了运河边看望父亲,仍住在盐店的客厅里。但已有教训,从杭州出发时就带上了圆顶蚊帐,大可悠悠度日了,既不怕运河的蚊群袭击,也再用不到为了投考学校住的心焦火乱。我在这里可以闲情读书作画,有时也到运河边写生,画来往的船只,画岸上的农家。

一天回到盐店,就看到一个老太太领来两个花枝招展的姑娘,看来不象本地人。后来才知道是从扬州沿着运河坐船来的游妓,老太太就是所谓的"鸨母"。游妓住在盐店内,就象有了邪味的猪肉摆在厨房里,即时招来绿头苍蝇似的,夏镇的地痞流氓很快都闻风而来了。有时候他们当着我的面就动手动脚、搂搂抱抱,真看不惯。没想到这两个游妓的到来竟破坏了我的平静的生活,也搅乱了我的心。每当此刻,我就拿上一本唐诗,走出盐店,一个人坐在运河岸边的绿色草滩上阅读。不想读了,就躺在草丛中,静观蓝天上流动的白云,在云中盘旋的苍鹰。

但一回到盐店看到那些讨厌的人就使我不愉快。盐店的经理们大都吸鸦片宿游妓,他们就过着醉生梦死的腐败生活,真奈何不得。至此我才明白这条古老的运河不仅在运送粮盐,而且还运送游妓,这大概已是自古如此。

夏历七月十五日的夜里,在一轮清如水的皎皎圆月下,当地居民在运河里举行了一个盂兰节的盛会,象正月十五元宵佳节的灯会似的,在墨绿色的运河里出现了很多盏美丽的莲灯,在水面上微微飘动,有如游魂,灯影映入水中,光彩辉煌,在我面前出现了一个幻梦似的童话世界。运河两岸,观众人山人海,儿童们在呼叫着,妇女们在欢笑着,运河顿时就变得生动起来,象春天来了,沉睡的山谷开放出艳丽的山花,蜂蝶为之喜笑;象海上升起了朝阳,霞光四射,海鸥为之欢舞。

我的家乡是从来也不过盂兰节的,所以我感到新颖。人们说,盂兰节是鬼节,其实是一种佛教仪式,也叫"盂兰盆会"。据说其来源是和目连救母的故事有关的。

1933年暑假我和朋友到上海学习世界语去了,未曾再到夏镇的运河边。此后我就因刻木刻而坐了监牢。

等到 1935 年从杭州陆军监狱出来，父亲已告辞夏镇盐店回到了山西老家，从此不再当盐店的经理了。等我从上海要回家乡时，路费不足，父亲来信说，给我准备的一笔学费，我入狱后就把它借给微山湖畔的一个姓韩的富农了。我于是就象冯驩当年受孟尝君之命到薛城收帐似的，受父亲之命到微山湖畔去讨债。但我没有冯驩那样的慷慨，那样的高瞻远瞩，把还不起钱的债户的帐据付之一炬，因为我拿不到钱，就从临城上不了火车，慷慨不得。

我住在微山湖畔姓韩的家里，等着他还钱，而却没想到微山湖的湖水象大海涨潮似的竟漫入了沿岸的村落和田园，韩家的高粱荸麻……都象莲叶似的浸在水中了，这时不但在运河里行船再无水浅难行之苦，而且人们已经在高粱地里撑船来往了。我住在韩家对他压力很大，债和水搞得他不知如何是好，只是向我表示歉意，但最后总算给我筹到了二三十元的路费，才打发我起身。

我是在韩家的门栏上跳上船来到夏镇盐店的。而今是运河依旧，人事全非。我归心似箭，未能在盐店久留，而且也不便久留。

我又在运河上航行了，然而心情，却和初航时大不相同。抚今思昔不胜怅然……

发表于 1987 年 5 月号《火花》

怀念"夜明珠"

一

我非常怀念夜明珠，是她引起我对于晋剧的浓厚兴趣，是她提高了我对于传统戏剧的欣赏水平，十分痛惜她死得太早了。人们时常用"梅花香自苦寒来"比喻艺术家们的成就，而对于夜明珠就只能用"梅花香自血泪来"形容她的成就了。

我认识夜明珠，并初次观看她的演出，是 1946 年的新春。其时她仅二十二岁。那阵孝义刚解放，听说夜明珠从"吕梁剧社"回家探亲，一些好事者就戏兴大发，想方设法让她给群众演几场。我当时正在孝义下乡，但我对于晋剧却没有那些县干部们的兴趣大。然而也并不反对。因为孝义当时在阎锡山的"兵农合一"苛政搜刮下，人民以黑豆充饥，过春节也吃不上顿好饭，不少人家吃的是荞面饺子。现在，解放后的第一个新春唱上一台戏，能让他们有点精神生活，增添些春节的新气象,得到一些欢愉,何乐而不为呢!

其实我并没听说过夜明珠,我所知道的名演员还是童年时代的什么"万人爱"啦,"十六红"啦,因为我自幼就离开了山西,对于戏剧方面的新事物,实在是孤陋寡闻。

那时县政府设在东小井村,因为孝义县城还在阎锡山手里,未解放。我因事偶尔去县长办公室,发现窑里人很多,怪热闹的。除了认识的干部外,还有一个不认识的姑娘坐在椅子上,杨县长马上就给我介绍,说这位姑娘就是"夜明珠"。她穿着褪色灰军服,戴着一顶军帽,一点也不起眼。身材虽然窈窕匀称,但神态无精打采,实在不像我想象中的"夜明珠"。她没有和我说话,显得沉默寡言。

当时人们正在议论唱戏的事,大家愁的是没配角。人众智多,终于想出了个"十六红"来。我真没想到"十六红"还活着,而且也是孝义人,不过据说已有七八十岁了。

真的就请来了"十六红",这就能够唱两个角色的戏了。于是决定演《龙戏凤》。他们试排时我在场。"十六红"到底年老,唱的唱的就忘记了,就全凭夜明珠给提词。

待到正式登台演出时,我也去看了,戏庙里已是人山人海。没想到一切行头衣着丝弦乐器应有尽有,像一个正式的戏班子演出。我真佩服那些县干部们的本领,也不知从哪里弄来这些东西和人手的。

可戏一开演,却更使我惊讶了,绝没想到台上的那个转眄流精、神光焕发的夜明珠和台下的那个无精打采的姑娘竟判若两人。她打扮得如花似玉,穿戴上金光闪闪的戏装,真乃花枝招展、容颜婀娜。不但如此漂亮,而且那精巧细腻的表演,柔顺和谐的嗓音更使我着迷。我从来也没有看过这样动人的戏剧。她在台上的姿态和行动,令我想起曹植《洛神赋》中所说的"仿佛兮若轻云之蔽月,飘飘兮若流风之回雪"。她在《龙戏凤》中的表演,既舍粗俗撒野之态,亦舍卖弄风情之感,真是恰到好处了。

第二天,我再看到夜明珠时,对她就有了一种肃然起敬之感,我说:

"昨晚看了你的戏真使我入迷。"

她对我莞尔一笑说:"演得不好……"

有人对我说,夜明珠还离不开鸦片烟,小小的年纪就染上了这种毒品,我真为她难过。但我真想和她长谈,了解一下她的身世。可她要赶回剧团,不能多留了,终于没有谈成。而她的表演却永久留在我的记忆中了。

我真感谢夜明珠,从此我就对中路梆子发生了浓厚的兴趣。

二

当年初夏,我从孝义回到晋绥边区首府兴县,一天看到我们的贺龙司令员,我对他说:"'吕梁剧社'有一个夜明珠,我看了她的戏,真好,让她来北坡演上几天吧!"

贺司令员问了些关于夜明珠的情况后,就对我说:"我们可以让她来。"

不久,吕梁剧社就派人把夜明珠送来了。我听到这个消息后自然是非常高兴的。

终于夜明珠在兴县的北坡——晋绥边区党委所在地演出了,同她一起登台的还有名角冀兰香和十三红,也是和夜明珠一起从吕梁剧社来的。一场《打金枝》演出后,就轰动了一条蔚汾河沟,连最懂山西梆子的边区党委副书记张稼夫同志都赞口不绝,贺司令员也很感兴趣。我脸上觉得很光彩,因为夜明珠毕竟是我鼓吹来的。

这次演《打金枝》,夜明珠扮升平公主,冀兰香扮演国母,十三红扮演帝王,主角演得精彩,配角也颇有水平,演完后人人叫好。我们《晋绥日报》社的同志们观后,竟把夜明珠叫成"珠珠"了,可以看出大家的喜爱之情。我还是有生以来第一次看《打金枝》,四十年过去了,那动人的形象还清晰在目。

我真感谢夜明珠,她的演出不但使我对晋剧发生了兴趣,而且也提高了欣赏水平。

三

我打听到夜明珠的住处,一个上午,去看了她。

夜明珠正躺在炕上,在烟灯旁吸大烟,窑里弥漫着鸦片烟的浓味。我进门后她急忙放下烟具坐起来。

"你还认识我吗?咱们在孝义见过面。"我说。

"认识的,没想到你会来看我。"

"在孝义时我就想了解你的身世,好不容易你来兴县了,今天就给我谈谈吧。"

于是夜明珠向我诉说了她的血泪的身世。

"我家住孝义县二区王家庄,"她说,"咱们见面时,我就是刚从王家庄到了东小井。我小名叫王翠兰,而今叫王艳凤,现年已经二十二岁了。你看我像二十二岁吗?"

"看你顶多十八岁。"我说。

"呵!"她笑笑。接着说:

"我爹是种庄稼的,一年能打十三石粮食,有马,有羊。我妈生我是第二个女儿。姐妹兄弟十二个,现有姐妹五人,兄弟五人。我小时多病,爹妈怕长不大,当我八岁时村里来了个算卦先生,我妈就请人家给我算。他对我妈说:'你这个闺女在家里养活不大,八字太重,有半斤重。要是叫人家养就可以养大。'这样爹妈就把我送到墕头庄我姨姨家当闺女,住了有半年,可我就是不肯叫姨姨妈。虽然姨姨有时也打我,要算待我不错。可我就是不愿在人家住,想妈哩。墕头庄离我家有五六里路,一天我就跑回王家庄。我回来后,一个名叫张金保的亲戚来我家,对我妈说:汾阳有一个领戏班子的人,名叫吴占标,三门没儿,如果把我卖给人家做女儿,也算一门亲。我爹妈听了就愿意了,怕我在家里养不活。

"十冬腊月天,我爹妈把我带到汾阳城吴占标家。卖了九十块大洋。本来说的还算两家亲,爹妈也能常来看我,将来大了两家打发我出嫁。可是到第二年正月里我爹来汾阳城看我,人家吴占标说卖死了,不让见。我爹回到孝义气得说:'我非和吴占标打官司不行,要是打官司闹不回我孩来,我也要

亲自拿刀子把吴占标杀了,把我孩闹回来。然后我自己去投案。'邻家们劝我爹说:'可不要这样做,还可以想想别的办法……'

"结果就搬上人,花上钱,请了吴占标的朋友说情,这才算答应我爹妈和我见面。

"这吴占标是当兵发了财的,后来就在汾阳开了个自行车铺,也卖料面。还在戏院当班主。

"见了面爹妈都哭了,母女哭得说不出话来。人家要到戏院里,我妈装着要看戏,也跟着到了戏院里。我坐在妈怀里,我妈不停地擦泪。吴占标是太谷人,娶了姐妹二人当老婆,可坏啦,她们看着我们娘儿俩,怎也不肯和我妈说句话。吴占标鬼心大,他不教我在台下看戏,要我离开我妈到台上去看。戏完了大家都往回走,我叫我妈一道回,可人家拉住我走,不让我和我妈说一句话。这样我妈和我都哭着回到吴占标家。此后一别就是十四年。听说我爹回家后就气死了。"

王艳凤说到这里,从烟灯旁坐起来,两眼充满了泪水,拿出花手绢擦拭。我也非常难过。

"我在吴占标家里,"她接着说,"一天价挨打受气。过年不久,就送给师傅打戏,在师傅那里学不会了就拿木板打。回来背戏,吴占标的小姨子听着,我本来唱得对也说不对,挑得吴占标拿到什么就拿什么打我。真是活不出来了。

"吴占标回太谷去,要我也跟着去,只学了不多天,就离开了师傅,我也没办法。人家家里有钱,把我当丫头使用。一天见人家都出去了,就站在椅子上看墙上挂的照片,没想到就把红椅上的雪白罩布给弄脏了,吴占标的老婆回来看到了就拿鸡毛掸子打我,后来又告了吴占标,吴说:'往死里打,打死了也不过白砍上九十块钱!'

"又有一次吴占标的四岁的小女儿要吃肉,我就到厨房从锅里捞给她一块,我也吃了一块。老妈子看到了,就告诉了吴的老婆。吴占标回来知道了,就拿木棍打我,像打牲口似的,头上身上乱打,我拿手掩护,就打在我的嫩弱的手臂上,后来有一个多月才算养好了。差点把我的手臂打断。

"吴占标打我时,我叫爹叫妈都没用,后来就哭也不敢哭了。人家说:'这狗的胆子大,你看那么打还不哭不怕,心眼子硬的呢。'其实是不会哭了,麻木啦。吴占标的马鞭子时常在炕上放的哩,打的时候,她老婆看着窗外,怕有人进来。有的邻居听到了,在外面讲情,说:'小孩牺惶的……'可吴占标说:'这狗东西是贱骨头……'他打乏了,就吸一气大烟再打,打得我就死过去了。身上经常是红肿黑青的。我当时一天到晚想:可千万不敢做下错。有人要我告状去,我到那里去告呢,衙门是为有钱人开的。自己等着打死就算了。唉!我爹把我卖给人家,比牲口还不如,我也曾想到过自杀……"

王艳凤收拾了烟具,吹灭了烟灯,坐起来,用花手绢擦了擦眼泪继续说。而我却不停的用钢笔记,像在法庭上记录一个冤魂的控诉一样。

四

"这以后我又从太谷回到汾阳,有个唱小生的,叫三儿生,当时已六十来岁了,吴占标就让我和他小姨子给人家当徒弟,这样,我就和三儿生到了太原。到太原后三儿生把我交给一个唱正旦的冯师傅,他就到北京唱戏去了。冯师傅教的徒弟有十来个,都是女的。教不会了也打,不过我挨的并不多。师傅嫌我小,那时还不让我登台。

"第二年三儿生从北京回来,就准备领我到北京去。这时我已学出来了,他就给我起了个艺名叫夜明珠。

"到了北京,先在华北戏院登台,以后又到了石家庄,张家口。我十三四岁上就大有名了,和师傅在一起唱。

"三儿生待我就像亲生女儿似的,虽然有时也打一二个板子,但打了以后他就心疼地说:'师傅打你两个板子比给你两块现洋还强。因为不打你学不会。'我哭了,师傅就安慰我。我有时要到外面去,他先摸摸我的头,看有汗没有,怕我受了凉。他吃牛奶也给我吃,吃水果也给我吃,盘盘碟碟,吃什么总有我的份。但师傅就是不喜欢吴占标的小姨子,好东西不给她吃。我一有病师傅就带我坐上电车去看病,花多少钱也愿意。有一天我睡在他床上,他要吸洋烟了,就把我轻轻抱到另一个床上去。他真像我的亲父亲。可是因为师傅吸料面,弄得我也吸上料面了,真后悔。

"到了第五年头上我师傅和我回到太谷,后来他就病死在榆次,那是 1938 年①。师傅死后,我把他当亲爹似的葬埋了。后来就由吴占标领上我跟上戏班唱戏。

"可吴占标真够坏,他怕我师傅死后趁机回了家,就暗中布置好,让邻居告我说:'有人带口信来,说你家起了大火,连你妈在内全家都烧死了。'一直到我参加了八路军到了沁源山上,在'人民剧团'见到本村的人,才知道家里并没被大火烧掉,我妈也活着。

"这时我已成名了,吴占标的小姨子也和我好了。像亲姐妹似的。但吴占标的老婆却一直和我不好,找茬打我。可小姨帮助我。她对吴占标说:'人家翠兰没错呀,你不应打……'这期间就是靠我唱戏养活他们全家。吴占标知道我老实,赚多少钱交多少,也就再不打我了。以后吴占标病死在太原。当时他病了由我出钱给他看病,死了由我出钱把他葬埋。

"吴占标死后,我当时才十五六岁,还得养活吴的两个老婆。她们俩都吸料面,把家里的东西都卖光了。气得我有了钱也不给她们,她们就阴谋要卖我。不久,她们把我偷偷卖给了一个名叫王殿元的河北人,卖了多少钱人家也不说。有人告我:这两个狠心的鬼曾想把我卖进窑子里,但有人劝说:'卖到那里也一样……'总算没有卖进窑子。"

五

"我去了王殿元家就病了,想'二姨',想叫王殿元把二姨叫来。人家说:'把你卖死了,多会儿也回不去了。'听到这话,我就哭了。王殿元又说:'人家把你卖了,你还想着她们做什么?'我想,是呀,人家狠心把我卖了,我还想着人家做什么,太没出息了!

"王殿元有三十四岁了,家里有老婆孩子,是个做买卖的。我到了人家,就得当人家的女儿,叫王殿元爹,叫他老婆妈。不久王殿元就给我买下行头,让我唱戏,看我在社会上很有名望,还给我雇下老妈子,跟班的。待我算不错。后来又给我买了些小姑娘让跟上我学戏。

"那时候是日本人和汉奸们的天下,我在太原唱戏,因为名气大,汉奸们就来捣乱,他们走到后台来,说三道四,我也不敢搭理,因为我父亲关照过我,不要和汉奸机关上的人说话,怕招惹下祸事。

"那时在太原有四大天王,都是日本宪兵队的。他们搬房子还要我们去暖房,给他们唱戏。唱完戏,要我们陪他们打牌。像有名的果子红、梁小云等坤角都要陪人家打牌、吃饭。惹不起呀。可我父亲却不准我去。

"每当这些汉奸们来到后台我不搭理,他们就说:

"'嚄!王艳芬①;真牛皮,不尿人!'

"我说:'我认不得你们呀,认得还能不说话。'

"在那个时候,我们唱戏的真难混呀,唱得不好了,吃不开。唱得好了,又要招惹麻烦。

"后来他们打听到有人管我,就坐上洋车跟踪,于是就知道了我家的门牌。有一次夜里完戏后,有三个汉奸跟到我家,

注:①夜明珠在王殿元家名王艳芬,到"吕梁剧位"后改名王艳凤。

"我刚坐下,他们就进来了。穿着马靴,一副凶像。问:

"'这里是王艳芬的家吗?'

"我忙给人家倒茶,让坐。

"'你现在有下家了没有?'

"后来知道我父亲是在'家里'的,和当官的有关系,也不敢太胡闹了。

"'小孩大了,应该给找个下家嘛!'他们说。

"'现在由她哩,我们大人也管不了。'父亲说。

"他们走后,我父亲疑心是我招惹下的祸。要罚跪。我妈给我讲情,算没跪。我父亲就说:

"'那你就自己找下家吧!'

"后来在太原四道街有一个当官的,两道金二个花,我也不知道他是什么官,只知道他名叫李玉。媒人说他家没有老婆,我打听了一下人们也说他没老婆。就和他换了帖。可是换帖后,我妈向人家要下一万元'鬼票',李玉出不起,只出了四五千,我卖了戒指首饰弄够一万元。

"后来发现他老婆和他在正大饭店里吵架。我妹妹们知道后,就急忙来告我,我就寻去。我去后没说话。李玉下不了台,说要和老婆离婚,可是女的不干,而我也不干了。

"回去告我父亲,我父亲不管,说:'惹不起人家。'后来我就下决心去太原告李玉,和他打官司。可我寻不到一个打官司的地方。就喝了些酒找到一个派出所。后来那没脸的李玉竟找我来了,不料就让派出所的人打了他一顿。还扣了一黑夜,并上了铁铐。我父亲来说情,被踢了一脚,第二天把李玉放出来,他的同学知道了,就去打派出所,这事就闹大了。最后法院把李玉判罪三个月,从此就和他解除婚约了。

"我在太原,时常碰到些不三不四的人,骗我说:我妈在城外等我,要我去;有的又装着是我家的亲戚来看我,想要把我骗到手,可是他们都没有骗到手。总之,我在王殿元那里四五年,日子也是很不好过的。"

六

"后来我回到汾阳,在集星楼戏院搭班演唱(汾阳那时还没解放),听说八路军在山上,而我家也在山上,我就很想回家看看。

"我在汾阳碰到冀兰香,她是唱正旦的。她在敌区平遥县宁国阜唱戏,于1945年2月回汾阳,半路上就被八路军的平介'武工队'接去,到晋东南太岳区唱过三个月。

"冀兰香是怎样让武工队接去的呢?听说八路军要成立剧团,没有教师,有人就说:'平遥宁国阜有名演员冀兰香和十三红正在唱戏,这不是顶好的教师……'武工队打听到他们演完戏要回汾阳,于是就在高粱地里等,等了两天也没等上,到第三天送情报的人来说:'冀兰香出来啦,也没日本人跟的……'这样武工队在半路上就截住了。

"冀兰香告我说:八路军政治好,待我们艺人也好,人在里头坏不了,因此我也很想到八路军里去。后来八路军动员我出来,我就到了解放区。原不知有这样一个世界,就再也不想回去了。有的出来又回去，觉得还是八路军里好，就又出来了。冀兰香和十三红就是这样的。

"虽然在这里有时候夜行军不习惯，但不论哪一位同志对我都很客气，给人家吃大锅饭，给我吃小锅饭。我生了病，首长们送我进医院。来了人民剧社，李克同志又给我笔记本，又给我写下戏文，让我按戏文学文化，不论什么人看见我写字写得不对就帮我改正，帮我学习，还给我上政治课，我现在可以认三百来个字了。可是我以前是一字不识。

"自来八路军里，领导上给我穿绸衣我不要，我现在脑筋不一样了，对于过去吃得好，穿得好，打麻将……胡花钱的生活过厌了，现在觉得实受些好，因此要他们给我穿粗布军衣。

"我这短短的一生却经历了各种各样的生活，最后能来到这个新世界，也算找到了一片光明之地。"

我向王艳凤告辞时，她从衣袋里的笔记本中取出一张照片主动送给我，并跳下炕来和我热情握手。

那张照片不是剧照，而是一张头像。我知道这张小小的头像意味着她对我的信任，意味着她对八路军的深情。我一直保留到现在。但我绝没有想到，这次告别竟成了永别；她的照片竟成了一个死者留给生者的纪念品。

七

后来我见到吕梁剧社社部的王清亮同志，他告我说："王艳凤同志于1945年7月曾到我太岳区演出，我们为了优待她,给她吃小锅饭,但一月之后她感到不安,自己跑到我们大灶上要和其他政治部剧团的团员们一起吃大灶饭,我们劝她,不叫她吃,她说:'不要单另吃了,已经吃了一个月啦,我就爱吃小米饭……'她不愿和旧同事们在一起过旧的生活,要求和我们的女同志在一起住,表现得很好。并能耐心的三回五回十回八回的教给女同志们学戏,从不发脾气。因此她请假回家后,那些女同志们就经常念叨她,说:'王艳凤还不回来,也没人教给我们戏了。'

"行军时,我们给她骑马,但她总是让其他女同志骑,而她步行。有一次她在平介卖了一件旗袍换料面吸,后来我们发觉后把旗袍给她赎回来,并和她谈,希望她今后有什么困难向我们提。她感动得哭了,说:'这次我错了,以后我有什么事一定都和你们谈。'

"她回孝义后,到处告诉人们说:八路军给她吃小锅饭,教她认字,把她当一个真正的人来看待。

"她告同志们说:不要叫我'夜明珠'了,那是人家要笑我的一种名字,你们现在不叫我王同志也就叫我王艳凤吧。"

据吕梁剧社的王易风同志说:王艳凤同志于1946年完成了赴边区首府的献演任务后,仍回到吕梁剧社参加了若干次劳军演出活动,秋后因患肺结核病,请假回家休养。这时病魔缠身,医疗条件又相当困难,加以在艰苦岁月里生活,营养也跟不上,因此病情也并不见得有什么起色。乃至1948年秋,晋中各县连续解放,把艳凤同志接到汾阳和平医院进行诊治时,已因肺结核晚期而无法挽救了。当时瞒着本人,护送回村,剧社出资护理到最后,并作了后事安排,可惜于1948年冬病逝于原籍,由当地与其亲属妥善安葬于故乡,终年仅二十六岁。

她虽然不幸早夭了,但看过她的演出的人将永远怀念夜明珠。

> 发表于1987年第1期《山西文学》

青松赞

我爱松树,幼松翠绿悦目,古松苍碧喜人。尤其是百年老松,侧干或如龙爪摄物,或如虬蛇飞空,有一种动人的神采。

虽然人们常以松柏长青相提并论,但我并不喜欢柏树而特爱好青松。大概画家都对青松有情,所以他们的作品中,大多出现松姿而较少有柏影。尤其是山水画,松树总是特别受宠。因为松树比起柏树来,更美,更"入画"。

中国画家喜欢把松竹梅画在一起,谓之"岁寒三友",好象是在歌颂松竹梅的耐寒精神的,其实是在赞美经得起风霜和逆境考验而不趋时附势的可贵品质。古书中曾有"芝兰生于山林,不以无人而不芳,君子修道立德,不以穷困而改节"的句子,这三友图难道不正是赞美这种美德吗?

黄山是山水画家必游之地,试想:如果黄山只有山石而无苍松,难道还有象现在这样的吸引游客和画家的魅力吗?我曾去过黄山,深感黄山之美有一半是多姿的松树的功劳。

画家董寿平画黄山，除了山峰就全是画的松树，而且用重墨写松，苍劲醒目，耐人寻味。大概陶渊明也是特别爱松的，除了在《归去来辞》中有"三径就荒，松菊犹存"和"景翳翳以将入，抚孤松而盘桓"的诗句外，在《饮酒二十首》中就有以下的四句："青松在东园，众草没其姿，严霜殄异类，卓然见高枝。"

这是歌颂青松的，但其实也是借"青松"为自己写照。

想到"古松"，总使我把它和"幽静"二字连在一起，大概是少年的生活所致。我的故乡多寺庙，而寺庙中大都有古松。听着高阁上风铃的鸣声，看着松枝在天际摇动，反而更感到古寺的空大与幽静。可谓松动寺愈静，铃响庙更幽。

我曾从40里外的大山脚下，在松林中挖了五六株小松苗，移植于我的土院内，半个月之后却都死光了。原因大概是移植时根部没有带土，所以难于成活，我感到它们很娇气。但也不然，青松竟能在毫无土壤的石山里生长，把根扎在石缝里，显然能耐旱耐寒，何曾有半点娇气。

我的童年时代，在本村见不到一棵松树，看到的尽是些古槐、老榆、高椿之类。邻村的庄口上有株松树，我一见就喜欢。它迎风肃立于梯田之巅，象一个巨人，骄傲地俯瞰四野，大有顶天立地的气势，它至今令我怀念。

发表于1987年10月16日《人民日报》"大地"副刊

怀念叶洛同志

马兰花

在"国立杭州艺专"的同学中,和我一同参加"木铃木刻研究会",一同参加"中国左翼美术家联盟",一同被捕入狱,之后又先后投奔延安"鲁迅文学艺术院",全国解放后,又一同在北京"人民美术出版社"工作的,只有叶洛。这真是非常难得的。论年龄,我今年74岁了,他比我小一岁,然而他竟于去年先我而与世长辞了。他的逝世,自然使我感到悲痛。

叶洛是1930年考入杭州艺专的,当时名叫叶乃芬。他一开始就是正科生,能住校。而我却是1931年从太原来杭州,作为插班生考入艺专的。起初我是选科生,不能住校,我和两个也是选科生的北方同学在西泠桥边租了一间房子住在一起。因此我和住校的同学经常多半只在教室里见面,不可能一下子彼此熟悉起来。叶乃芬和我虽是同一年级,但又不在一个教室里画素描,因此当我"跑校"时还不熟悉他。

然而"跑校"也是一件愉快的事。每天吃过早点,从西泠桥到校,经过西泠印社、楼外楼、广胜寺、中山公园,一边是孤山可爱的深绿,一边是湖上迷人的晨雾。我走在柏油马路上既好象是在湖边游览,又好象是在孤山下散步,很惬意地就走到了学校。那时学校在平湖秋月之旁,教室在烈士徐锡麟墓侧。

然而为了和更多的同学们生活在一起,一年之后,我还是舍弃了惬意的"跑校"生活,由选科生改为正科生了。这样我就住进了学校的宿舍里。

叶乃芬中等身材,清秀的面容,当时是一个非常活跃的青年,哇啦哇啦,在宿舍里总听到他的声音。这样我就很快和他相识,很快和他熟悉起来。

他写得一笔工整的钢笔字,爱好文学,好象有时还写小说。他和我谈雷马克的《西线无战事》,谈绥拉菲摩维支的《铁流》……"指点江山,激扬文字,粪土当年万户侯"。这样,我们就有了更多的思想交流。

经过"九·一八"、"一二·八",经过学生到南京请愿,我们对卖国贼蒋介石都有了一致的看法,终于和曹白、孙功炎诸人形成了当时艺专的一批仇视国民党的激进分子,于是就引起了作为国民党特务的训育主任张彭年之流的注意。

在这种思想基础上,1933年2月,当上李苦禅先生的国画课时,大家围着火盆闲聊,便以我们这些人为中心成立了"木铃木刻研究会"。叶乃芬私下主张:"研究会"的正副会长不要让我们担任,应选政治上灰色的中间分子,以免刺激了张彭年的特务神经,因为"研究会"的成立,是要在训育处备案的。这样我们这些激进分子就都没有出头露面。

虽然如此,但叶乃芬在"木铃木刻研究会"的表现是异常积极的。他当时刻了木刻《街市战》和《斗争》等。当我们在夜晚都集中在饭厅里手印《木铃木展》的作品,在飞虫萦绕的电灯光下墨手墨嘴地大干时,叶乃芬口唱京剧"金沙滩……"干得特别起劲,有如一场紧张的备战工作。时过五十余载,至今忆及,犹如昨日。

当我和曹白在暑假中到上海学习世界语,我生病住了广慈医院时,听曹白说:学校成立了"中国左翼美术家联盟"(简称"美联"),我们都成为盟员了。

九月初学校开学时,我们就过起"美联"的组织生活来。"美联"虽为党的外围组织,但小组活动和党的小组生活无异,是非常秘密的。有时在孤山上的亭子内,有时在湖边的草地上,既不许相随到会,也不许会上作记录。当时曾讨论了国际大事——希特勒火烧国会,讨论了蒋介石成立特务组织"蓝衣社",还讨论了中国红军的新动向……叶乃芬向大家汇报了他在暑假中去浙江江山县了解到的关于红军的消息……我们这时虽都是非党员,但把抗日的希望和中国的命运已坚定地寄托在中国红军一边了。

在"美联"的鼓舞下,我们秘密阅读马克思主义的《政治经济学》,阅读上海出版的左翼报纸《文艺新闻》……

虽然我们在"木铃木刻研究会"的会长人选上企图麻痹敌人,但当年10月10日张彭年对"木铃"大下毒手时,还是把曹白、叶洛和我三人逮捕入狱了。这说明敌人并没有睡觉,他们是很清醒的。

在杭州拘留所的木牌上有三个"共党嫌疑犯":刘萍若、叶乃芬、郝丽春。许多人看了这三个名字都以为是三个女人。正因为如此,后来刘萍若改名为曹白,郝丽春改名为力群,叶乃芬根据他刻木刻用的笔名"岱洛"改名为叶洛。

我们三人并没有因为这次被捕入狱而气馁。岂只是"嫌疑犯"?后来终于都成为真正的共产党员了。抗日战争爆发后,曹白参加了新四军,叶洛和我不约而同都到了延安。

1935年,我们经过一年多的监牢生活,都由杭州相继出狱。杭州艺专由于我们的被捕而把我们三人都开除出校了。为此,曹白在上海新亚中学当了教员,我在上海失业,叶洛在上海"新华艺专"再次上学。这样,我们三人又能在一起聚会,犹如在学校时一样。叶洛也未改当年风度,我们忆杭州往事,话监狱生活,彼此谈笑风生,以苦为乐。当叶洛谈到他在新华艺专的艳遇时,叙述了他和一位湖南小姐名叫王曼恬的恋爱经过,并谈到他计划去日本留学的心事……我们为他还能在艺术上继续深造,在爱情上有所寄托而高兴。

这之后抗日战争爆发了,人们在战时的生活既如湖上的浮萍,也象秋风中的落叶。我们三人彼此就都不知对方的行踪了。

当我于1940年被时代的风吹到延安鲁迅文学艺术院后,没有想到叶洛和他的爱人李炎于1941年也来到了鲁艺,这真使我高兴。他和王曼恬的爱情的中断,我是早有所知的,因为抗日战争初期我和她曾在安徽省立第一民众教育馆一起做抗日宣传工作，我们无所不谈……李炎虽不曾相识，但她的哥哥李元庆同志，我们在杭州艺专时就相识了，他在音乐系学习，而我们都在"美联"一同过小组生活，然而那时叶洛还不知李元庆同志的妹妹李炎其人。现在，叶洛和李元庆、李炎都来到延安鲁艺，真有如涸辙之鲋都来到了江湖。

鲁艺当时成立了一个"泥工组"，其中心工作就是做"泥娃娃"，以丰富延安人民的文化生活。"泥娃娃"描出眉目，涂以颜色，又上了一层桐油，很受群众欢迎，有一个农民情愿用两斗小米换一个泥娃娃。这项工作是以叶洛同志为首而活动的。后来这"泥娃娃"不但为延安老乡所爱，而且为外宾所欣赏，他们看到"泥娃娃"就"统统要"。因此他们的"泥娃娃"真是"生意兴隆"了。

1944年，当时鲁艺美术系的师生都从东西山搬到教堂南面的平房里，我的左边住着王式廓同志的一家，右边住着叶洛同志的一家。叶洛当时已有女儿姐姐和男孩姐弟，他除了忙于他的"泥娃娃"工作外，就是忙于家务，诸如洗尿布、生火炉……这时的叶洛，已非风华正茂、书生意气时代的叶乃芬了。年龄的增长，人生的变化，多么使我感到怅然。然而延安的生活是可贵的，在伟大的革命大熔炉里我们都受到了锻炼，在划时代的"延安文艺座谈会"之后，我们都得到了深刻的马列主义的文艺思想的教育。

1945年日本投降之后，革命的胜利前景鼓舞着我们，每个人都按革命的需要而各奔前程。我的一家到了晋绥边区，叶洛的一家走向了东北新解放区。不久我们出版了为农民服务的《晋绥人民画报》,叶洛他们在东北出版了为农民服务的《嫩江画报》,伊瘦石等同志在草原出版了为牧民服务的《内蒙画报》。这是三个具有共同信念的单页的兄弟刊物,象黎明前的三颗晨星,洒向大地一点微弱的启蒙之光。我和叶洛虽万里河山相隔,但每每看到《嫩江画报》就有如看到叶洛其人,他不仅在《嫩江画报》上作画,还写通俗诗歌。这时,我们能通过对方的画报,照见彼此的一颗诚挚的乐于作普及美术工作的心。

我很明白,这三颗诚挚的心,都是由毛主席《在延安文艺座谈会上的讲话》精神所培育,正像"木铃木刻研究会"的成员们的心为鲁迅的革命文艺思想所培育一样。

不久,盼望多年的全面胜利终于来到,全国彻底解放了,我们象许多小河流归大海一样,叶洛从嫩江,我从山西来到了首都,而且我们碰巧又都在人民美术出版社工作。然而当时"左"的政治空气和"左"的政治运动对叶洛都很不利,象一条蛇一样纠缠着他,似乎总是和他过不去。我内心很同情他,但也无能为力。这时的叶洛变得孤僻、沉默,有时显得高傲,这是可以理解的。这种情况搞得叶洛和我也无法谈心,好象我们当中也有一墙相隔,真使我感到悲哀。

这种情况使叶洛也实在难以在北京生存下去了。后来听说他终于被调到西安美院去工作。他在那里是否心情舒畅,我就毫无所知了。但看到他在新的环境中所画的许多出色的油画,是令人高兴的。

我最后一次和叶洛相见是1982年冬天,那时中国美术家协会在杭州举行一年一次的工作会议,我参加了,这时叶洛已离开西安美术学院任浙江美术学院副教授。他热情地接待了我,我到他的岳坟栖霞岭新居看望了他和李炎。一次在街上相遇,他送了我些水仙。没想到这就是他和我的永别。他竟于1985年7月30日与世长辞了。

而历史是最公正的评判者,现在盖棺论定:应该承认叶洛真是一个正直的同志,他为人刚直不阿,既不和伤害他的人无端妥协,也不会笑脸逢迎。他到晚年的入党就说明他终于得到了党的了解,同时也是党对他一生的工作和思想的最终评价。

我最近读他逝世之前在《延安岁月》上写的文章,其中说:

"只钻形式的牛角尖,无视客观现实的欧洲形式主义艺术,因为其夸张和装饰手法的无的放矢,非但不能使作品上所呈现的形象能反映客观事物,而且必然歪曲客观事物。……端着金饭碗要饭,以为欧洲的形式主义月儿圆,岂非误民又误国?"又说:"艺术工作者若把令人看不懂的,无法理解的,并无用处的抽象派作品,来供应纺织工人,建筑工人,农民,人民大众,岂非于理很不合?"

从这里可以看到叶洛不愧是一个在延安受过革命文艺洗礼的战士,不象有的从延安出来的人在新的对外开放的时代就背叛了自己曾经坚持过的文艺信念。这难道不说明叶洛同志对革命的坚定的感情和对党的文艺路线的忠诚吗?

叶洛同志,你虽然和我永别了,但我们两颗对革命诚挚的心是始终贴得很紧的,这,你在九泉之下应该感到欣慰。你安息吧!

发表于 1987 年《新美术》

在赛场上

我在天津的网球馆参加"全国第七届老年网球邀请赛",感到了紧张和辛劳,也感到了战斗的欢喜。

我今年75岁了,参加全国的网球赛还是有生以来第一次。能够参加这次比赛的,都是健壮的老年人,比赛中的佼佼者;否则就没有资格进网球场,更不要说想在比赛中得胜了。

我感到人生也就是一场无形的大竞赛,赛成就,赛贡献,赛健康,赛长寿……

虽然在生活中也有人赛阴谋,赛权术,赛造谣中伤,力求在这些勾当中击败敌手;但这些比赛都是在阴暗的角落里鬼鬼祟祟地进行的。不象我们老年人的网球赛全在光天化日之下,有双方较量的公开场地,也有明确的裁判;赛完了彼此握手,相对而笑。

我多少年来在艺术的赛场上老老实实地努力,遇到比自己强的,甘拜下风,向他学习;遇到比自己差的,也从不盛气凌人。在艺术的比赛中,好像没有裁判,其实也还是有的,这就是人民。时间,是最公正的裁判。有的人想通过特有的"关系户"写文章,把谁也看不懂的作品,以丑为美的绘画捧到天上,把灰的说成红的,把黑的说成白的,可能也骗得荣誉,鼓噪一时,然而人民是不买账的,结果只能在历史上昙花一现。

我是一位版画家,一生是在艺术的赛场上走过来,现在行将要走出这个赛场了,没想到却突然参加了全国老年人的网球赛。我们来自五湖四海,在天津的网球馆相识,感到了朋友的增多,人生的欢乐,老年人的骄傲。

在这次老年人的网球比赛中,我还没有遇到过真正的职业对手,而都是和我相似的业余的网球爱好者,其中有解放军的司令员,有肿瘤医院的院长,有大学教授,有中学老教师,有园林局的工程师,有中央一级的部长,有科学家,……而我是艺术家。我们曾经在抗日战争、解放战争,以及建设社会主义的各条战线上作为不相识的战友走过来,现在又在网球比赛的战场上成为相识的战友而欢聚。孔子说:"有朋自远方来,不亦乐乎!"而我们自祖国各条战线而来,在天津相会,又何尝不是一件乐事呢!这种快乐绝不是那些比阴谋、赛权术,企图以此击败敌手的人能够享受到的。

我们一方面在欢乐中建设新的友谊,一方面在比赛中也是"当仁不让"的。当我们在第一轮中战胜了三个省的对手,行将在第二轮中和各组的胜者较量时,当天晚上我问我的同伴:"明天和北京比赛,你怕吗?"

"不怕。"他想了想说。

"你要不怕,我也就不怕了。"因为我的同伴看到过对方打球,知己知彼,而我则既不了解对手,又弱于我的同伴,他如不怕,我似乎腰杆子也硬些了。

然而,睡了一夜起来,我的同伴却又说:"今天凶多吉少!"说的我笑起来了。

到底怎样,这只能由实践作答了。

按规定的比赛时间,我们应该上场了!然而还在场上进行的比赛却迟迟结束不了,我们在休息室等候上阵,有人从场上看了回来说:已经是五比二了,还剩下了一局。隔了一阵又来说,又变成三比五了,又打平了……就这样令人心焦地等着。

终于裁判来宣告上场了。心就突然跳起来。结果事先准备好要打的高球、抽球和削球都没有发挥出来,而对方的空中截击球却使我们难于招架,终于打了个一比六,败给了对手。经过战斗,打胜了对手固然心情舒畅,扬眉吐气;而今碰到强手败北,也心悦诚服。用不到有什么东西耿耿于怀,只有向人家虚心学习。

人生就是一场比赛,赛到老,学到老。

发表于 1987 年 10 月 7 日《天津日报》

怀念鲁艺

抗日战争年代,我在延安鲁艺度过了一生中最值得怀念的岁月,日本投降后,我才怀着一颗难舍难分的心离开了延安。

我于1940年1月从第二战区设在宜川县英汪镇的"民族革命艺术院"来到延安,在"鲁迅文学艺术院"共有6年。名义上是美术系的教员,实际上我也是一名学生。因为我一走进"鲁艺"的大门就深感自己在各方面的空虚,不论是在马列主义方面,还是在艺术理论方面,都有一种如饥似渴的求知欲。因此我就像鲁艺的同学们一样,拿一个小板凳和他们坐在一起聆听周扬、宋侃夫、周立波……等同志的讲课。周扬讲的是马列主义的艺术理论,宋侃夫讲的是党的建设,周立波讲的是文学名著选读。这些课我都感兴趣。

延安是八路军和新四军的大后方,有一个比较安定的和平环境,既听不到机关枪和大炮的声音,也看不到日本的飞机和炸弹,我感到整个延安就是一座热火朝天地学习马列主义和毛泽东思想的大学,是一个改造人的思想的大熔炉。所有的人都是自愿来参加革命的,所以学习的积极性都很高,我也是其中的一员。我们经常从桥儿沟出发,爬山越岭到十几里路远的党校大礼堂去听报告,那时我还不到30岁,正当"风华正茂"之年,并没有感到走路的疲乏,更没有感到生活的艰苦,反而感到生活的愉快和充实……

在鲁艺这个特定的大学里,除了学习还要创作。著名的《黄河大合唱》和歌剧《白毛女》都是产生在鲁艺的,文学上培养了著名诗人贺敬之,美术上培养了著名版画家古元。现在全国各省市文联和各协会,大多数的领导干部都是当年鲁艺的学生。而我作为鲁艺的教员,也感谢鲁艺使我在政治和艺术上都得到了提高。

我在30年代,在鲁迅先生的影响下开始从事木刻创作,到鲁艺时已经算是一个木刻家了,但真正创作出较高水平的作品,还是来到鲁艺之后。在我的一生中,为人所称道的优秀木刻如《饮》《伐木》《延安鲁艺校景》《帮助群众修理纺车》《丰衣足食图》……就都是在鲁艺创作的。因为我来了鲁艺之后,首先是艺术思想提高了,加以美术系的师生大多都在从事木刻创作,可以互相学习借鉴,因此就比在国统区时进步快。过去我曾受西欧木刻影响,尤其是苏联的木刻对我影响更大,到延安后,我开始觉悟到应该脱离这种影响,创造自己的风格。当1941年秋,我和古元、焦心河、刘岘4人在"军人俱乐部"举行联展时,诗人艾青曾在《解放日报》以《第一日》

为题的评论中,表扬了《延安鲁艺校景》。他说:

"力群同志最初是以'Ho'来签署发表作品的,他的作品留给人以一种富于装饰美的印象。

"这次他的出品很多,而且大部分都是新作。这许多新作很明显地是作者在探求新的道路的一些可贵的努力。它们截然地表明了和他的旧作之间的一些差异。这些差异不只是表现手法上的差异,却也是创作意欲上的差异,这些差异使他的新作成了艺术创作路程上的一个主要的迈进。

"《昨日的教堂》(即《延安鲁艺校景》)是这些作品里最值得赞许的一幅。作品的表现手法是最生动的,而这种生动恰好和在这作品里所流露的高原的树木与天空间晴朗的空气相调协,以致使我们不得不为这艺术家所再现了的景色所魅惑。"

《延安鲁艺校景》从刀法上来说是独创的,全然摆脱了我早期木刻所受的外国影响;从意境上来说,除了表现了高原天空的晴朗也表现了教堂的雄伟和作为革命艺术学府的特有的气氛。当时在重庆展出时,王琦同志特著文赞扬这幅木刻在艺术上的成就。今天,这幅作品已成为抗日战争年代有关延安鲁艺的一件值得留存的艺术纪念品了。

特别应该提到的是毛泽东同志《在延安文艺座谈会上的讲话》对延安文学艺术的重大影响。我在这种影响下创作的《帮助群众修理纺车》曾被周扬同志所表扬。当他在解放战争年代出版的一本《延安木刻选集》的序言中谈到《讲话》发表之后延安木刻的新收获时说:

"……这一艺术上的收获不是轻易取得的,这不是作者们一个突然的作风转变,也不是一个优越的灵感的降临,对于文艺工作者来说,这一文艺新方向的实践过程是等于社会改造和思想改造的总和。我们能够说从《运草》到《减租斗争》的创作进程,仅仅是由于作者创作年龄上的差别么?我们能够说从《饮》到《为群众修理纺车》的作者,仅仅是由于表现技巧上的转变么?"

在《讲话》之后,美术工作者力求实践文艺新方向,中国新兴木刻的"延安学派"更加形成。由于我们重视了作品为群众喜闻乐见,因而掀起了向民间年画学习的热潮。其结果是木刻的画面明朗了,采取了多用阳线的刻法。在内容上则更重视了表现人民群众的生产、斗争生活。从而使我们的木刻作品具有了新的面貌,而套色木刻《丰衣足食图》则更具有新年画的特色。

除了学习和创作,为了坚持抗战,为了抵制国民党对边区的封锁,我们还要开荒、锄草、纺线。纺线是一种技术性较强的劳动,我终于在鲁艺学会了一天纺二两头等线的本领。这些生产物质财富的劳动,是实现毛主席"自己动手,丰衣足食"这一号召的。但它们对于我的木刻创作也成了题材的源泉。我如果没有参加上山锄草的劳动就难于创作出《帮助抗属锄草》,如果没有纺线的生活就难于创作出《为群众修理纺车》,如果没有参加劳山烧炭的劳动也就创作不出《伐木》这幅木刻。

在延安鲁艺学会的本领还很多,除了以上谈到的之外,在生活方面我还学会了游泳和跳舞。我自幼就爱好游泳,我的家乡谓之"耍水",但遗憾的是当年在灵石高小读书时未能在汾河里学会"狗爬"。来到鲁艺,每年夏天师生都到延河里游泳,我下决心要学会"蛙式"。然而要学会"蛙式"谈何容易,是要冒淹死的风险才能学会的。当时我学游泳的积极性真高,不论晴天雨后,不论水清水浑,我都和"小鬼"们一起去游。在这种勤奋之中,我终于学会了"蛙式",跟着也就学会了侧游和仰游。我多么高兴呀,终于学会了游泳!不久,我竟能在北京横渡颐和园的昆明湖,在东北横渡松花湖,感到了一种胜利的愉悦。

对于跳舞,也正和一般人一样,一开始是"看不惯"的。岂止看不惯,简直是非常之反对。但毛主席、周副主席也在跳了,这就不好再持反对的态度。于是就渐由"靠边站"而进入了"试试看"。如果说学游泳要冒淹死的危险,那么学跳交际舞就要有不怕碰钉子的勇气。而我是脸皮颇厚的,即使碰了女同志的钉子,也不灰心。但也要感谢我们美术系的一些女同志,她们几乎是有求必应,即使跳得踩了她们的脚,也彼此哈哈大笑而了之。这样我终于学会了华尔兹和狐步舞,由"试试看"进入了"拼命干"。

最初反对跳舞,是由于一种无知和偏见,认为那是公子少爷们的玩意儿,好像无产阶级和跳舞是冰炭不相容。其实跳交际舞是一种很好的娱乐,既是轻松的运动,也是对于音乐的最好的享受和陶醉,更是脑力劳动之后的一种很好的休息。因此我现在虽已年逾古稀,但一有机会还是要参加舞会的。

我作为汉族的一员,总感到生活太单调了,而我们的兄弟民族——维吾尔族和哈萨克族,舞蹈在他们的生活中,简直象空气和水那样不可缺少。因此如果我们能经常跳跳交际舞,也是对单调生活的一种必要的调剂。

为此,我的生活中能有游泳和跳舞也是要感谢延安鲁艺的。没有愉悦的运动和娱乐,也难于有充沛的精力去工作。

但在延安自然也有很不愉快的事,这就是1943年整风后期由康生一手导演的"抢救失足者"的一场恶作剧,一场悲剧。1942年康生曾向大家传达了毛主席《整顿党的作风》的报告,要求我们反对主观主义。曾几何时,康生头脑里就"特务如麻",认定从国民党统治区投奔延安的知识分子大都是特务,结果通过"逼供信"把鲁艺的80%以上的同志打成了特务。我也未曾幸免,采用了"车轮转"三天不让睡觉等无情办法逼你承认是特务。而我觉得既不应欺骗党,也不应欺骗自己,况且一旦乱说了,马上就要伤害别的同志,所以我始终不胡承认。但承认了的就得到优待,实事求是的就继续关起来。因此我被关了一年。所幸事后周扬同志表扬了我,算是得到了一种安慰。这次运动自然伤害了很多好同志。但所幸时间短,不像后来的十年浩劫,而且事后毛主席在一次大会上代表党中央向蒙冤的同志们进行了赔礼道歉,因此人们埋在内心里的怨气很快也就消失了,象暗冰在春天终于消溶了一样。历史证明,从国统区来鲁艺参加革命的美术青年都是好样的,都是很争气的,没有一个是特务。结果倒说明当时认为

"特务如麻"的人都是主观主义者,而康生已被历史宣判他是个大坏蛋。

"鲁艺"虽然有过不愉快的"抢救运动",但我还是时常怀念鲁艺的,象怀念我的亲人,也像怀念我的故乡。

发表于1988年《新文化史料》第二期

十年祭

我的影集中有一张像片,前排是马达、胡一川、李桦,后排是力群、新波、杨可扬、陈烟桥。大概是 1964 年左右在北京拍的。"文化大革命"中,造反派看到了,就训斥道:

"你们还要树碑立传吗!"

在造反派看来,我们这些老一辈的木刻家会集在一起摄影留念,也是有罪的。

树碑自然很困难,但立传为什么不可以呢?这些同志都是中国新兴木刻的开山元老。

历史是无情的,现在新波、陈烟桥、马达都不幸相继去世了,到今年的 4 月 18 日,马达离开我们就已整整十年。我写这篇《十年祭》,既是对他的怀念,也算是给他立传吧。

马达是广西壮族自治区北流县人,生前为中国美术家协会天津分会主席。"文化大革命"中,"四人帮"的爪牙对他进行了无情的迫害,终于在 1978 年 4 月 18 日不幸逝世,享年

76岁。

我认识马达始于1936年,那年的6月,我从山西到上海不久,由曹白介绍和他相识。马达身材高大,沉默寡言,和人谈话也不见一点笑容。眉间凹陷,两目深藏,一看就能感到是两广一带的人。当时在殖民地的上海,为了不被人小看,有点钱的中国文化人大都穿西装,只有穷知识分子穿长衫,而马达不但穿一身很旧的蓝布长衫,而且背上还有白色的汗迹,形如地图。如果在街上看到这样的人,你会以为是中国小杂货铺的一个穷店员。谈话中知道他常到工人夜校去教授木刻,单这一点就使我对他有所了解。因此我并没有因为他穿一身印以汗迹的旧长衫而小看他,反而觉得他的可敬。当时在上海的《文学》、《读书生活》等杂志上能常看到马达学习苏联版画的木刻。他当时没有职业,在《文学》杂志上刊载一幅木刻画,给四块白洋的稿费,就够他一个月的伙食,但这并不能保证每月都能如此,因而日子是非常艰苦的。

1936年10月19日我们伟大的导师鲁迅先生不幸逝世,我和马达都参加了声势浩大的送葬游行,彼此在万国公墓鲁迅坟前别后,就许久没有见面。

1937年7月7日,久盼的抗日战争终于在芦沟桥爆发,不久又在上海燃烧起"八·一三"抗日烽火。马达根据中国空军轰炸日本出云舰的动人事件刻了一幅名为《轰炸出云舰》的木刻,我在报纸上看到,给我留下较深的印象,后来被选入《中国木刻选集》中。

当我从上海到安庆做抗日宣传工作时,就听说马达到了武汉。1938年春我从安徽太湖县来到武汉,终于找到了马达。他于4月16日在汉口停了课的依仁小学成立了一个"木刻人联谊会",又搞木刻训练班,又代售木刻工具,我去了之后就以学生的课桌为床住下来,投入了他的"联谊会"的工作。当时从安徽和我同来的还有安林和刘建庵,此外还有后来在晋察冀抗日根据地英勇牺牲的陈九,也都成为我们在一起工作的木刻伙伴。这时马达已不再穿蓝布长衫,而穿一身蓝色的工装,象一个工人,看起来很神气。我们白天忙于刻木刻搞工作,夜里就闲聊,无所不谈,生活虽然艰苦,但也苦中有乐。

当时属于军事委员会政治部的第三厅,在郭沫若领导之下,下设艺术处美术科,曾给马达安排了一个少校科员的位置,但他不想去做官,而要我代他去上任,他愿把全部精力放在筹建"中华全国木刻界抗敌协会"的工作上,而且木刻训练班也离不开他。

刘建庵和安林都劝我接受马达的意见,并希望我上任之后每月能拿出一部分薪金给"联谊会"。我经过再三思考终于同意了他们的要求。于是就和马达一同到武昌第三厅去会见厅长郭沫若,和处长田汉去商量,郭沫若和田汉都同意后,我就以马达的名义领取薪金。少校的工资每月有一百四五十元。而我过去在安庆省立第一民众教育馆的月薪也不过三四十元。现在竟有这么多,除我和爱人的生活费用外,每月给联谊会五十元作为筹备"全国木协"的经费。彼此皆大欢喜。

当时李桦在五战区工作,他因公来武汉,我和马达同他相见,研究了筹建"全国木协"的事宜。这次是我和马达同李桦的首次相会。

当年的6月12日筹备已久的"中华全国木刻界抗敌协会"在汉口宣告成立,由我作主席做了筹备经过的报告。党的《新华日报》发表了详细的消息给予支持。这是中国新兴木刻在鲁迅先生的培育下于1931年诞生以来第一次成立的全国性组织,我们大家都感到了一件重大任务完成之后的欢愉。

但这基本上是应该归功于马达的。马达象一头牛似的工作,任劳任怨,既不宣扬自己,也不争名夺利,赢得了大家对他的尊敬,和他在一起工作真是令人感到愉快。

武汉失守前,马达和我把全国木协的工作移交给身在重庆的木刻家,然后我参加了由第三厅组织的"抗敌演剧队第三队"到山西前线工作,马达到了延安鲁艺。

当1940年我也来到延安鲁艺时,我们在桥儿沟东山的窑洞彼此为邻,因此谈话也较多。马达当时担任鲁艺美术系的木刻创作课,认真负责,古元就是在他教导下成为中国闻名的木刻家的。鲁艺当时经常出版一种"木刻墙报",我看到在马达播种耕耘下学生们的木刻创作成绩时,感到无比高兴。

当时的延安有所谓四大美人、四大忙人、四大怪人之说,而马达就被视为四大怪人之一。这种玩笑式的称谓,其实并没有什么恶意,好事者发现马达在同志中有些怪,也是有些道理的,例如全延安的烟斗以马达的为最大,这是他从山里找到的野蔷薇根制作的。开起会来,除了发言者的话声外,就是马达接连不断的烟斗的惨叫声。除此之外,他的沉默寡言大概也被视为一种怪。但他在创作上是很勤奋的,早期的《新中华日报》上发表了他很多木刻,所以全延安都知道马达其人。

马达不论做什么事,都有那么一股劲,既认真又执着,教木刻课如此,上山开荒锄草如此,就是在延河里学游泳也是如此。每年夏天,鲁艺的师生不论男女人都到延河里游泳,其中就有马达。他当时学跳水,从延河爬到崖石上往下跳,而每次都看到他那高大的身躯平平地落在水面,啪地一声,响彻河谷,打得他肚皮绯红,引得我们在沙滩上休息的同志哈哈大笑。隔半天就看到他又爬上崖头,而又是啪地一声平平落在水面,总跳不好。如此者再三,他毫不灰心,令人感到他跳不好就誓不罢休。

起先,东山教员们的窑洞门前是空荡荡的一片红胶泥地。夏天连一点绿的颜色都没有。一年的春天,我和蔡若虹同志就在门口把比锅大的面积挖去红胶泥土,换以肥土,种上波斯菊,周围用铁杆蒿的枝编成篱笆,有如一个大花篮。波斯菊能开放出粉红、紫色、白色等美丽的花朵,从夏天开到秋天,是延安最流行的花。从此,我们的门前就不但有了可爱的绿色,而且还有了迎风招展的花朵,使我们的生活增添了风趣,得到了美化。而马达真怪,他的门前没有种波斯菊,却用大镢头挖了个很深的圆坑,不知从哪里移来一株两米高的洋槐,浇上水把它栽起来。这种事只有马达做得出,别的教员就没有他这股牛劲。

"呵!那么大的树,怕栽不活吧?"我说。

"能活的。"马达颇有自信地回答。

马达把洋槐树栽好之后,就在门口的两侧修台阶,修好后,他就铺上光板羊皮大衣,成了舒适的沙发。

我和马达一有闲空就站在洋槐树旁观察它的变化。一天我高兴地喊马达:

"快来看,洋槐有了绿芽了!"

于是,马达的脸上有了难得的笑容。

是的,洋槐长出了可爱的绿芽了,我们为它的苏醒了的生命和将要放发的青春而欢喜。

半个月后洋槐就开出了白色的花,有如藤萝的花序,一串一串的,在整个东山教员住宅区都荡漾着愉人的芳香。如此,戏剧家张庚同志就把这个洋槐放香之地命名为"马达公园",于是教员们有空就常来公园闲聊。

就是在这个马达公园,一个月色如水的夜晚,我俩不知怎的就谈起了过去的生活,马达告诉我他还不满20岁就在广州参加了党领导的著名广东暴动。之后于1930年在上海参加了由鲁迅等人领导的中国自由运动大同盟,此外还参加了中国左翼美术家联盟并担任领导工作。于1931年参加了中国共产党。于1932年在上海黄浦滩参加欢迎法国巴比塞调查团的群众大会而被捕,受到了反动派的监禁和拷打,在肉体上留下了鞭痕和刀伤……我和马达相识已有五六年之久,还是第一次听到他的这些光荣的革命历史,使我对他肃然起敬。

也是在这个马达公园,当夕阳西下,月上东山之际,教员们的太太抱着孩子来到这里乘凉,不知怎的大家就猜起谜语来,别人说了些什么谜语我都忘得一干二净了,唯独平时沉默寡言的马达一面含着他那大烟斗一面给我们说了个有趣的谜语,使我不忘。他说:"不洗不脏,愈洗愈脏。"我想,东西总是越洗越干净,怎么会愈洗愈脏呢?大家都在默默地想,只有孩子们在说话,后来我终于猜到了,是水,于是一阵哈哈大笑,而马达却不笑。

鲁艺东山美术系的教员都是成双成对的,而且大都有了儿女,唯独马达是单身汉,他当时已四十左右了。同志们都同情他,为他着急,但又爱莫能助。我们也知道在美术系的女生中有他的所爱,但可惜是"剃头担子一头热"。这真是个悲剧,然而马达是硬汉,他能经得起这种爱情悲剧的考验。

马达和我一样,在音乐上是低能,大概他也有这种自知之明,所以我从来没有听到过他的歌声。然而没想到他竟弄来了一个吉他,每当夜阑人静,万籁无声,就坐在土沙发上一个人于星光下弹奏起来,他那不纯熟的琴声,单调而缓慢,传出了他的寂寞的心情,令我感到一种孤独的悲痛。

大概是 1941 年的秋天,我和马达曾一同参加了一个考察陕甘宁边区工业情况的小组,我们参观了延长、延川一带的石油厂、纺织厂、炼铁厂、小煤矿……一同下到煤矿的竖井中,在四块石板夹一块肉的坑道里,由矿工领路,在如豆的油灯照耀下,象乌龟爬行似地在泥水里爬行了约半里路,真正体验了煤矿工人的难于想象的艰苦生活。这次在矿井中的旅行,显示了马达的吃苦精神。须知他比我块头大,在坑道里爬行就比我更加吃力,然而他沉默着爬进去,又沉默着爬出来,好象并不在乎。待我们被辘轳从井下绞到井上时,有如梦游了一场地狱,我看到马达一身煤黑,不禁发笑。

马达于1944年刻的黑白木刻《炼铁厂》就是根据这次下到工矿画的速写稿而创作的。但没刻关于煤矿工人生活的作品。

延安文艺座谈会之前,我们的木刻都受外国版画的影响,讲究黑白,讲究明暗,讲究刀法,然而老百姓不喜欢。延安文艺座谈会之后,又经过了整风,整个鲁艺的文艺创作都有了一个新的面貌,这就是摆脱了外国影响,重视了向中国民间艺术学习,力求自己的创作为老百姓所喜闻乐见。整风后我们大家都加强了两种观点,其一是加强了群众观点,其二是加强了劳动观点。此外,还重视了一切从实际出发。这不仅是对文艺作品的批评标准,而且也成为彼此间要求的做人准则。因此在整风之后我们的木刻就减去了画面的黑块和人物面部的暗影,而多用阳线表现,既使画面有了明快感,也创造了具有中国作风的新的版画风格,从而受到了老百姓的喜爱。马达也用阳线创作了《推磨》、《汲水》和《陶端予》等木刻,具有了延安文艺座谈会之后的新兴木刻延安学派的共性。马达的《推磨》应该说是他在延安时期的代表作。画中所描绘的既有陕北地方特色,又具有美的情调,那个磨豆腐的妇女虽然是个背影,却能令人想象出她的俊俏的容貌。这和他整风之前创作的木刻《侵略者的末日》比较起来,就令人感到不但摆脱了外国木刻的影响,而且具有了中国作风、中国气派和个人的风格。

当康生一手导演的一场"抢救失足者"的恶作剧结束后,原在东山的美术系教员就全都从山上窑洞搬到教堂南面的平房里,这时马达已不再是我的近邻,他的"马达公园"也无法一同搬下来。因而他的活动也就不大清楚了。

1945年日本投降后,我们都为革命的胜利前景所鼓舞,各奔前程了。

全国解放后,我从山西调到北京,马达当时在天津工作,我们见面的机会较多。1957年,我和李桦由我国文化部派往苏联访问,恰好马达同志也访问苏联,我们高兴地在莫斯科相会。这时马达已五十左右了,尚无爱人。我和他开玩笑:"你就在苏联找个爱人吧。"遂向身边的苏联翻译说:"给我们的马达同志找个老婆,他迄今还没有结过婚呢。"

"这容易,有得是。"翻译员说。苏德战争结束后,苏联的男子牺牲太大,男女比例严重失调,很多妇女找不到丈夫,寡妇过多。所以翻译员说"有得是"。这本来是随便开玩笑说的,但翻译员信以为真竟认真进行起来,结果大使馆向我们问起这件事,搞得下不了台。

我们都回到祖国后,不久就听说马达终于在天津找到了一个小爱人打算结婚,据说是向他学画的一个女孩。我听到这个消息自然是非常高兴的。但接着也就听说天津有的同志对此有异议,理由是他们年龄相差太大,马达比女孩父母的年龄还大。我说,第一并不违反《婚姻法》,《婚姻法》上对此并无明文规定；第二是双方自愿，并非马达以权相迫；第三，马达和一个姑娘结婚又不象有的人见新弃旧，而是一辈子第一次，有何不可。因此我不仅同情而且为之高兴。有一次我去天津，看到他们的幸福小家庭感到宽慰，好象在我的心上终于解除了一个多年存在的不安。曾有两次马达把他的小爱人带到我在北京的住处，我明白他是特意让我的妻子刘萍杜欣赏的。刘萍杜看到也为马达的晚年感到满意。

这时马达正热衷于砖刻，他曾赠送我一幅《屈原像》。这是他在艺术上的一种探索，用拓印碑帖的方法拓制，作品富有金石味。

"文化大革命"中我们都象绵羊落在狼群里，受尽了"四人帮"的爪牙——造反派的无情折磨和凌辱，我和马达全然失掉了联系。然而马达的结局在我看来比屈原还不幸。他临死前用颤抖的手写下了如此惨痛的诗句：

鞭痕刀伤不邀功，黑白颠倒却难容，

风雨折磨无所惧，定为真理煞妖风。

我看了不禁泪下，这诗不仅倾诉了马达个人的心怨，而且也代表了所有受"四人帮"迫害的老干部提出了控诉。现在他被折磨而死已经整整十年了，我这个在浩劫中的幸存者，虽不能为他树碑，但还能以这篇类似立传的祭文献于他的灵前，作为一个老友对他的衷心怀念。

发表于 1988 年 4 月 21 日《天津日报》文艺周刊

我和网球有缘

近些年来,山西掀起了网球热,到处都在兴建网球场,我为此而高兴。

由于领导的重视,在太原汾河西岸修建了一个设计新颖的"山西老年网球馆"。室内有五片用深绿色塑胶铺设而成的漂亮的网球场;此外还有六片露天球场。从而使第八届全国老年网球邀请赛能够于今年九月在太原胜利举行,我作为一个参赛者怎能不为之高兴呢!

我是一个自幼就好玩的人,和网球在高小时代就结缘了。我们的高小在山西灵石县道美村,由一个像样的玉皇庙改建而成。老师们都是太原第一师范毕业的学生,大都喜欢打网球。学校的周围都是农民的打麦场,当麦收和秋收完结,场里没活了,老师们在课余就指挥大些的同学把球网拴在两个碾场用的碌碡上,又用石灰水在场里画上白线,就打起网球来。我们作学生的,既是好奇的看客,也是为老师们热心捡球的 boy。即使网球飞出场外落在农田里,我们也要飞快拾回来。待老师们打乏了,也让我们打;有时候人员不够也让我们插进去陪老师打。这样,我就爱上这玩意儿,并慢慢地学会打网球了。

那时在球场上,老师们所用的术语是全英文,发球时先喊 ready(准备),球出线说 outside,擦网说 net……。所有球场上的英文用语我们很快都学会了。

待到 1927 年考入"太原成成中学",真好,学校竟为同学们开辟了四个网球场,两个篮球场。老师让我们自愿报名。下午课后老师到球场点名,不到者作为旷课论,说明学校对学生的课外运动是非常重视的。可有的学生就是趴在课桌上不愿离开,而我却不同,一下课巴不得到网球场打球呢。那时的球拍,都是河北保定的产品,优等的还外加木框用螺丝拧紧夹起来,为之保护。我当时买的就是这种好球拍。对我来说,并没有想到打网球是为了锻炼身体,而只是觉得好玩。这样在同学中就结交了一批球友。因为校外有好球场,一到礼拜天,了解情况的同学就约好大家到一个外国传教士的网球场去打球。我们在刚天亮就出发,到了外国人住处就爬墙而进入球场,在四周有树荫的平展的球场上打上一两个小时(外国人也没来干涉),感到是一种难得的享受。

1931 年我考入国立杭州艺术专科学校,只有一个网球场,有时我也和同学们一起打。一天,听说当时全国有名的网球冠军林宝华从上海来杭州表演球艺,我就花两块白洋买了门票看他打。使我吃惊的是他能使球刚打过网又自动跳回来,而使对方接不到,显示了他削球的本领。

可惜我自 1933 年离开学校进入社会后也就和心爱的网球分手了。一隔就是二十年,这期间我参加了革命工作,在抗日战争和解放战争中到处奔波,连网球的影子也看不到了,只是在夜里还经常梦到和同学们打网球,可见我对于网球感情之深了。

全国解放后,我由晋绥边区来到太原,听说杏花岭运动场有人打网球,我就买了球拍跑去打,于是结识了一些新球友,其中就有解华同志。后来知道他是久经网球战场上的战将,曾和林宝华交过手。在球场上我们彼此仍用英语,都很习惯。但不久我就调到北京工作,从此就再没有机会打网球了,一隔又是三十年。

待"文革"后我又调回太原,想找个网球场和打网球的朋友,比找结婚的对象还难。终于找到了,却感到自己生疏得象一个新手。这样我就下决心重新练习,每天早起带上球具去碰墙,有如一个从来没有打过网球的人。

练了一个时期,想要去球场上打打,单骑自行车就要骑半个小时,比起 1927 年我上中学时太原的情况,网球场真是少得太可怜了。那时全太原至少有十几个网球场,因而能产生全国著名的女子冠军"王氏姐妹"。去年当第七届全国老年网球邀请赛在天津举行时,十二名获奖的 70 岁以上的老年人之中就有五名是山西人。他们大都是当年在太原的网球活动中打下了基础的。而今全太原只有两个网球场,显示了中华人民共和国成立后国家体委对网球不重视的严重后果。

当我一上场就发现网球场上的用语全部中国化了,而我还一时学不会,照旧讲英语,老一辈都懂,而且他们也说。其实网球用语的中国化实在大可不必,Sofa 来到中国仍叫"沙发",茶叶到了俄国还叫 qaй,我们的网球运动员要参加国际上的比赛,你不懂英文术语行吗?显然当初网球用语另搞一套真是多此一举,自找麻烦。

我在球场上还是照旧说英语,不管那一套,一心向球友学技术。可万没想到,第七届全国老年网球邀请赛,山西老年体协竟选派我和解华同志作为 70 岁以上的运动员去参加,真使我受宠若惊,而且依靠解华的有力的挥拍我们竟赢得了第四名,美丽的景泰兰奖品发给我,真是做梦也没有梦到过。

情况在改变,而今在我住处的周围已出现了很多网球场,再用不着骑半小时自行车去找场地了,只用五分钟就可骑车来到球场。感谢太原的网球界给予我打球的便利条件。现在,我除了美术方面的朋友外,增加了很多球友,其中有学校的老师,也有医院的大夫,有铁路上的,也有电视台的……我今年已七十六岁了,在网球场上的活动足使我忘却任何烦恼;在网球场上所得到的欢乐,足使我延年益寿。

发表于 1988 年 12 月 6 日《中国体育报》文艺版

游泳的风险和乐趣

马兰花

"你怎么会长寿的？"

经常有人这样问我。其实我还不算长寿，今年也不过七十七岁，还不到八十大寿呢。但按"人生七十古来稀"，我也可算长寿的人了。

"我感到经常运动是能够长寿的一个重要因素，因为生命在于运动嘛。"我这样回答。

一点也不假，我一生是很爱好运动的。在高小时最喜欢踢足球，同时也爱打乒乓球和网球。三十岁之后在延河里学会了游泳，在"鲁艺"学会了跳交际舞。四十岁之后在太原海子边学会了滑冰……

对我来说运动象饭食和空气那么重要。经体检，我的血压、心脏、肠胃、肺部……都较正常。上四五层楼梯，心不跳、气不喘，在网球场上追球和中年人跑得一样快，而且出门就骑自行车。

"我看你能活一百岁。"

"这只有上帝知道。"我开玩笑地回答。

《论语》里,有位名叫子夏的说:"死生有命,富贵在天。"他这话未免太看重"命"和"天"了,难道人的主观能动性对"死生"和"富贵"就不起作用吗?我看是很起作用的。经常运动有助于长寿就是对"死生有命"论的一种挑战。

我在《体育报》上已经发表过一篇《我和网球有缘》的文章,现在谈谈我和游泳的热恋。

我生长在山西省的山区,十一岁之前仅在图画上看到过鱼,活的鱼从未见过。哪里还谈得上游泳,听也没听说过,而青蛙在井里游,倒是还见到过的。十一岁之后升入了道美高小,村边有条汾河,当我在引汾河水而注入的"渤池"里第一次看到一尺来长的活鲤鱼时是多么的高兴。到了夏天也看到农民的孩子在汾河里"耍水"。那时河水涨了,经常是红黄色的浑水,带着泥沙,象黄河里的水一样,孩子们就在这浑水里学"狗爬",学"踩水",玩得怪有趣。在他们的诱惑下我也下到汾河里"耍水",但始终没有学会"狗爬"。至于"踩水",就更难了,据说那是"耍水"的老手才能办到的,不论水有多深,他都可以横渡汾河,有如在陆地上走路一样。对我来说,这些本领不啻飞檐走壁,只能望洋兴叹。

在高小时代未能在汾河里学会游泳,真是一件非常遗憾的事。后来到了国立杭州艺专上学,也曾经在秋夜的电灯下观看同学们在西子湖畔的"平湖秋月"跳水、游泳,我多么地羡慕,象看到人家画出了漂亮的油画,而自己却没有这本领一样,心里很难过。后来虽然我也和同学们在西湖的锦带桥下耍过水,但仍然没有学会游泳。大概这一辈子游泳和我无缘了,我想。

"有志者事竟成",这话不错。1940年我到了延安"鲁艺",真没想到终于在延河里学会了游泳,而且是"蛙式"。比起"狗爬"来又文明,又美观,又轻快,且又能持久,如我也能画出漂亮的油画一样,想起来就觉得高兴。然而这种胜利确是经过一番冒死的奋斗而获得的,谈何容易。真是"事非经过不知难"呵!

延河是美丽的,可爱的,除了夏日有暴雨,经常流着清澈的河水,从"鲁艺"的桥儿沟经过,欢乐地流向黄河。它和与清凉山对峙的矗立在宝塔山的宝塔一样,构成了延安的迷人的风光,所以诗人们歌颂道:"延河呵,我的母亲!"我虽然没有感到她象母亲,却从心眼里感激她,就因为她让我学会了游泳。

每年夏天"鲁艺"的师生们大都在延河里游泳,不论男女都感到在清澈的河水里活动是一种享受。尤其是炎日当头,从山上锄草归来,放下锄头,带着一身臭汗跳进河里,那种美的滋味真是难于言表的,也许就像饥饿的啼儿钻到母亲怀里吃奶一样。

如果没有炎夏在延河中的游泳,如果没有月下在"鲁艺"沙场上的跳舞,延安的生活,将会多么的减色。今天回忆起延安,我就首先想到"鲁艺"舞场上的欢愉,延河沙滩上的笑声。

虽然每年因在延河里游泳不慎丧命的大有人在,但并未因此而减少了同志们在延河里游泳的兴致,一般较讲究清洁的同志看到大雨之后延河里的水浑了,就不来了,而我是不管水清水浑,不管天晴天阴,总要去游的。师生们不来了,但为教员打水挑饭的"小鬼"们来,我就和他们一起玩。雨后在浑黄的河水边,淤了很厚的泥沙,两腿走进去就陷在里面拔不出来,小鬼们告我:"你躺下,滚,就滚出来了"。果然很灵,他们成了我的老师。我虽然是教员,却和他们打成了一片,他们大多只有十来岁,正是好玩的时候,我和他们在一起,唤起了我的童心。

美术系常去游的有华君武、王式廓、马达……诸人,大都在午饭之后,那时我只有三十左右,还没有午睡的要求。他们知道我不会游,就告诫我何处水深何处水浅,要我千万不要到深水处。华君武会"蛙式",我就请他教我游"蛙式"的动作。第一年是学会能在水上漂起来,为此就应把头也平放在水面而后手脚动起来,但这就难免感到憋得慌,甚至要喝几口延河水,据说这都算"交学费"。不交这种学费是学不会的。

经过好多天的苦练,我终于能够在水上漂起来了,于是就得到了初步胜利的欢喜。第二步是学抬起头来,但一不小心就全身沉下去。于是再来。等到头也能抬了,却不善于前进,搞了半天几乎还是原地不动。只能虚心地观看老师们的手脚动作,继续练,感到自己真笨。然而由于初步的胜利,竟有些忘乎所以了,居然象老师们似的,由浅水游到了深处,等到自知到了险境,心就慌起来,死神在等着我。终于经过拼命的挣扎才算逃出了鬼门关游到浅处,好不心跳。从此就倍加小心。心想,这比打网球是要冒点风险的。

但人总应有点冒险和吃苦的精神,生活在风平浪静的温室中和保险柜里,将不会有任何创造和成就的,当然也不可能享受真正的事业胜利后的喜悦。

当我和伙伴们躺在火烫的沙滩上,在太阳的抚慰下休息时,心还平静不下来,有如一只野兔逃脱了饿狼的追捕之后的心悸。但心悸结束后我就又下水了。从此就不但学会了"蛙式",而且跟着也就学会了侧游、仰游、踩水。获得了在水上遨游的自由,享受了象鱼在水中活动的乐趣。可是直到今天也没有学会自由式和蝶游。实际也因为学会蛙式等花样也就很满足了,所以没有再苦学别的,正好象我已经成为版画家就再没有心思成为雕塑家一样。

回想起来,为了一心要学会游泳也真象追求一个心爱的姑娘,开始时你为她战战兢兢,你为她寤寐思服,你为她辗转反侧通夜难眠。可一旦得到了则一切也就一帆风顺,使你陶醉在爱情的甜美之中。这之后游泳对于我就完全成为一种生活的乐趣和享受。全国解放后,我在北京工作时曾在集体比赛中基本上以"蛙式"两次横渡昆明湖,又一次是和古元同志到长春举行二人版画联展,曾借机横渡东北的松花湖。此外也曾在北戴河、大连、烟台、青岛的大海中随波逐浪,享受了顺海潮起伏而戏水的乐趣。我常做一种梦,梦见用"蛙式"在空中飞翔。人应该享受大自然恩赐的并经过与之相适应的努力而获得的各种乐趣。

在我的影响之下,我的八个儿女和一个在我家长大的外甥女都会游泳、都会滑冰。三儿当年曾在北京的学生游泳比赛中获得冠军。迄今我还作为一件可贵的纪念品保存着他的光荣的奖状。因而他能够在"文革"中串连时在广东湛江湖光岩营救了一个喊"救命"的西北工大青年。

现在我正劝我的孙儿孙女们重视运动。因为没有健康的身体,如何能为祖国做出巨大的贡献。据说很多著名的学者、科学家,好容易求得满腹才学,可是由于身体多病,仅仅活了五十来岁就都早逝了。多么的可惜!我们应该接受他们的教训!

发表于 1989 年 5 月 16 日《中国体育报》文艺版

从子见南子说起

<small>马兰花</small>

一位书法家赠送了我一本古版洋装的精面《论语》,烫金字闪闪发光,有如孔子穿了一身漂亮的西装出现在我面前。

我幼年没有读过《论语》,只是听得非常耳熟。那时在私塾里,所有同学像唱歌一样,都在高声朗诵《论语》,只有我一个人读商务印书馆的新课本。有如一个不吸烟的人,处在烟民们的包围中,尝够了香烟的滋味。因此现在翻开《论语》就觉得好像老友重逢,并不生疏。

《论语》基本上是孔子的弟子记述其老师言行的一本记录。令人感到记录得颇为全面,其中不乏富有人情味的生动而有趣的记载。如"子见南子,子路不说,夫子矢之曰,予所否者,天厌之,天厌之"便是。如果把这几句古文翻译出来,大意就是:孔子去拜见美女卫灵公的夫人南子,和她长时间的聊天,他的弟子子路在门外等得很不耐烦,生老师的气。待孔子出得门来,就怪老师不该和南子聊得没完没了。孔子急了,就向天起誓:"我要是和南子有什么不规矩的地方,老天爷惩罚我,老天爷惩罚我!"

这段记载确乎是令人颇感兴味的。所以幽默大师林语堂就写成了《子见南子》的独幕剧,发表在 1928 年的《奔流》月刊上。碰巧又为曲阜山东省立第二师范的学生会所公演,这就开罪于孔氏,认为侮辱了他们的宗祖,连累该校校长被"撤差"。

我想孔子虽然说过"唯女子与小人为难养也"之类的对女子不恭的话,但当他见了美人南子也难免会动情的。这就因为他虽被后世尊为圣人,但他毕竟是人而不是神。就是神吧,希腊的天神宙斯在男女关系上更乱,不像中国的玉皇大帝一本正经。

在我看来,孔子的学生们记录下老师这趣事,对于老师并无所损。反倒说明记录者的思想并不像孔门后世那么迂腐,令人感到孔子也是很有味的。

至于林语堂的剧本,我未曾读过,当然也没有看过曲阜第二师范学生们的演出。然而当鲁迅写《在现代中国的孔夫子》一文时,却曾有这么一段话:

"五六年前,曾经因为公演了《子见南子》这剧本,引起了问题,在那个剧本里,有孔子出场,以圣人而论固然不免略有欠稳重和呆头呆脑的地方,然而作为一个人,倒是可爱的好人物。"

鲁迅先生说这段话,当然是有根据的,因为《子见南子》这个剧本在《奔流》上发表时,他正是该刊的主编,无疑他读过林语堂的大作。

其实《子见南子》的情节不仅林语堂写了剧本,林汉达在《东周列国故事新编》一书中也进行了有声有色的描绘。他写道:

"孔子推辞不了,只好去拜见南子。南子见孔子向她行礼,就把绣花的幔帐拉开,笑不唧唧地向孔子还礼问好。她一哈腰,衣裳上缀着的玉片就叮叮当当地直响;赶到直起腰来,身上的飘带和珠子都一闪一闪地发光。虽说她是个中年妇女,儿子也已经长大了,看过去,可还透着年轻漂亮。孔子一见,也觉得她真长得标致,心里想:'美色和美德难道就不能两全吗?'咱们可不知道他们这回见了面,聊些什么天儿。"

正因为南子的美色具有迷人之力,所以卫灵公和南子出行请孔子陪坐在一个车里,他老人家也乐于接受。

其实世界上美女对于男性具有吸铁石似的魔力,这是一种自然现象。因此孔子见了南子愿意多聊一阵儿并乐得同车出行也是人之常情,否认这种心态就是虚伪。

据说大画家齐白石九十多岁了,一天新凤霞去看他,老人为新凤霞的美貌所迷醉,死盯着她不放。当时为老人作护理的一位女士对齐老说:"你不要老看着人家呀,看得人家都不好意思了。"齐老生气地说:"我这么大的年纪了,看看她怕什么!"新凤霞马上接口说:"看吧,看吧,我不怕齐老看。"当然新凤霞不怕人看了,她每次登台唱评剧哪一次不是人山人海在看她呢。这也再次说明男性被美女所迷是一种自然现象。

因此古书上说"柳下惠坐怀而不乱",我就不相信。这话翻译出来就是女人坐在柳下惠的怀里,他都不性欲冲动。我想:如果不是柳下惠性机能有毛病,就是胡说八道,或者坐者是一个非常丑陋的女人而非美女。

我想,我们对于古书上记载的事,都应用合乎人情合乎科学的眼光来衡量,既不能盲从,也不能受骗,更不能把男女之间的一种正常的性爱心态用迂腐的封建思想来看待。在迂腐思想的人看来,孔子见了美女南子就不应动情,因为他是圣人;而被孟子尊为圣人的柳下惠似乎也真的应该坐怀而不乱。多么可笑。

发表于《山西文学》1989年第6期

闲话寒食节

马兰花

一

一年一度的寒食节来临了,面对这久已被人冷落了的节日,引起我不少往事的回忆。

看来古人是曾经很重视寒食节的,所以在唐宋的诗词里,能看到不少有关寒食节的诗句。在一首唐代无名氏的《杂诗》里,开头就说:"近寒食雨草萋萋,著麦苗风柳映堤",不仅写出了春到人间绿草喜人的景色,而且也写出了风吹麦苗绿柳映堤的风光。韩翃在《寒食》一首诗里也在开头说:"春城无处不飞花,寒食东风御柳斜。"《杂诗》里写的是民间的春天,《寒食》里写的是寒食节在宫廷的景象。而在王维的一首《送綦毋潜落第还乡》里却有"江淮度寒食,京洛缝春衣"的诗句。写的是落第后在旅途中度寒食节的情景。宋代的女词人李清照在她的《浣溪沙》中写道:"淡荡春光寒食天,玉炉沈水袅残烟,梦回山枕隐花钿。"这里写的是词人在闺中过寒食节时舒缓恬静孤处思夫的心情。宋代的另一位词人姜夔在《淡黄柳》中写道:"正岑寂,明朝又寒食,强携酒,小乔宅。"写的是词人作客他乡寂寞中度过春天的惆怅之情。由于诗人生活遭遇的不同,所以对于寒食节各有各的感受,各有各的心情。

看来春秋时代的介子推在历史上是很受到人们的尊敬的,所以为了纪念介子推被焚而禁火的寒食节到唐宋还盛行。

二

现在人们给朋友写信开头大都是写"某某同志",而在旧社会却不然,开头是写"某某仁兄足下大鉴",我上小学时,对这个"足下"就大为不解,为此老师给我们讲了一段关于介子推的故事:

当年晋国的公子重耳,受继母骊姬迫害,周游各国,途中饥饿难忍,臣子介子推曾割股奉君。晋献公死后,晋文公重耳当政,论功行赏,却忘了给介子推封官,他就带上母亲从晋南北上到绵山隐居。因在那里的山下休息了几天,后人就将该地名之曰"介休"。待得晋文公发现了介子推已携母逃往绵山,便亲自带人寻来。询问村人,答:"前几天曾在这儿,现在上了绵山了。"有人对晋文公说;"介子推最孝,如果引火焚山他定会背母而出。"结果烧山三天介子推也没有出来。后终于在一个山洼里发现了子母相抱,死于枯柳之下。文公见之,为之流涕。为了纪念介子推,他把烧剩的枯柳做了一双木鞋,每怀割股奉君之恩,俯视木屐,就说:"悲乎足下。"这就是"足下"二字的起源。

后来国人思慕介子推之高德,以其死于火而不忍举火,因以清明前一日定为"寒食节",据说初定冷食一月,后渐减至三日。

我们听起这个故事来,感到非常亲切,因为介休县和绵山都与我的家乡灵石县为邻,而且家乡一带,古人还建有"介神庙",我曾在这些庙里看过戏。

三

在今年4月2日的《山西日报》第四版上,读到一篇《寒食节为啥由兴到衰》的文章,我觉得其中有许多说法并不确切。文章说:"每年这天禁忌烟火,只吃凉饭菜,寒食一日。"而我所查阅的《东周列国志》和《辞海》中都说是三天。文章还认为寒食节渐渐被人们遗忘的原因"主要是吃凉饭的习俗实在不合时宜,更不能给人以快乐"。这就更难令人置信了。如果真是那样,寒食节为什么经历两千多年,中经唐宋直到民国时代而不衰呢?

寒食节在山西,自古就不是到处都过的。以我的家乡来说,靠近绵山一带的村庄在战前是一直认真寒食的。有的村一直要过三天。而我们郝家掌和仁义镇一带,虽然也有介神庙,但由于远离绵山,所以自我记事以来就不过寒食节。仅把清明节认为"寒节",却从来不寒食。据姐姐说,她所在的那个村里,当时的纠首(村长之类)管的很严,如果谁家的烟筒里白天冒烟,就要受罚。而到夜里才可偷偷生火吃点热饭。抗日战争爆发后,一切的社会旧秩序、旧风俗都被打得粉碎而无形中消亡了,其中就包括寒食节。也和姑娘们不再缠足一样。之前,为了取缔少女缠脚之恶习,小学生曾打着"绝不娶缠脚的女子"的小旗上街游行。后来每村又派"查脚员"监视,都没多大用处。但战争一来,妇女们反倒羡慕大脚的了,因为日本鬼子来了小脚的跑不动。后来一些地方的介神庙也都被日本人拆的盖了碉堡了,那里还谈得到过什么"寒食节"。至于清明节之尚存,也绝不是那篇文章说的是"突出了一个娱乐性""才千年不衰"的,我倒认为其不衰之主要原因在于人都有父母,父母一死,儿女作为纪念,清明节就要扫墓上坟,这倒是合情合理的事情。

作于 1989 年 4 月清明节

发表于《乡土文学》1989 年 7 月号

老　槐

世界上有千千万万的大树,却唯独故乡郝家老院门前的那棵大槐树我对它最有感情,最使我怀念,像怀念我的祖父,也像怀念我的父亲;然而他们都早早先后死去了,而唯独见过远祖,见过祖父,也见过父亲的这棵大槐树还活在人间。

大槐树不知为祖辈何人所植,栽于何年,估计和老院同龄。而今那支撑树冠像伞柄似的主干可真够粗的了,要用两人的长长手臂才能合抱。它高达五米,伸向四面八方的侧干弯曲似龙。迄今树心未枯,树枝繁密,健壮而完美。它那高大的身影,自我记事以来就矗立在我们的大门前,像是我们郝家祖院的守护神,而同时也是大院的主人们祖祖辈辈生死繁衍,悲欢聚散的历史见证者。

从五里之外的对面山上俯瞰我们的小小山村,首先就看到这棵把山村装点如画的大槐,它真是山村的魂魄,山村的风光,令人感到山村的兴旺茂盛之美。

多年在他乡客居的我,每每回到久别的故乡,还没有进村,老远就看到了家门前的大槐,像看到我亲爱的家人似的,它使我高兴,它使我欢喜,一颗怀念故土的游子之心怦怦跳动,我真想快快走到它跟前,和它拥抱,和它谈心。如果它会说话,一定会告我大院为何人所建,建于何年;如果它会说话,也一定像一本郝氏家族史似的讲述很多我们祖辈和他们的儿孙们从清朝到辛亥革命,从民国到抗日战争……的各种经历和各种有趣的故事。

当日本占领军为了做铁道的枕木,大肆砍伐村村舍舍的大树时,郝家大院的老人们,为了这棵大槐的安全愁得食而无味,寝而不安。一天日本兵进村了,宣布要伐这棵老槐,勇敢的"三娘"(我的堂弟媳)出面表示不同意,因此竟遭到敌人在她头上砍了三刀,流血不止。但靠上帝保佑,三娘未死,而我们的大槐树终于也未蒙杀伐,竟成了幸存者。当我于战争胜利之后回到故乡,看到亲爱的大槐还依然像守护神似的矗立在家门前时,多么的高兴。

春天来到我的童年,我看到百草苏醒,从土中钻出黄芽;看到一双喜鹊忙于衔枝衔草,飞到大槐树的顶端,在繁枝杈丫间建筑它们育儿养女的巢室,就感到一种天地万物欣欣向荣的生趣。

当老槐生出嫩绿的新叶,正在做着盛夏黄花似锦的梦时,而此刻它的第一个任务却是愉悦地欢送无可奈何地行将告辞的春天。在一个歌词里不是说"春归去也,谁也不能留"吗。而这时喜鹊们辛劳一春已把它们的新的家室在槐树巅建成,母鹊卧在巢里耐心地孵卵,她在安详地做着儿女成群的梦。

夏天,大槐像一把顶天立地的绿色大伞,罩护着大院,我们从祖窑的窗玻璃中就能看到它那苍翠的绿于夏风中浮动。在炎热的阳光下,从它的树荫中走过,能顿时感到爽人的凉意。真所谓"前人植树,后人乘凉"。因此人们喜欢端着饭碗从家里走出,坐在树荫下用餐,一面彼此谈着山村的新闻,一面享受着大槐树赐予的清凉。

在大槐树下,有一个用整石凿成的大碾盘,好像祖先把十五的圆月从天上搬来放在树下似的,人们对这块厚重而圆整出奇的碾盘感到兴趣,祖祖辈辈全村人都在碾盘上碾米,偶尔也碾如红珠似的酸枣——为了给馋嘴的孩子们吃酸枣面。然而一到炎夏,除了男人们在饭时为了享受槐树的荫凉坐在碾盘上吃饭外,更多的时候就成为招惹邻舍妇女们光临的场所了,她们享受着大槐树赐予的凉爽,坐在碾盘上纳鞋底,给孩子喂奶,彼此谈笑风生。

然而对于我们孩子们最感兴趣的却是从槐树上掉下来的槐蚕,那绿色的小小生命,有一种奇异的动作,它一弓腰一弓腰地在地上行走,有如用它的躯体做桥,使我们围观得出神,感到有趣,终于把它提起来,让它在小手里表演……

有时也从槐树上掉下喜鹊们的儿女,雏鹊受惊地在地上乱跑,孩子们跟了一群喜笑追逐,它的妈妈在树枝上心疼地叫个不停,咋咋咋,咋咋咋,好像在说:"你们不要伤害我的宝宝呀!你们不要伤害我的宝宝呀!"既想飞下来援救,又似乎缺乏胆量,只能着急地从这枝飞到那枝,又从那枝飞到这枝。这是一场喜鹊的悲剧,而对于我们孩子们却得到了非常开心的乐趣。

在夏日的夜晚,老人们在地里累了一天,吃过夜饭,坐在碾盘上休息、吸烟、彼此闲谈农事。我躺在这太阳晒过余热尚存的碾盘上,静观一轮银色的明月在槐树的枝叶间神秘地徘徊,夜蝙蝠在槐树的周围于深蓝色的夜幕下飞翔,似梦非梦,感到大有深意。那时虽然还说不出这种大自然的诗情画意之美,然而却使我幼小的心灵为之陶醉。那时还不懂得蝙蝠的飞翔为了捕食在夜空活动的飞虫,而竟以为它们在月光下飞来飞去好玩。

"一叶落而知秋",秋天终于来到了我的小小的山村,早些时候是一种黑色的秋蝉在大槐树上鸣叫。像弹花工人用大弓弹棉花时发出的声音,颇有一种悦耳的节奏感,使寂寞的山村具有了美的情调。接着槐树有些变黄了的树叶便纷纷落了满地,每天早上爷爷用扫帚扫,然而每天一早还是满地的落叶。到这时,那曾经为人们喜欢接近的碾盘变得冰凉了,没有人再来光临,显得那么冷清,那么寂寞。可是再往后,当新谷在热炕上烤的干透了的时候,人们就要在碾盘上碾新米了……

在我的童年时代,最怕狂风大作的冬夜,有时妈妈不在家,我和姐姐在暗淡如豆的灯光下,坐在炕上静听大槐树在黑夜的狂风中怒吼,如千军万马从大门口疾驰而过,也像鬼哭神嚎,我为一种无名的恐怖所威慑,紧贴在姐姐身边以为庇护。现在姐姐已经作古了,而当时的恐怖情景还使我感到心悸。

而今郝家大院的儿儿女女都远离故居到外地工作、谋生去了,留下那空寂的院落,交给这孤独的老槐树日夜守护,它默默地站在那里,俯视着空无一人的大院想些什么呢？它大概希望有朝一日有人再回到这古老的旧居,像春天来临燕子又回到它们曾经住过的巢室。

发表于《散文》1989 第 9 期

历山六日游

七月二十四日
（1989年）

来到沁水县下川村历山旅游局接待站已两天了,碰上了下雨,不能出游,困在接待站的楼上心情不安。但却能在小楼的走廊上静观对面碧色山际的流云浮动,令人想到中国山水画中通常留下的空白。在走廊上站累了,就回到房中看书,任雨声在楼下淅淅作响,有如雨打芭蕉。

古有"桂林山水甲天下,天下山水历山佳"之说,所以当我听说展望图片社打算来历山旅游时就决定参加他们的队伍和他们同行。因为我儿子和女婿都在"展望"工作,他们又让我的女婿赵二湖为领队。其原因大概由于他是沁水人吧。二湖知道我要来,就让我女儿阿兰也来,好在生活上照顾我,因为我老了,没人看护他们不放心,而二湖担任队长也忙不过来。

22日从太原乘一辆大面包车来此后,天已很晚,睡了一夜起来,就听到外面雨声淅沥作响,大家都有些发愁,但到下午他们竟冒雨坐车走了,一共十七人,十男七女,说要到富裕河边扎下帐篷过野营生活。留下我和阿兰仍住在接待站。

晚饭后天忽然放晴,出现了蓝天,雨后的蓝天蓝得可爱。我对阿兰说:"咱们去看看二湖他们吧?"于是我们两人就穿上雨鞋沿着公路向富裕河走。雨后的山间空气清新而湿润,在太原被污染了的空气中生活很久了,现在呼吸到这么新鲜的空气真是一种难得的享受。

待到在泥泞中走到富裕河边,已经远远看到二湖他们停在山下的汽车和黄色帐篷了,却因河水深而无法过去。只好又返回来从桥上走,走到他们帐篷边,看到正在搭灶生火,准备做饭。有八个黄色帐篷排成一排,安置在绿色的草地上,很是别致。可我向天上一看,蓝天不见了,黑云又布满了天空。我就对阿兰说:"不好了,怕要下雨,快走吧!"我们不管三七二十一往回跑。一面跑一面看天上正在行动的云层,心急如焚,于是在泥泞的道路上连走带跑的往回赶。靠上帝保佑,总算回到接待站时尚未落雨,但天已黑了。

今天早上醒来,就仍然听到外面雨声淅淅沥沥,令人不快。可是正在起床时阿兰却突然高兴的大叫起来:"爸爸!天晴了!"我听到非常高兴。于是就急急忙忙洗脸吃饭准备出发。在食堂吃饭时,我和阿兰决定请一个向导,既可领路还可帮我拿东西。阿兰问接待站的会计应给向导多少钱,会计说:

给上四五块钱就行了。这样我们就找了一位姓赵的青年农民给我们领路。

后来阿兰又告我：乡长的女儿和一个美术老师想跟上我们看我画速写。这样当我们出发时除了小赵又增加了两个姑娘。

我的行装是一个手提包,一柄手杖——这还是当年游峨嵋山时买的,上刻"峨嵋艺苑"四字。手提包中放着速写本、钢笔和小雨伞……

在路上才知道乡长的姑娘姓贾,老师姓全,全小姐戴着一副眼镜。我就叫她们小贾和小全。既然要跟上我学画,我就一路走一路告她们什么树入画,什么山入画……到了"展望"的驻地,有一条小河无法越过,小赵就把我背过去。二湖们还正在做饭,我看到锅下的柴很湿,烧得吱吱作响,一个同志还用扇子搧。我走到帐篷跟前,看见帐篷里有汽垫床,这算是很现代化的旅游帐篷了。当时已有十点多钟,我们就决定向"西峡"先行。但走不远,刚刚下了一个小山坡就发现雨后富裕河水过大,无法行进。小赵说："这一路都是在沟里走,水这么大,怕老人家受不了。"于是就决定返回去到猪尾沟去游。

我们在公路上走,两边山上的森林葱葱郁郁一片起伏的绿海,观之令人心旷神怡。我是最喜欢森林的,曾经在文化大革命后期下放家乡,当了七年的林业队长,爱树如子。我对人们说：山西啥也好,就是树少不好。而今,看到这样美的绿海,就使我联想到四川的九寨沟和峨嵋山,也联想到安徽的黄山和江西的庐山,能在素称黄土高原,到处是童山干河的山西看到像江南的风景似的历山风光怎不令人高兴。

我问小赵:"这里的森林里有些什么树?"小赵说:"有枫树、白桦、红皮桦、山核桃、松树、橡树(当地名青钢树)、山柳树,黑花木……"我想:到了秋天枫树和橡树的叶子都变红了,白桦的叶子也发了黄色,一定把整个历山打扮得灿烂辉煌,我真想秋天再来一次。

走了不远就在公路旁的小水渠里看到三株百合花,比北京花店里的又大又壮,白的喜人。走近端详却不像是生长在渠里的。用手轻轻一提,不料竟提起来,已没有根了,这才知道是有人插在那里的。五个人都很纳闷,说不清是何人干的。我说:也许是人家插在水里准备归来时取的吧,如果没人拿咱们回来时就拿上。于是阿兰又把它们插在水中。我以为这白百合花是生长在富裕河边的,小仝却说是生长在山崖上。

在路边最引人注目的是一种好像罂粟花似的野花,小赵说,叫山棉花,把山路点缀得使游人忘记了疲劳。除此之外,在灌木丛中的草坡上也能偶尔看到山丹丹花,真乃"万绿丛中一点红",红得耀眼。使我想起了陕北民歌中说的"山丹丹开花背洼里红,先交人才后交心"的歌词。

我们说说笑笑走在山路上,有一只大如夜蝙蝠似的黑蝴蝶从我们身边飞过,阿兰说:"太美了!"没想到小贾竟用她头上戴的一顶白布帽子在山棉花上扣住一只,阿兰惊叫起来:"呵呀,太好了!"小贾给了阿兰,她就夹在速写本中,她说:"好看极了,翅膀美得像黑绒一样,还有深紫色的图案。""上帝创造的,连艺术家也没法比!"我开玩笑的说。

在我们的左边有一条清澈的小河，在灌木林中时隐时现，潺潺的水声，不绝于耳。小赵说：这条水就一直流到二湖他们的帐篷边。

我很注意路旁的树林，能不时发现白桦和红皮桦，我最喜爱白桦，但也欣赏红皮桦，白桦在众树中有如著白衣裙的美人在众女中，特别显眼；而红皮桦却有如怕羞的姑娘隐藏在树丛里，不愿突出。

阿兰说饿了。我说："咱们到一点钟时再吃吧。"届时恰好正走在对面有三个崖石形成的小山峰处，每个峰巅都有苍绿色的群松点缀，背景衬以黛色的远山，如入中国山水画境。我们选择了一个有流水、有小桥的处所，就在一棵白桦树荫下野餐。以健力宝为饮料，以饼干就食。食前，我到小河里洗手，其凉无比，令我想起积雪溶化由天山流入伊犁河中的凉水。而这次野餐实在也是一生中少有的，只有在北京工作时，那时阿兰的妈妈刘萍杜还健在，我们曾到颐和园的草地上全家野餐过，而今刘萍杜已离开我十多年了，当年的欢乐情景使我多么怀念。那时阿兰只有八九岁，而今她已是三十八岁的母亲了。这次野餐有她在我身边也是对我的莫大安慰。

野餐毕，我们大家都面对三个松峰画速写，当我看小贾和小仝的速写时，发现小仝比小贾画的好。小仝说，小贾忘了戴近视眼镜了，看不清，所以没画好。正在说时，从丛林中走出了牛群，最后出现了牧牛老人，手中拿着一株开着三朵红花的山丹丹，我不知这情景是诗还是画。小赵说："老仝，前面插在水渠里的三株百合花，是不是你干的？"老仝说："我把根取下了,要把它种在院里。"我想这真是个有趣的老汉。当他走在我面前时就把山丹丹花交给我,"我不要,给你吧!"他说。而我却得陇望蜀,"能给我也弄个百合花的根吗?"我求他道。"你等着吧,我明天给你。"我听了非常高兴。之后老人就赶上黄牛群前去了。而我却还想再走一段路看看风景。于是就向三个松峰的山后走去。

归路上,三个姑娘像薛宝钗似的用衣物捕蝶,有时阿兰要我坐在巨石上拍照。走到插百合花的地方,阿兰把百合花放在健力宝的空筒中,灌上水拿在手中,算是这次第一日旅游的收获。加上那只黑蝴蝶,阿兰的收获就算不少了。可是行不久,在山林中又看到牛群和老仝,老仝从灌木丛中走出,向我说:"给你弄到百合花根了,是带土的,回去埋在土中,后年才会开花,因为动了根了,明年就不开了。"我从他手里接过一个塑料小纸包,没想到这样快他就给我弄到百合花的根了,高兴无比,感到是今日旅游的最大收获。回到下川村,我们和两个姑娘告别。晚饭后,在电灯光下,我和阿兰面对健力宝筒中的白百合花写生,阿兰说:"爸爸,你闻,百合花可香哩!"是的,白天闻不到,夜里它却放香了,离得很远也能闻到它的香味。

画完百合花,稍事休息,阿兰已睡着了。我写了当天的日记,一直写到下两点才睡。

二十五日

早上醒来,先让阿兰看天气,阿兰说:"晴天!"我即马上起床,准备吃饭。约九点钟,便和阿兰、小赵、小贾、小全向"展望"营地出发。我想,如果他们未曾走,就和他们同行。

到了营地,"展望"的人马尚未出动,于是我们就坐上他们租用的小面包车同行。今天要去的旅游点名"东峡"。开车后,又路经下川村,而后向东行驰。到东峡口车停下来,大家下车后,"展望"的人马扛着一面红色的队旗浩浩荡荡说说笑笑走在前面,因我走的慢,我们五人都落在他们后面了。先还有石路,到了后来就在无路的大石间寻路而行。左右都是很高的悬崖绝壁,点缀着绿色的林丛,使我想起林则徐的名言:"海纳百川有容乃大,壁立千仞无欲则刚。"而这里的石壁又何止千仞!

小赵告我东峡的风景有:仙女峰、惊心石、一线天、小瀑布。我要求他每到一处就给我们指明。

我一面走,一面就想起中学时代地理老师的一句话:"两山之间必有水。"可不是吗,现在成了两个悬崖绝壁之间有清流在乱石中奔冲。这样美的风景,既不像桂林山水之奇秀,又不像西湖群峰之平庸,而是雄伟壮丽,有如《水浒传》中北国的英雄人物李逵和鲁智深。

不久就看到所谓之"仙女峰",使我想起了长江三峡巫山上的那位神女。接着也就看到所谓之"惊心石",乃半山上悬一块似堕不堕的古石,令人在山下行走有惊心之感。

遇到特别入画的风景,我们就停下来作画,小贾和小全因走的匆匆竟忘记带速写本,可小贾今天却没有忘记戴上近视镜,显得又是一番容貌了。因此作画的就只有我和阿兰,她俩在看。

越往前走,越难走,在很大的乱石中寻路,真是寸步难行。既怕扭了足腕,又怕掉在水中。幸亏有个手杖,实在帮了大忙。走到一处地方,山坡上有潺潺流水,看到小贾和小仝已走上山坡,小赵说:"上面就是'小瀑布',上去看看吧?"于是我们就攀住灌木林在野草山石间爬行,费了很大的力才爬上半山。走到一处山崖,已经听到瀑布声了,却为石壁所掩而不见其面。最后跳过流水,绕过小树丛,才在两壁的峡谷中看到从天而降的瀑布,像一个怕羞的姑娘躲藏在门中不敢露面一样,我们都惊叹它的神奇和壮观。于是阿兰和小赵冒着滑足的危险给我在瀑布前拍照留念。

下山后,我们继续在乱石奔流中探路,不久就看到高高的两壁紧靠,在游人眼前出现了"一线天"。如果在中秋月夜来游,定会有苏东坡在《后赤壁赋》中所说的"山高月小水落石出"之感。

真没想到两个乡下姑娘在大石间跳水竟轻快如飞,有如猿猴,这可算显示了她们的本领,我真佩服了。遥想当年我也曾有过"飞檐走壁"的光荣时代,而今虽然在网球场上还能和年轻人似的追球,但在今天这个场合,则既怕滑跤又怕落水,比起这两个乡下姑娘来,却实在差远了,不服老是不行的。到了最难行的水深处,还得小赵背我而过。不幸的是当小仝先从一个大石飞到另一大石后,小贾也准备飞,就从这块大石上先把挂包、雨伞递给小仝,可小贾没有递好,不慎竟把雨伞落在水潭之中。这可苦了小赵,他拿着我的手杖在潭里捞来捞去,捞了好久也没有捞到,因为水潭是小瀑布冲下的,深不可察,雨伞落底,有如石沉大海。

下午一时,我们五人在一块巨石上聚餐。饭后继续前行,但越走越难,有时还要小赵从巨石上把我抱下,有时又要他扶我跨石过水。终于知难而退,决定不再前行,按原路归去,似乎比来时好走了些。

走了不久,"展望"的大队人马就赶上来了,有几个姑娘和小伙子要求我和她们坐在大石上摄影留念。姑娘们在我面前显得非常大方自然。不久她们就又走在我们前面了。

归来时路经腰掌村,车停了,二湖指着一棵大树对我说:"爸爸,这是一棵全国最大的丁香树,名叫'暴马丁香',你下来看看吧?"我因在车上就能看见,未曾下车,但"展望"的好多男女青年都站到树下拍照留念。我问旁边看的老乡:"这棵树有多少年了?"老乡说:"有四五百年了!"按说,丁香是灌木,长成这么大的树真罕见。可惜树身已枯心了,只有半面看去尚完好。起先我看到它时竟以为是棵老槐。

车经下川村,我们五人就都下来,"展望"的同志们回野营地了。

夜里我和阿兰谈到小贾和小仝,我说小仝初看不惹人注意,但越看越耐看。阿兰说:"小仝就是有那么一点灵气……"

由于昨夜下两点才睡觉,今天中午也没有午睡,加以一天在河里的大石上跳来跳去,我可真够累了。晚饭后连衣上床,就一直睡到十二点,后又脱了衣服正式就寝,一直睡到次日七时,大约一共睡了十一个小时,真算休息好了。

二十六日

早上起床,看到的是满天阴云,真怕再下雨。饭后,司机已在楼下等候,可小仝、小云两个姑娘今天没有来。我和小赵、阿兰乘车到了"展望"营地,青年们上车后,让我仍然坐在司机旁边,我们就沿着猪尾沟往山上驰去。司机告我说:"我们今天到舜王坪,但满山都是云雾,就是到了那里也怕什么都看不到。"

在雾朦朦中车从蜿蜒的公路驰上山巅,我看到公路两旁大都是些红皮桦。前行不久,林木不见了,进入了起伏不平的一片大草坪,其中种着数十亩陌生的药材,我问司机是什么药,他说"大黄"。并且还看到数间平房和在草坪上吃草的牛群。在这绿色的草坪上装点着无数的黄色野花,其中间忽也有白色的小花和水红色的蓟草花,真是繁花似锦。这绿色的草坪竟使我想起了当年在新疆乌拉斯台草原看到的牧场。所不同的是在这草坪上看不到白色的蒙古包。据旅游区介绍,舜王坪海拔 2358 米,是山西南部的最高峰。车到草坪的最高处停下来,从车窗外吹进了刺骨的寒风,使我毫无勇气下车了。瞩目四望,这停车处有如在云雾海洋中的一个孤岛,而这岛外,就像在飞机上观看机下的云层似的。然而"展望"的男女英雄们不怕寒冷,扛着队旗全下车了,他们高举红旗迎风飘扬,笑着,叫着,奔跳着,象在这孤岛的草地上跳迪斯科舞,大概既为了和寒风搏斗,也为了心情的欢乐,显示了他们无比强壮的生命力,使我想起了高尔基的小说《我的旅伴》中那个具有海燕精神的在雨中狂欢的主人翁。英雄们在寒风中跑够了,跳够了,便扛着队旗合照了群体的照片,然后就上车来,口里直说:"冷死人啦!""冷死人啦!"

掉转车头,车向归路前行,但刚走到种大黄的地方,抬头就看到山顶上一排如城堞似的崖石,可也象军事上的一排地堡群。英雄们兴犹未尽,又速叫司机停车,他们就又举着队旗有如向敌人冲锋似的跑步向山顶冲去。接着一群人就在薄雾中爬上地堡似的峰顶,高举红旗站在上面,手舞脚蹈,让人给摄影留念。这种盛况真象解放军当年打下南京后在总统府门楼上升红旗时的壮举。

之后,车就直驰而下,浓雾已很淡薄了,因此能看到车前的较为清晰的山景。车开到展望营地后,少停,我和阿兰小赵就又回到下川村住地。总之这次舜王坪之行由于云雾弥漫,使我们败兴而归。

午饭后,总算有了个短时间的午睡。车从"展望"营地来,我们三人上车,就和"展望"的同志们去"标准林"地区。所谓"标准林",其实就是苍苍郁郁的一片大松林,没有任何杂树。我们下车后,就踩着软软的腐烂了的松树落叶在无路的小小空间向松林的高处爬行,作为一种乐趣。姑娘们一边走一边在松树根际草地上采蘑菇,时有红色的石竹花点缀在林间,红的可爱。而我却一边走一边在想平顺县武候梨领导群众把几座大山植上松树的伟大业绩。我曾去参观过他们的松林,那是人工的,而这里却是天然的,两相比较就愈加感到作为全国劳模的武候梨真值得我们尊敬。武候梨的绿化精神真是大可提倡,如果把全山西的童山都植上树木,不但三晋风光更美了,人民也更富了;同时有了森林也就有了清流,增加了雨量,改变了穷山恶水的旧貌,那多么好!

我们在如地毯似的绿草上攀枝爬行,比起昨日在东峡的大石上跳来跳去则又是一番滋味了。走了好一阵,就由比碗口粗的松林变成了细小如臂的幼松。树很密,实在难于钻穿,既怕刺破皮肤,又怕钩破衣服。但也终于在小赵带领之下爬到了山顶,我长出了一口气,有一种胜利之感。但山顶上还是密密麻麻的松林,透过枝干远眺,看到远处的山上还是一片如烟的松树,发着苍绿色,多么令人神往。我不相信这是山西的风光,好象置身于江南的山岳之中。

下山时小赵在松林里发现了一条小径,时隐时现,似路非路,但总比上山时全然无路的好。小赵领头,我跟在后面,同时他还给我披荆拨路。下到山腰,我画了一幅速写。阿兰和"展望"的女同志还留在山上,我们喊了几声有了呼应,不久她们才从林中出来。

我们走到停车处,但"展望"的好多人还没有归来,我趁机在附近把山棉花作了详细的观察和写生,发现纯白和淡红两种。有五瓣的也有复瓣的,而叶的造型却彼此很不统一,有点象蓖麻的叶子,而又没有蓖麻叶规律。

二十七日

  早上特别天晴,是数日来少有的好天气。早饭后,车从"展望"营地来接我们,司机说:今天还到舜王坪,因为昨天由于云雾的干扰没有玩好,不过瘾,所以今天补课。

  到"展望"营地后,他们上来,车即进入猪尾沟旧路。来到昨日的舜王坪"孤岛"处,我即下车。下车后,瞩目远眺,真是一片绿海,山峰重重起伏有如凝固了的碧波绿涛,最远的黛色山影和近处的碧绿青山形成了青绿的各种层次,很有看头。之后,我和小赵、阿兰就在黄花点点的草坪上向西行走,到达尽头,能从远处看到如狼牙山似的山峰,阿兰给我照了一张坐像,我们就往回走。在停车处的草坪上,看到"展望"一个姑娘装饰了满头的黄花,我说:"你真是个花神!"她向我笑笑。而后她就招来有照相机的人,要和我拍照留念。阿兰也叫二湖给我拍了一张坐像。她说,背景特好。之后,阿兰就和二湖到草坪的边沿看"斩龙头"景致去了。我对小赵说:"咱们照原路往回走吧,有可画的地方就坐下来作画等车。"

  我们走过"大黄"地,再走到下山的路上,一看表,已经一点多钟了,于是就坐在路边进餐。餐毕,继续前行,我对小赵说:"咱们慢慢走吧,一面欣赏风景,一面等候车来。"偶然间看到一只蝴蝶在草丛中挣扎,捕它时发现它的翅膀能变化,向上扇动翅面为灰黑色,向下扇动就变成了鲜艳的蓝色,像杂技演员在变戏法,这样的蝴蝶真乃罕见。于是把它夹在阿兰的画本中。

等到车来,坐车下山,就一同到了二湖他们的营地,因为下午要一同去白云洞。二湖说:"爸爸你就和阿兰在我的帐篷里睡睡吧!"我进入帐篷,天上有云时里面还凉爽,可太阳一照,立刻就如蒸笼,其热无比,但我还总算睡着了。约一时醒来,却满头大汗,总算尝到了帐篷的滋味。出了帐篷就拿上毛巾香皂连忙到小河里洗脸,好不凉爽!女同志告我,夜里盖上棉被还冻得要死。幸亏我没来住帐篷。

下午的旅游点叫"白云洞",我本不想去,因为这类的山洞我在桂林一带参观的太多了,如"七星崖"之类。但又想,既然来了,就看看吧,在山西来说,这样的洞也算难得的。

车停下之后,我们在弯弯曲曲的山路上走下四百个石阶,看到路旁的森林中有不少白皮松,像白桦似的惹人注目,而我是很喜欢白皮松的。来到一处庙宇似的红楼,这就是"白云洞"。相传白云仙在此修炼降福,故曰"白云洞"。进入洞内后,深感电灯不足,因此让我的头碰到了钟乳石,好在没有碰破。可就此还是我们到达之后,买了门票才临时发电的。因为游人很少。此外也没有导游的说明员。而"七星崖"的女导游简直能把死的说成活的,每到一处,都要按钟乳石的形态给你讲半天神话般的故事。而今却任游人默默在洞里行走。根据书面介绍,说其中有什么"童子迎宾"、"石骆驼"、"海漫金山"、"石莲花"……有趣的是洞里还有一个水泥棺材。阿兰告我,古时候有一对夫妻举着用麻秆燃烧的火把到洞里游玩,中途火把灭了,寻不到出路,就饿死在洞里。后人发现后用洋灰泥了个棺材,把白骨安放在其中,供游人参观。

二十八日

今天早上起床后,感到天很冷,出门一看,是晴天。原来打算上午和阿兰去西峡,由二湖导游。可一早又听小赵说,计划又有了变化,今天集体去小尖山。而这小尖山已经是阳城县地区了。

开始时曾走了一段去东峡的路,之后车向东南行,在弯弯曲曲的山路上行进,很难走,有时道路窄而失修,有时坡度很大,颇惊险,令坐车人深感不安。经过一些小山村,看到有很多核桃树、花枫树……有时车就从核桃树下驰过,碰撞得果实累累的核桃摇摇晃晃。树旁的梯田里长着肥壮的玉米和谷子,小麻和绿豆……令人感到山村的自足,农民生活的安逸。

车从山上下到沟里蜿蜒行进,时而看到农民在麦茬地里耕田,时而看到红衫女郎在河里洗衣。大有"山重水复疑无路,柳暗花明又一村"之感。

车从沟里又往山上驰去,一直行进到历山森林的边沿地带。从此山上就仅有小块的幼松和山石绿草。小赵告我幼松是人工培植的。只有快到小尖山时才又出现了成片的森林。

车停在山上,大家就下车步行,向已经看到的小尖山前进。这小尖山远远看去倒真像隰县的"小西天",不过"小西天"是土山,而这里是石山,"小西天"树林极少,这里的树木却密密相参,葱郁喜人。相同的是山巅都有庙宇,而这里的庙宇又大半掩藏在树丛之中,颇有画意。

阿兰和展望的姑娘们前去了,留下我和小赵悠悠而行。一时许我和小赵选择了一块青石坐下,在小松旁午餐,还是健力宝和饼干,吃毕继续上路。没有想到在小松根际竟发现了两个如瓷盘大的白蘑菇,真乃少见,决定归来再采。不久我又在灌木上发现了一株开白花的野藤吊在那里,煞是好看,我采下来画在速写本上,准备将来刻一幅黑白木刻。花分五瓣,但也有四瓣的,叶子很特别,是对生的,算是这次在历山找到的创作新题材,但实在不知此花的名字,我就叫它"野白花"吧。

我和小赵爬上石阶来到庙里,看到庙宇已破败不堪,实在不能和"小西天"的庙宇相比,"小西天"不但庙宇规模宏大,而且还有和尚。

见到阿兰和展望的人们,我们就在石阶上坐下,摄影留念。小赵说这里常有香客来拜佛求子,使我感到人民的迷信思想要消灭也真不是一件易事。

从小尖山山巅下来,就看到那两个雪白的大蘑菇已拿在展望的一个姑娘的手里,像宝贝似的。

之后,我们就乘车沿原路归来,感到今天的旅程也别是一番风味。

回到接待站的楼廊间,就看到老乡把麦秸都用火焚烧了,烧得满天烟云,有如煤矿区用土法烧焦炭,对清新的空气不胜污染。这里气候很凉,我们来的当夜场里正在打麦,下了几天雨,现在才算打完。于是把麦秸都烧了,这真是一种不好的习惯。

二十九日

快天亮时把我冻醒了。爬起来,掀掉毛巾被,盖上还没用过的棉被,一直睡到早上八时许。这真是个名不虚传的避暑之地。

天晴,准备步行到西峡,这是我们在历山的最后一个旅游点了。"展望"今天不出动,一来因为他们已经去过西峡了,二来因为明天就要离开这里,要做些准备走的工作。听说那天我们因水大走到半路没去成,而他们却去了。一位女同志对我说,西峡的河水竟打到她的脖颈。阿兰说:"那是因为她不慎掉在水里了。"我说:"别的不怕,就怕水太凉,你们受不了!"她笑笑。

今天小赵不能陪我了,阿兰说他要相对象。他请全会计来当向导、并帮我拿东西。我们三人路经"展望"宿营地,在满是红色石竹花的富裕河草地上行走,真愉快!

进入西峡谷口,下到河里,就如在东峡一样,总是在巨石间跳水,两边是高崖峭壁,崖顶灌木丛生,而水流清可见底,有时看到褐色的青蛙和墨色的蝌蚪。行不久就看到西峡的"一线天",我感到比东峡的"一线天"更入画,便拿出写生本作速写。阿兰也画,可是正在画时二湖跑来了,说:

"爸爸,我来陪你玩!"接着他就给我拍照,以"一线天"为背景。

我们继续往前走,仍然是在两石间跳来跳去,或在踏石上逾越清流,我靠一枝手杖的帮助,得力不小。看着两边高耸的悬崖,崖间点缀的碧绿的灌木丛,以及河边的杂草和野花,总令人感到在画中行。

走到一处,进入巨石形成的石洞,我们低头俯身出洞,又在巨石间爬上跨下,煞是辛苦。不久就走进河旁的林荫小径,树木参天,灌木遮道,令人有荫凉、幽静之舒适感。走在这样的绿色小径上,真是难得的理想境界,心情顿感愉悦,而这是东峡未曾有的。

下一石坡,走进一处听到瀑布声的林间,我们就下到小河里,一面欣赏瀑布的流动,一面在草丛间的平石上午餐。餐毕又对瀑布作画。我说:"东峡可没有这样小巧入画的瀑布。"阿兰说:"我也喜欢。"

之后又走下大河里,观看两水会合的地方,然后兴尽而归。在归途中又画了一些垂枝卧藤,然后回到"展望"宿营地。略事休息即往下川村行进。

快到村里时,我们向老仝提议要去参观"下川遗址"。因为早些年考古工作者曾在这里发掘出中国旧石器时代晚期后一阶段以细石器为主要特征的石器文化——下川文化。我们从公路走下去,越过小河上到河岸上,先去参观了鹿场,看到不少梅花鹿,然后从满是红色石竹花的草丛中寻路,又是麻田,又是山药蛋地段,然后终于在黄花杂陈的草丛中看到了一个白色的汉白玉石碑,上书"下川遗址"四个大字。听老仝说:这里曾发掘出不少燧石箭头,于是我和阿兰在碑旁摄影留念。

回到接待站,我即上床休息,算来今天一共走了二十多里路,真够累了,这是我们来到下川村以来走路最多的一天。

夜里,二湖来接待站算账,告我说今晚营地举行篝火跳舞晚会,要我去参加,我说:"实在太累了,不去了,来回还要夜行十里路,走不动!"后来阿兰告我:有车去送二湖和"展望"的女会计。这样我们就拿上手电筒搭车前往。

在车上远远就看到营地上的篝火在发光,知道晚会已开始了。下车时阿兰在夜色中从车上跳下去,一跳就跳到尚有火种的木炭灰里,把鞋袜和脚面都烧破了,把六十多元的旅游鞋烧得百孔千疮,于是就用手电筒照着,找来药物纱布给她包扎,忙坏了二湖。

我走到火红的柴堆旁,看到大家正围了半圈坐在石上歌唱,他们看到我就拍手表示欢迎。同时就有人给我搬来一块石头,上面衬以硬纸板让我就座。我坐下后总感到纸板怪热,用手一摸原来石头火烫,真有趣。

我在篝火旁坐着,感到前面烤得怪热,而后面脊背却颇有凉意。我对坐在身旁的阿兰说:"如果没有篝火,我们可真在这里坐不住。"

有人向通红的篝火堆上添柴,立刻就辟辟作响,火星四溅,升向天空,和满天的繁星相混。火旺了,照耀得我身后已入睡的树林现出身影。接着一个胖子起身用男中音独唱,大家相和,并有吉它伴奏。歌声振撼着夜色朦胧的山谷,火光温暖着营地寒冷的空气。我对阿兰说:"他唱得真有水平!""他叫吴杰,曾在歌舞团当过演员。"阿兰说。有人来邀我出节目,我说:"我画画行,就是不会唱歌。"阿兰在旁边帮腔解围,说我确实不会唱歌。"那就讲个故事吧?""你们先唱,让我想想再讲。"我推辞说。之后,他们就合唱《红高粱》中的送亲歌,同时把一个叫小丫的女同志抬起来扮新娘,让她嫁给临时雇来的砍柴工。因为她曾对那个青年农民开玩笑地说:"我嫁给你吧?"羞得农民抬不起头来。因此就非让她当新娘不可。大家一面合唱:

"客未走,席未散,四下里新郎寻不见,急猴猴,新郎官,钻进洞房把盖头掀,嗨呀!嗨呀!嗨嗨呀……我们那小乖蛋!……"

一面男男女女五六个人抬住小丫绕篝火转。我笑得差点流出了眼泪来。

之后,把面包车开来,在车上播音乐,大家又围绕着篝火跳迪斯科。阿兰也不怕脚痛了,和大家跳起来。当开始跳圆舞曲交际舞时,一个叫小V的姑娘过来邀我跳,她是我们当中的一枝花。"我和你跳吧?是三步。"她说。于是我就和她跳了几场,但由于音乐不入味,草地又不平,深感跳得不过瘾,但小V说:"可以!可以!"我说:"回了太原再找你跳吧!"后来阿兰对我说:"姑娘们之中只有小L跳迪斯科跳得好,小V跳交际舞跳得好,她能歌善舞,讨人喜欢。"我在火光中看手表,已经十一点了,明天还要上路,于是向二湖,向小V和大家告辞。

归路上我问阿兰:"脚还痛吗?""不大痛了。"她说。"注意不要感染了!"

由于近六日来的历山旅游,我在想:谁说山西不可爱,请到历山来旅游。

24日25日29日日记发表于1990年第一期《山西文学》